L'intrigante de Londres

Du même auteur
aux Éditions J'ai lu

La séductrice inattendue, *J'ai lu* 3491
La dame voilée, *J'ai lu* 3612
Étrange passion, *J'ai lu* 3921
Fiançailles pour rire, *J'ai lu* 4398
Le chant de la sirène, *J'ai lu* 4587
Rendez-vous manqué, *J'ai lu* 4781
Au-delà de tout soupçon, *J'ai lu* 4936
Parfum de scandale, *J'ai lu* 5043
La dame de lumière, *J'ai lu* 5214
Les clés d'Aphrodite, *J'ai lu* 5303
Un duo inattendu, *J'ai lu* 5410
Le mystère de la veuve noire, *J'ai lu* 5871

Amanda Quick

L'intrigante de Londres

Traduit de l'américain
par Daniel Garcia

J'AI LU

Titre original :

SLIGHTLY SHADY
A division of Random House, Inc.,
Bantam Books, New York

Prologue

Le regard de l'intrus brillait avec l'éclat d'un glacier. Il leva la main, et d'un seul geste fit valser toute une étagère chargée de vases, qui s'écrasèrent au sol dans un fracas de verre cassé. Puis il s'approcha d'une vitrine remplie de figurines en porcelaine, représentant des satyres et d'autres divinités antiques.

— Je ne saurais trop vous conseiller de faire rapidement vos bagages, madame Lake. L'attelage part dans exactement un quart d'heure, et je vous promets que vous et votre nièce serez dedans, avec ou sans vos malles.

Lavinia, qui n'avait pas quitté le bas de l'escalier, le regarda, impuissante, faire subir aux figurines le même sort qu'aux vases.

— Vous n'avez pas le droit de faire ça ! Vous me ruinez.

— Au contraire, madame, répliqua-t-il. Je vous sauve la vie.

Et, pointant sa botte sur une grande urne décorée à la manière étrusque, il ajouta :

— Rassurez-vous, je n'attends aucun remerciement...

Lavinia étouffa un cri en voyant l'urne se renverser et voler en éclats. Elle savait qu'il était inutile de vouloir arrêter ce fou. Il avait manifestement décidé de détruire tout le contenu de sa boutique, et elle n'avait aucun moyen de l'en empêcher.

— Si nous étions en Angleterre, je vous ferais arrêter, monsieur March.

— Mais précisément, nous ne sommes pas en Angleterre, madame Lake. Ici, en Italie, vous n'avez d'autre choix que de m'obéir.

Lavinia comprit qu'elle ne réussirait pas à raisonner Tobias March. Pire : elle perdait un temps précieux, qu'elle aurait dû utiliser pour préparer ses malles. Mais c'était plus fort qu'elle. La jeune femme avait toujours été incapable de se rendre sans avoir combattu.

— Vous n'êtes qu'une crapule, lâcha-t-elle.

Il jeta à terre le contenu d'une autre vitrine, avant de se tourner vers elle, l'air étonné.

— Une crapule ?

— En tout cas, certainement pas un gentleman.

— Je ne souhaite pas discuter de cela avec vous, répliqua-t-il en portant son attention sur une statue de Vénus. Du reste, vous-même n'êtes guère une lady.

Lavinia vit avec un pincement au cœur la statue se briser. Les Vénus rencontraient toujours un gros succès auprès de sa clientèle.

— Comment osez-vous ? Ce n'est pas parce que ma nièce et moi devons faire du commerce pour subvenir à nos besoins en Italie, que cela vous donne le droit de m'insulter !

— Ça suffit, maintenant, riposta Tobias March en venant cette fois droit sur la jeune femme, les traits parfaitement impassibles. Soyez contente que je ne vous considère que le jouet du criminel que je pourchasse, et non la complice de sa bande de voleurs et d'assassins.

— Monsieur March, vous m'avez expliqué que ces bandits se servaient de ma boutique pour échanger leurs messages. Mais étant donné votre comportement, je ne vois pas pourquoi je devrais croire un seul mot de ce que vous me racontez.

Il tira un morceau de papier de sa poche.

— Niez-vous que ce mot était caché dans l'un de vos vases ?

Lavinia jeta un regard dépité sur le maudit papier. Quelques minutes plus tôt, elle avait vu, stupéfaite, son visiteur l'extraire d'un ravissant petit vase grec. Le contenu du message griffonné sur la feuille était sans ambiguïté : c'était le rapport d'un bandit à son chef, après un cambriolage couronné de succès. Sa boutique leur servait-elle vraiment de boîte aux lettres ?

— Ce n'est quand même pas ma faute si l'un de mes clients a laissé tomber un papier personnel dans ce vase, argumenta-t-elle.

— Il ne s'agissait pas d'un acte isolé, madame Lake. Ces brigands fréquentent votre boutique depuis plusieurs semaines.

— Et comment le savez-vous ?

— Voilà près d'un mois que je vous surveille.

Lavinia crut s'étrangler, tellement elle était médusée par cet aveu.

— Vous m'avez *espionnée* pendant un mois ?

— Au début, j'étais persuadé que vous étiez complice du gang de Carlisle. Mais j'ai fini par conclure que vous ignoriez probablement les agissements de vos supposés clients.

— C'est invraisemblable !

Il rit.

— Essayez-vous de m'expliquer que vous ne pouviez pas ne pas être au courant de ce qui se tramait dans votre boutique ?

— Pas le moins du monde, répliqua Lavinia, outrée. Je les considérais comme d'honnêtes amateurs d'antiquités...

Tobias avisa une étagère couverte de figurines en jade.

— Vraiment ? Et vous-même, madame Lake, êtes-vous honnête ?

Lavinia se raidit.

— Qu'insinuez-vous, monsieur ?

— Je n'insinue rien. Je remarque simplement que la plupart des articles présentés dans ce magasin sont d'habiles copies. Très peu sont de véritables antiquités.

— Qu'en savez-vous ? Êtes-vous seulement expert ? Ça m'étonnerait beaucoup, après le sort que vous avez fait subir à ma marchandise.

— Vous avez raison, madame. Je ne suis nullement expert en choses antiques. Je ne suis qu'un modeste homme d'affaires.

— Expliquez-moi, alors, ce qu'un « modeste » homme d'affaires vient faire à Rome, sur les traces d'une bande de voleurs ?

— J'agis pour le compte d'un de mes clients, qui m'a engagé afin d'éclaircir la mort d'un homme répondant au nom de Bennett Ruckland.

— Comment est mort ce M. Ruckland ?

Tobias regarda Lavinia droit dans les yeux.

— Il a été assassiné ici, à Rome. Mon client pense que c'est parce qu'il en savait trop sur l'organisation montée par Carlisle.

— C'est une belle histoire que vous me contez là, cher monsieur March...

Tobias fit valser l'étagère des figurines en jade.

— Il se trouve que c'est une histoire vraie. Il vous reste dix minutes, madame Lake.

C'était décidément sans espoir. La jeune femme releva ses jupes pour grimper l'escalier. Mais elle s'arrêta au milieu des marches, traversée par une pensée.

— Vos « affaires » consistent donc à élucider des meurtres pour le compte de vos clients, monsieur March ? Voilà une étrange profession...

Il fit tomber une petite lampe à huile d'inspiration romaine.

— Pas plus étrange que de vendre de fausses antiquités.

Lavinia avait bien du mal à contenir sa rage.

— Ce ne sont pas des faux, à la fin ! Mais des reproductions, destinées à être achetées comme souvenirs.

— Appelez-les comme vous voulez. Pour moi, ça ressemble étrangement à des faux.

Elle essaya de sourire.

— Mais, comme vous l'avez reconnu vous-même, vous n'êtes pas un expert.

— Il ne vous reste que huit minutes, madame Lake...

Lavinia caressa furtivement le pendentif en argent qu'elle portait au cou. C'était chez elle un geste instinctif quand elle se sentait nerveuse.

— Je n'arrive pas à savoir si vous êtes un dangereux gredin ou simplement un fou.

Il parut amusé.

— Cela fait-il une différence ? Vous n'avez plus maintenant que sept minutes trente.

La situation était sans issue. Lavinia n'avait d'autre choix que de lui concéder la victoire. Au moins pour l'instant. Retenant un soupir de frustration, elle finit de monter l'escalier. Arrivée dans la chambre, elle eut la bonne surprise de constater que sa nièce Emeline n'avait pas perdu son temps. Deux petites valises et une grande malle étaient ouvertes sur le lit. Les valises étaient déjà pleines à ras bord.

— Te voilà enfin, murmura Emeline, la tête dans la penderie. Pourquoi as-tu été si longue ?

— J'essayais de convaincre March qu'il n'avait pas le droit de nous jeter à la rue en plein milieu de la nuit.

Emeline s'extirpa de la penderie, un vase grec à la main.

— Il ne nous jette pas à la rue. Une voiture nous attend devant la porte, avec deux solides gaillards pour nous escorter jusqu'en Angleterre. C'est très généreux de sa part.

— Balivernes ! Il n'y a rien de généreux dans les actions de cet homme. Je suis convaincue qu'il cherche uniquement à se débarrasser de nous, parce que nous le gênons. En quoi, c'est ce que j'ignore...

Emeline enroulait précautionneusement le vase dans une robe de mousseline.

— Tu n'as pas écouté ce qu'il a dit ? Il nous considère en danger, à cause de ce Carlisle qui se servait de la boutique comme d'une boîte aux lettres pour ses hommes.

Lavinia ouvrit un placard renfermant une somptueuse statuette d'Apollon.

— Bah ! Nous n'avons que la parole de M. March pour le croire. Et je n'accorde pas grande foi à ses arguments. Tout ce que je vois, c'est qu'il va récupérer notre maison pour ses plans.

— Moi, je suis convaincue qu'il nous a dit la vérité, insista Emeline, qui venait de ranger le vase et la robe dans la grande malle. Et dans ce cas, il a raison. Nous sommes en danger.

— S'il y a bien un gang, je ne serais pas étonnée que Tobias March en soit le chef, objecta Lavinia. Je lui trouve un air diabolique...

— Tu écoutes trop ton imagination, Lavinia.

Un fracas de verre brisé monta soudain du rez-de-chaussée.

— Maudit soit-il ! marmonna Lavinia.

Emeline secoua la tête.

— Je pense qu'il veut faire croire que nous avons été victimes d'une attaque de vandales.

— Il a expliqué qu'il voulait détruire le magasin pour que ce Carlisle ne soupçonne pas qu'il a été découvert, concéda Lavinia. Mais c'est sans doute encore un de ses mensonges. En tout cas, il a l'air de prendre du plaisir à tout casser. À mon avis, il est à moitié fou.

Emeline était partie chercher un autre vase dans la penderie.

— Quoi qu'il en soit, nous avons eu raison de mettre les vraies antiquités à l'abri ici.

Lavinia dégagea l'Apollon du placard, en le tirant sur le plancher car la statuette en bronze pesait très lourd.

— Là-dessus, je suis d'accord. Si elles avaient trôné dans la boutique, March les aurait brisées avec les autres.

— Notre vraie chance, en fait, c'est qu'il soit convaincu de notre innocence. Je préfère ne pas savoir ce qui nous serait arrivé, s'il nous avait prises pour des complices de Carlisle.

— Il n'aurait pas pu faire pire que détruire notre moyen de subsistance et nous forcer à quitter notre maison.

Emeline considéra le décor de la chambre avec une grimace dégoûtée.

— Franchement, comme maison, on a vu mieux. Je ne la regretterai pas un seul instant.

— Je parierais au contraire qu'elle va beaucoup te manquer, une fois que nous nous retrouverons à Londres sans le sou, obligées de gagner notre vie dans les rues.

Emeline enfourna son autre vase dans la malle, après l'avoir protégé comme le premier au creux d'une robe.

— Ça n'arrivera pas. Les antiquités font fureur, en Angleterre. Nous vendrons celles-ci très cher, et avec l'argent nous aurons de quoi louer une belle maison.

— Mais pour combien de temps ? Avec un peu de chance, nous arriverons à tenir six mois, tout au plus. Quand le dernier vase sera vendu, il ne nous restera rien.

— D'ici là, tu auras trouvé un moyen de nous sortir

de là, Lavinia. Je te fais confiance, tu as toujours eu de la ressource. Regarde comment nous avons réussi à nous débrouiller ici, à Rome, après que notre employeuse nous a laissés tomber pour convoler avec son marquis. Et pourtant, au départ, nous ne connaissions rien au commerce des antiquités.

Lavinia préféra ne pas répondre. La confiance aveugle que lui vouait Emeline pour les sortir de chaque désastre qui leur tombait dessus la rendait folle.

— Aide-moi avec cette statuette, s'il te plaît.

Emeline regarda d'un œil dubitatif l'Apollon qu'elle essayait de tirer à travers la pièce.

— Elle va remplir la moitié de la malle... Nous ferions mieux de l'abandonner et de nous concentrer sur les vases.

— Cet Apollon vaut une douzaine de vases à lui tout seul, objecta Lavinia. C'est notre plus précieux objet. Nous devons l'emporter avec nous.

— Mais si nous le mettons dans la malle, il ne restera plus de place pour tes livres.

Lavinia n'y avait pas pensé. Elle s'interrompit dans ses efforts, pour jeter un regard aux étagères garnies d'ouvrages de poésie qu'elle avait apportés avec elle d'Angleterre. La perspective de les abandonner lui déchirait le cœur.

— Tant pis, dit-elle en recommençant à tirer l'Apollon. Je les remplacerai quand j'en aurai les moyens.

— Tu en es sûre ? insista Emeline. Je sais tout ce que ces livres représentent pour toi...

— L'Apollon est plus important.

— Bon, d'accord.

Juste au moment où Emeline se penchait pour aider sa tante à transporter la statuette, la porte s'ouvrit sur Tobias March. Il considéra les malles, puis les deux jeunes femmes.

— Vous devez partir, à présent. Je ne veux pas prendre le risque de vous laisser ici dix minutes de plus.

Lavinia se retint de lui lancer l'un des vases à la figure.

— Je ne laisserai pas cet Apollon derrière nous, monsieur March. C'est grâce à lui que nous pourrons peut-être éviter de travailler dans un bordel, dès notre retour à Londres.

Emeline roula de grands yeux.

— Franchement, Lavinia ! Tu n'es pas non plus obligée d'exagérer...

— Je n'exagère pas du tout.

Tobias s'approcha pour soulever l'Apollon dans ses bras.

— Laissez-moi faire. Je vais le mettre dans la malle.

Emeline lui sourit.

— Merci. Attention, c'est très lourd.

Lavinia grimaça.

— Ne le remercie pas, Emeline. Ce monsieur est la cause de tous nos soucis.

— C'est un plaisir de vous rendre service, répliqua Tobias, caustique.

Et après avoir déposé la statuette dans la malle, il ajouta :

— Puis-je faire autre chose pour vous être aimable ?

— Oui, répondit Lavinia sans hésiter. Cette grande urne, près de la porte... Elle a beaucoup de valeur.

Tobias jeta un coup d'œil à l'objet en question.

— Tout ne tiendra pas dans la malle, fit-il valoir. Choisissez l'Apollon ou l'urne, mais vous ne pourrez pas emporter les deux.

Lavinia fronça les sourcils, suspicieuse.

— Cette urne vous intéresse, n'est-ce pas ? Vous voulez me la voler !

— Je vous assure, madame Lake, que vos antiquités ne m'intéressent absolument pas. Ce n'est qu'un problème pratique. Alors, que choisissez-vous ? L'Apollon ou l'urne ?

— L'Apollon, marmonna-t-elle.

Entre-temps, Emeline s'était empressée d'entasser quelques vêtements pour achever de remplir la malle.

— Je crois que nous sommes prêtes, monsieur March.

— Nous sommes prêtes, en effet, renchérit Lavinia. Mais j'espère qu'un jour, j'aurai l'occasion de vous rendre la monnaie de votre pièce, monsieur March.

Tobias referma la malle.

— Serait-ce une menace, madame Lake ?

— Prenez-le comme vous voudrez.

Puis, après s'être emparée de son réticule et de son manteau, elle ajouta pour sa nièce :

— Viens, Emeline, dépêchons-nous de quitter ces lieux avant que M. March ne décide de les réduire en cendres.

Emeline récupéra son propre manteau, ainsi qu'un chapeau.

— Tu n'as pas besoin d'être aussi désagréable, Lavinia. Compte tenu des circonstances, je trouve M. March plutôt indulgent.

Tobias s'inclina poliment.

— Merci de votre soutien, mademoiselle...

— Ne vous formalisez pas trop des propos de Lavinia, reprit Emeline. Elle a toujours eu un caractère très rétif et emporté.

Il reporta son regard sur Lavinia.

— Je l'avais remarqué...

— Il faut d'autant plus l'excuser, poursuivit Emeline, que nous avons été contraintes de laisser ses livres de poésie ici. Ce fut une décision difficile, car Lavinia est très attachée à sa bibliothèque.

Cette dernière, qui avait jeté son manteau sur ses épaules, se précipita vers la porte.

— Dieu du ciel ! Je refuse d'en entendre davantage ! Cette conversation devient stupide. La seule chose dont je me réjouisse, c'est d'être bientôt débarrassée de votre déplaisante compagnie, monsieur March.

— Vous m'offusquez, madame Lake.

— Certainement pas autant que je le souhaiterais.

La jeune femme s'arrêta en haut de l'escalier et se retourna pour le regarder. Il ne paraissait pas le moins du monde offusqué. Plutôt réjoui, au contraire. Et l'aisance avec laquelle il portait la malle montrait son excellente condition physique.

— Personnellement, décréta Emeline qui avait rejoint sa tante, je suis impatiente de rentrer en Angleterre. L'Italie est agréable à visiter en touriste, mais Londres commençait à me manquer.

Lavinia détourna son regard de Tobias March et de ses larges épaules, pour descendre les marches.

— Moi aussi, confessa-t-elle. Cette aventure n'aura été qu'un désastre, tout bien considéré. Quelle idée, aussi, d'avoir suivi cette Mme Underwood jusqu'à Rome...

— C'était ton idée, protesta Emeline.

— Eh bien, la prochaine fois que je serai aussi mal inspirée, je compte sur toi pour me rappeler à l'ordre.

— Tout avait pourtant bien commencé, soupira Emeline. C'était merveilleux de vivre dans le grand luxe, aux frais de Mme Underwood.

— C'est du passé, à présent, trancha Lavinia. N'en parlons plus.

— D'après ce que j'ai pu entendre, intervint Tobias dans leur dos, les réceptions de Mme Underwood étaient assez... spéciales. Est-ce vrai qu'elles se terminaient en orgies ?

Lavinia serra les dents, mais Emeline répondit à sa place.

— C'est vrai, mais nous n'y avons jamais assisté. Lavinia et moi montions nous réfugier dans notre chambre, à ces moments-là. Et personne ne nous a jamais forcées à quoi que ce soit. Honnêtement, notre existence n'aurait pas été désagréable, si un matin nous ne nous étions pas réveillées pour constater que

Mme Underwood s'était enfuie avec son amant, nous laissant sans le sou dans ce pays étranger.

— Cela dit, nous avons parfaitement réussi à nous en sortir, rectifia Lavinia. Jusqu'à ce que vous veniez vous mêler de nos affaires, monsieur March.

— Soyez assurée, madame Lake, que je le regrette profondément. Mais c'était indispensable.

Lavinia s'arrêta au bas des marches afin de contempler une dernière fois la boutique, ou plutôt ce qu'il en restait. Tobias March avait à peu près tout détruit. Plus un seul vase n'était entier. En moins d'une heure, il avait anéanti le travail de plus de quatre mois.

— Vos regrets n'égaleront jamais les miens, monsieur March, répliqua-t-elle en se dirigeant vers la porte. Vous ne m'empêcherez pas de penser que ce désastre est entièrement de votre faute.

L'aube ne s'était pas encore levée, quand Tobias entendit enfin s'ouvrir la porte de derrière, qui donnait sur une ruelle. Il attendit dans l'obscurité, à mi-hauteur de l'escalier, un pistolet à la main.

Un homme, muni d'une lanterne, surgit prudemment dans la boutique. Il sursauta en découvrant le carnage.

— Nom d'un chien !

Il posa sa lanterne sur le comptoir et s'approcha des étagères pour examiner les restes d'un vase.

— Sacré nom d'un chien ! répéta-t-il, stupéfait, après avoir soulevé un à un les débris du vase.

Tobias décida d'intervenir.

— Vous cherchez quelque chose, Carlisle ?

Carlisle se pétrifia. À la faible lueur de la lanterne, son visage avait un air diabolique.

— Qui êtes-vous ?

— Vous ne me connaissez pas. Un ami de Bennett Ruckland m'a envoyé vous chercher.

— Ruckland... Oui, bien sûr. J'aurais dû m'en douter...

Et sur ces mots, Carlisle se retourna, rapide comme l'éclair, brandissant son pistolet et prêt à tirer.

Tobias avait anticipé sa réaction. Il appuya sur la détente, mais manqua son coup et, le temps de recharger son pistolet, Carlisle en profita pour tirer.

Tobias sentit sa jambe gauche se dérober sous lui. Il eut juste le réflexe de s'agripper à la rampe, pour ne pas tomber la tête la première dans l'escalier. Dans son mouvement, il laissa échapper son pistolet, qui dévala les marches.

Pendant ce temps, Carlisle avait lui-même rechargé son arme et s'apprêtait à en faire de nouveau usage.

Tobias tenta de remonter l'escalier, mais sa jambe gauche semblait décidément ne plus vouloir lui obéir, ni même le porter. Il fut obligé de se mettre à quatre pattes et, s'aidant de sa jambe valide et de ses deux mains, il réussit, avec des mouvements de crabe, à gravir une marche. Son pied glissa sur quelque chose d'humide et il comprit que c'était le sang qui s'échappait de sa cuisse.

Carlisle s'était approché du bas de l'escalier. Tobias savait que s'il n'avait pas encore tiré, c'était uniquement parce que l'obscurité l'empêchait de bien discerner sa cible. Il décida d'en profiter. Plaqué contre les marches, il parvint à gagner l'étage et, au moment de se laisser tomber dans la chambre, sa main heurta la grande urne que Lavinia avait laissée derrière elle.

— Vous devez vous maudire d'avoir raté votre coup, n'est-ce pas ? ironisa Carlisle.

Il grimpait à son tour l'escalier, d'un pas rapide et confiant.

Tobias agrippa l'urne et la fit basculer sur le côté. Il s'obligeait à respirer lentement, pour surmonter la douleur qui commençait à lui brûler la cuisse.

— Votre patron a-t-il pris la peine de vous avertir

que vous n'aviez pratiquement aucune chance de rentrer vivant en Angleterre ? reprit Carlisle, qui montait toujours l'escalier. Vous a-t-il dit à quel point j'étais dangereux ?

Tobias savait qu'il ne lui restait qu'une seule chance. Il ne s'agissait pas de la gaspiller.

— J'ignore combien vous avez été payé pour me chercher, mais c'était de toute façon insuffisant, poursuivait Carlisle d'une voix de plus en plus triomphale, à mesure qu'il approchait du palier. Parce que cela va vous coûter la vie, mon ami.

Rassemblant toutes ses forces, Tobias fit rouler l'urne vers l'escalier.

— Que se passe-t-il ? demanda Carlisle en s'immobilisant. Que signifie ce bruit ?

L'urne atterrit dans ses jambes avant qu'il ait pu réaliser ce qui lui arrivait. Carlisle poussa un cri, tenta de se rattraper à la rampe. Sans succès. L'urne l'entraînait déjà dans sa chute. Il hurla de nouveau, au milieu du vacarme provoqué par la dégringolade de l'urne sur les marches, puis ses cris cessèrent subitement en même temps que l'urne se brisait. La maison tout entière se trouva plongée dans un grand silence.

Tobias se traîna jusqu'au lit, déchira les draps pour en faire un bandage qu'il noua sur sa jambe, puis il parvint à se redresser, bien que la tête lui tournât.

Il revint vers l'escalier et réussit tant bien que mal à descendre les marches en se tenant des deux mains à la rampe. Carlisle gisait au bas de l'escalier. Sa tête formait un angle anormal avec son torse. Les débris de l'urne étaient dispersés autour de lui.

— Elle a préféré emporter l'Apollon, voyez-vous, *mon ami,* murmura Tobias au cadavre. C'était une excellente décision. Cette femme a une bonne intuition.

1

L'espèce de nabot craintif qui lui avait vendu le document l'avait mis en garde contre les dangers du chantage. Certaines des informations contenues dans le journal intime du valet auraient pu conduire un homme à la potence. Ou le rendre richissime, songea Félix Holton, qui trempa à nouveau sa plume dans l'encrier pour terminer sa lettre.

Depuis des années qu'il vivait du jeu, Félix était de toute façon habitué au risque. Du reste, il se répéta qu'il n'était pas assez fou pour se lancer dans une carrière de maître chanteur. Il abandonnerait cette activité dès qu'il aurait amassé de quoi payer ses dettes.

En revanche, il ne se séparerait pas du journal intime qu'il venait de se procurer. Les précieuses informations de ce document pourraient éventuellement lui resservir un jour, s'il se trouvait une fois de plus dans le besoin.

Quelqu'un frappa à la porte, le faisant sursauter.

Félix, navré, vit une tache d'encre maculer le mot « malheureux » qu'il venait tout juste de tracer. Il avait pris soin d'écrire le mieux possible ses lettres de menaces à leurs différents destinataires. Sans ratures, et avec son meilleur style. Félix s'était toujours flatté de savoir écrire. Il aurait sans doute pu devenir un grand écrivain – et pourquoi pas un nouveau Byron ? – si le sort ne l'avait obligé à devoir gagner bassement sa vie.

Ses vieilles rancœurs se rappelaient brusquement à lui. Comme la vie aurait été plus facile, si le destin ne s'était pas montré avare à son égard... Si son père ne s'était pas bêtement fait tuer en duel après une dispute au sujet d'une partie de cartes ; si sa mère n'était pas morte de maladie quand il n'avait encore que seize ans. Qui sait alors quelles hauteurs il aurait atteintes...

Au lieu de cela, il en était réduit à faire du chantage. Mais un jour, se promettait-il, il obtiendrait enfin la position qu'il considérait mériter. Un jour...

On frappa de nouveau à la porte. Un de ses créanciers, probablement.

Félix froissa la lettre dans sa main, avant de se lever. Traversant la pièce, il s'approcha de la fenêtre pour écarter discrètement le rideau. Personne. Celui ou celle qui avait frappé avait fini par renoncer. Mais un paquet était posé sur le perron.

Il ouvrit la porte et se pencha pour ramasser le paquet. Il eut juste le temps d'apercevoir une silhouette qui surgissait de l'ombre et se ruait sur lui.

La barre de fer s'abattit sur son crâne avec une telle violence que Félix Holton mourut sur le coup, effaçant avec lui toutes ses dettes.

2

L'odeur de la mort ne faisait aucun doute. Lavinia retint son souffle sur le seuil de la pièce, et chercha un mouchoir dans son réticule pour s'en couvrir la bouche avant d'entrer.

Le corps de Félix Holton gisait sur le plancher, devant la cheminée. D'abord, elle ne remarqua aucune trace de blessure. Il était peut-être mort d'un arrêt du cœur. Mais, à bien y regarder, son crâne arborait une bosse bizarre. Et le corps ne semblait pas reposer naturellement. Comme s'il avait été tiré jusqu'à l'endroit où il se trouvait.

Lavinia en conclut qu'une autre victime des chantages de Félix était passée avant elle. Ce pauvre Félix n'avait vraiment pas été une canaille d'envergure... La jeune femme avait pu percer son identité peu de temps après avoir reçu sa première lettre de menaces, et pourtant elle n'avait aucun talent particulier d'enquêtrice.

Une fois qu'elle avait obtenu l'adresse de Holton, Lavinia avait discrètement fait parler les domestiques du voisinage. Apprenant que Félix avait l'habitude de passer ses nuits dans des cercles de jeu, elle s'était rendue ce soir à son domicile, dans l'intention de le fouiller durant son absence. Avec l'espoir d'y retrouver le document que Félix, dans ses lettres, prétendait détenir.

Elle inspecta la petite pièce du regard, vaguement mal à l'aise. Le feu brûlait encore dans l'âtre, et cependant elle frissonnait. Les ombres mouvantes projetées sur les murs ajoutaient à l'ambiance sinistre du décor. Qu'allait-elle faire, maintenant ? L'assassin s'était-il contenté de tuer Félix, ou avait-il emporté le journal avec lui ?

La meilleure façon de le savoir était encore de faire comme prévu : fouiller l'appartement.

Lavinia se força à bouger, en prenant soin de ne pas appesantir son regard sur le cadavre. Par où débuter ? La pièce était meublée très sommairement, sans doute à cause des dettes de son locataire. Les domestiques qu'elle avait interrogés lui avaient appris que Félix courait sans cesse après l'argent, pour éponger ses pertes au jeu. À bout de ressources, il avait donc voulu se lancer dans le chantage. Erreur fatale...

Avisant le bureau, près de la fenêtre, la jeune femme décida de commencer par là, même si l'assassin en avait probablement déjà fouillé les tiroirs. À sa place, c'est ce qu'elle aurait fait.

Elle contourna précautionneusement le cadavre pour s'approcher du bureau. Dessus, trônaient un coupe-papier, un encrier, du papier, des plumes, un flacon de sable afin de faire sécher l'encre plus vite, et de quoi sceller le courrier à la cire. Elle se penchait pour ouvrir le premier des trois tiroirs du côté droit, quand un léger bruit lui fit se dresser les cheveux sur la tête.

Quelqu'un marchait derrière elle !

Lavinia, terrorisée, sentit son cœur s'emballer si fort qu'elle craignit de perdre connaissance.

L'assassin n'était pas parti.

Et ce n'était vraiment pas le moment de tomber dans les pommes !

Elle inspecta les objets répandus sur le bureau, cherchant désespérément quelque chose qui pourrait lui permettre de se défendre. Elle se saisit du coupe-papier, émoussé et tout juste bon à ouvrir des lettres, mais il n'y avait rien de mieux.

Les doigts crispés sur le manche, elle se retourna, prête à faire face à l'assassin. Il se tenait sur le seuil de la pièce contiguë – sans doute la chambre –, habillé d'un grand manteau sombre. L'obscurité masquait ses traits.

Au lieu de s'avancer vers la jeune femme, il s'adossa négligemment au chambranle de la porte et croisa les bras sur sa poitrine.

— Voyez-vous, madame Lake, j'étais persuadé que nos chemins se croiseraient à nouveau, dit-il. Mais je n'aurais pas imaginé que ce serait dans des circonstances si... pittoresques.

Lavinia avait reconnu cette voix dès les premiers mots. Tobias March ! Elle fut obligée d'avaler deux fois sa salive avant de pouvoir articuler un son.

— C'est vous... qui avez tué Félix ?

Il jeta un regard au cadavre.

— Non. Je suis arrivé ici après le crime. Comme vous. D'après les indices que j'ai pu relever, Félix a été tué devant sa porte. L'assassin aura ensuite tiré le corps à l'intérieur.

Savoir qu'il n'était pas l'assassin rassura à peine Lavinia.

— Que faites-vous ici ?

— J'allais précisément vous poser la question, rétorqua Tobias. Mais je pense avoir trouvé la réponse. Vous étiez l'une des victimes du chantage, n'est-ce pas ?

— En effet, avoua Lavinia, dont la peur avait temporairement cédé la place à la colère que lui inspiraient encore les menaces de Félix. Ce monstre m'a écrit deux lettres cette semaine. La première est arrivée lundi. Je n'en ai pas cru mes yeux quand j'ai lu ses exigences. Il me réclamait cent livres. Cent livres pour son silence !

— Et que promettait-il de garder sous silence ? Vous êtes-vous donc jetée dans d'autres ennuis, depuis notre dernière rencontre ?

— Comment osez-vous ? Alors que tout ce qui m'est arrivé est entièrement de votre faute !

— Ma faute ?

— Oui, monsieur March, confirma la jeune femme en pointant le coupe-papier vers le cadavre. Ce malotru voulait me faire chanter au sujet de ce qui s'est passé à Rome. Il menaçait de tout révéler.

Tobias se raidit.

— C'est vrai ? Mais... cela m'intéresse beaucoup, madame Lake. Que savait-il, au juste ?

— Tout, il savait tout. Que je tenais à Rome un magasin d'antiquités, fréquenté par une bande de voleurs. Il insinuait que j'étais leur complice et même pire : que j'étais la maîtresse de leur chef.

— Ne disait-il rien d'autre dans ses lettres ?

— Parce que ça ne vous suffit pas ? Cette nouvelle affaire est survenue alors que ma nièce et moi commencions tout juste à nous relever du désastre financier qu'a impliqué notre départ de Rome.

Il sourit.

— Je ne me faisais pas vraiment d'inquiétude à votre sujet. Un caractère comme le vôtre ne se laisse pas facilement abattre.

Lavinia préféra ignorer ce commentaire.

— C'est vrai, les choses ne se passent pas trop mal. J'espère même pouvoir bientôt lancer Emeline dans le monde, et lui faire rencontrer quelques partis acceptables. Dans ces conditions, vous comprendrez que je ne puisse laisser salir notre nom par d'odieux ragots.

— Je comprends.

— Si Félix avait ébruité ce qui s'est passé à Rome, les dommages auraient été incalculables.

— J'imagine en effet que cela aurait compliqué vos projets d'établir Emeline dans le monde...

— *Compliqué,* dites-vous ? Cela aurait tout ruiné, oui ! Et de manière totalement injuste. Ni Emeline ni moi n'avions la moindre accointance avec ces bandits. D'ailleurs, je ne vois pas qui pourrait penser le contraire.

— Il m'est pourtant arrivé de le penser, au tout début, souvenez-vous.

— Oui, rétorqua-t-elle d'une voix acide. Mais je faisais allusion à des personnes sensées et douées de sensibilité. Ce qui n'est manifestement pas votre cas, monsieur March.

— Ni celui de Félix Holton, ajouta Tobias en jetant un regard au cadavre. Mais je suggère de reporter cette passionnante discussion sur mon absence de sensibilité à une autre occasion. Il y a plus urgent, pour le moment. Je suppose que notre présence ici s'explique par le même motif ?

— J'ignore pourquoi vous êtes là, monsieur March, mais personnellement je suis venue chercher un journal intime qui aurait, paraît-il, appartenu au valet de Carlisle. Cet homme, dont vous prétendiez qu'il était le chef des brigands, fréquentait ma boutique. Que savez-vous, au juste, de cette affaire ?

— Vous connaissez le dicton : « Personne n'est un héros pour son valet de chambre. » Il semble que le domestique de Carlisle consignait par écrit tous les secrets de son maître. Après la mort de Carlisle...

Elle haussa les sourcils.

— Carlisle est mort ?

— En effet. Le valet a vendu son journal pour payer son voyage de retour jusqu'en Angleterre. Mais il a été assassiné avant d'avoir quitté Rome. Ensuite, d'après ce que j'ai pu établir, le journal a été vendu deux autres fois. Ses propriétaires successifs ont tous connu des fins dramatiques.

Désignant le corps de Félix, Tobias ajouta :

— Aujourd'hui, ce maudit document a causé une mort de plus.

Lavinia déglutit péniblement.

— Bonté divine !

— Comme vous dites.

Tobias abandonna son poste pour s'approcher du bureau. Lavinia crut remarquer qu'il boitait légèrement. Elle aurait pourtant été prête à jurer qu'il marchait normalement, à Rome.

— Comment avez-vous appris ces détails sur le journal intime ?

— Cela fait des semaines que je traque ce maudit document à travers le continent. Je ne suis en Angleterre que depuis la semaine dernière.

— Et pourquoi le traquez-vous ?

Tobias ouvrit l'un des tiroirs du bureau, d'un coup brusque.

— Parce que je suppose qu'il pourrait répondre à certaines interrogations de mon client.

— Quelles interrogations ?

Il releva un instant les yeux vers la jeune femme.

— À propos d'histoires de trahisons et de meurtres...

— De trahisons ?

— Pendant la guerre, précisa Tobias, laconique, tandis qu'il ouvrait un deuxième tiroir et fouillait l'intérieur. Nous n'avons pas vraiment le temps d'entrer dans les détails ici. Je vous expliquerai plus tard.

— J'aimerais quand même que vous me racontiez la suite de vos aventures italiennes. Quand nous nous sommes quittés, vous prétendiez que Carlisle ne tarderait pas à venir récupérer le message laissé par son complice.

— C'est exact. D'ailleurs, il s'est montré peu de temps après votre départ.

— Et alors ? Que s'est-il passé ?

— Ce pauvre Carlisle a trébuché dans l'escalier.

La jeune femme écarquilla les yeux de surprise.

— Il est tombé ?

— Un accident est si vite arrivé, madame Lake. On ne dira jamais assez combien les escaliers sont dangereux.

— J'ai comme l'intuition que les choses ne se sont pas exactement passées comme vous l'espériez... Je me trompe ?

— Il y a eu certaines complications, avoua Tobias.

— J'aurais dû m'en douter, déclara Lavinia, qui n'était pas mécontente de lui tenir la dragée haute. Comme j'aurais dû me douter, après avoir reçu la première lettre de Félix, que je ne tarderais pas à vous revoir. Dès qu'un problème survient, vous n'êtes jamais loin.

— Franchement, madame Lake, le moment est mal choisi pour nous quereller. D'autant que vous ignorez tout des ramifications de cette affaire.

— Admettons. Mais les soucis causés par ce journal intime sont entièrement de votre faute. Si vous aviez réussi votre mission à Rome, nous n'en serions pas là aujourd'hui.

Tobias se raidit. Son visage, soudain, s'était durci.

— La crapule qui dirigeait cette bande de brigands italiens est morte. C'est déjà un bon point. Hélas, insuffisant ! Mon client souhaite voir l'affaire résolue dans ses moindres détails. Il m'a engagé pour cela, et je m'y emploie de mon mieux.

— Je vois, répliqua-t-elle d'un ton glacial.

— Carlisle appartenait à une organisation criminelle baptisée la Chambre bleue, dont les innombrables tentacules s'étendent à travers l'Angleterre et l'Europe. Pendant des années, la Chambre bleue fut contrôlée par un homme qui signait tous ses textes du seul surnom d'Azur.

Lavinia était médusée. Cependant, elle avait l'intuition que Tobias March disait vrai.

— Tout cela fait un peu théâtral... murmura-t-elle.

— Azur était un chef incontesté. Mais d'après ce que nous avons pu savoir, il est mort il y a environ un an, et depuis sa disparition la Chambre bleue tourne à l'anarchie. Azur avait deux lieutenants, Carlisle et un autre homme, dont l'identité nous est inconnue.

— Azur et Carlisle étant morts, j'en déduis que votre client veut désormais connaître le nom de ce troisième homme ?

— Oui. Et le journal du valet de Carlisle contient sans doute cette information. Avec un peu de chance, il nous apprendra aussi qui était vraiment Azur, en même temps qu'il permettra d'éclaircir un certain nombre d'autres questions... Maintenant vous comprenez mieux, j'imagine, pourquoi la possession de ce document se révèle si redoutable ?

— En effet !

Tobias ouvrit un troisième tiroir.

— Au lieu de rester plantée là, si vous vous rendiez utile ?

— Utile ?

— Prenez une chandelle et allez fouiller la chambre à coucher. Je venais juste d'y entrer quand vous êtes arrivée. On ne sait jamais, vous y découvrirez peut-être un indice... Pendant ce temps, je terminerai ici.

Lavinia faillit lui rétorquer de se mêler de ce qui le regardait, au lieu de donner des ordres. Mais, tout bien considéré, elle devait admettre qu'il avait raison. Puisqu'ils cherchaient la même chose, autant s'y mettre à deux. En outre, elle trouvait un avantage à fouiller la chambre : cela lui éviterait d'avoir le cadavre sous les yeux. Elle prit donc un chandelier.

— Je suppose que vous êtes conscient que l'assassin de Félix a probablement cherché lui aussi le journal, et que, s'il l'a trouvé, il l'aura emmené avec lui ?

— C'est en effet possible, mais j'espère sincèrement qu'il ne l'a pas trouvé. Si c'était le cas, nos soucis ne feraient que s'aggraver...

Il avait encore raison, concéda Lavinia. Ce Tobias March était insupportable d'arrogance, pourtant il ne manquait pas de bon sens.

La jeune femme passa donc dans la petite chambre. Un livre, posé sur la table de chevet, attira aussitôt son attention. Qui sait si la chance n'allait pas brusquement lui sourire, après tout ? Elle s'approcha, pour lire le titre à la lumière de sa chandelle. *L'Éducation d'une lady.* Ça commençait mal.

Mais cette couverture n'était peut-être qu'un piège pour éloigner les curieux... Afin d'être sûre qu'il ne s'agissait pas en réalité du journal tant convoité, Lavinia prit l'ouvrage et en feuilleta les premières pages. Elle ne tarda pas à être déçue : il s'agissait bel et bien d'un roman.

Elle reposa le volume et se tourna vers la table de toilette. Il ne lui fallut que quelques secondes pour en inspecter les tiroirs, qui contenaient divers objets qu'on était en droit d'attendre à pareille place : un peigne, une brosse, un nécessaire de rasage et une brosse à dents.

La jeune femme jeta ensuite son dévolu sur la penderie. Elle recelait plusieurs chemises en lin, et trois costumes d'excellente coupe. Félix devait les porter pour s'asseoir aux tables de jeu.

— Avez-vous trouvé quelque chose ? demanda soudain Tobias, depuis le salon.

— Non. Et vous ?

— Rien non plus.

Elle poursuivit ses recherches en ouvrant les tiroirs de la penderie, mais n'y découvrit qu'un assortiment de mouchoirs et de cravates. Elle referma alors le meuble et se retourna pour inspecter la pièce.

Son regard fut de nouveau attiré par le volume relié de cuir, trônant sur la table de nuit. Sa présence était d'autant plus énigmatique que Lavinia ne se souvenait pas d'avoir remarqué un seul livre dans le salon. S'il n'y avait eu ce roman, elle aurait volontiers juré que Félix ne s'intéressait pas à la littérature. Mais pourquoi ce joueur professionnel conservait-il à son chevet un ouvrage manifestement écrit pour les jeunes filles ?

Elle revint sur ses pas, reprit le livre pour le feuilleter, s'accordant cette fois le temps de lire quelques phrases au hasard. Elle ne fut pas longue à comprendre que le roman, malgré son titre, n'était pas du tout destiné à l'édification des jeunes filles de la bonne société !

... Sa croupe rebondie attendait, frémissante de désir, la caresse de ma cravache...

— Dieu du ciel ! murmura Lavinia, refermant si brutalement l'ouvrage qu'un petit morceau de papier s'en échappa et tomba par terre.

— Vous avez trouvé quelque chose ? répéta Tobias, intrigué.

— Non... décidément rien.

Lavinia contempla le papier à ses pieds. Quelque chose était écrit dessus. Félix avait sans doute tellement goûté la lecture de ce roman qu'il n'avait pas pu s'empêcher de prendre des notes...

La jeune femme se pencha pour ramasser le papier. Il ne s'agissait pas d'un commentaire inspiré du livre, mais d'une adresse : *14, Hazelton Square.*

Pourquoi Félix gardait-il ce papier caché dans ce livre ?

Lavinia n'eut pas le temps d'approfondir la question. Elle entendit les pas de Tobias se rapprocher de la porte, et s'empressa de glisser le papier dans son réticule, avant de se retourner.

— Alors ? insista-t-il depuis le seuil de la chambre.

— Je n'ai rien trouvé qui ressemble à un journal intime, répondit Lavinia, d'une voix d'autant plus assurée qu'elle n'avait pas le sentiment de mentir.

— Moi non plus. Nous sommes arrivés trop tard. L'assassin de Félix s'est servi avant nous.

— Ce n'est guère étonnant. J'en aurais fait autant à sa place.

— Hmm. Il ne nous reste plus qu'à attendre que le nouveau maître chanteur se signale.

— Le nouveau maître chanteur ? répéta Lavinia, effondrée. Grands dieux ! Croyez-vous que l'assassin de Félix va user du même stratagème que sa victime ?

— Probablement, s'il est persuadé de récolter beaucoup d'argent ainsi.

Elle se mordit la lèvre.

— Nom d'un chien...

— Ce n'est pas réjouissant, je vous le concède, mais essayons de voir le bon côté de la chose.

Elle le fusilla du regard.

— Parce qu'il y a un bon côté ?

Il sourit.

— Mais oui. Regardez : nous avons réussi l'un et l'autre à retrouver la trace de Félix, sans nous concerter.

— Ce Félix était un imbécile qui semait des indices sur son chemin. Je n'ai eu aucun mal à intercepter le coursier qu'il utilisait pour faire porter ses lettres. En échange de quelques pièces, le brave garçon m'a indiqué l'adresse, et les domestiques du quartier m'ont renseignée sur le personnage.

— Bien joué, approuva Tobias, admiratif.

Après un nouveau regard pour le cadavre, il ajouta cependant :

— J'ai peur, en revanche, que son assassin ne soit beaucoup plus malin. Nous allons avoir du fil à retordre, madame Lake.

— Que voulez-vous dire ?

Il haussa un sourcil, amusé.

— Ne me faites pas croire que vous n'avez pas compris ce que je voulais dire. Vous êtes trop intelligente pour ça.

Lavinia secoua la tête.

— Je n'ai aucunement l'intention de m'associer avec vous, monsieur March ! Chacune de vos apparitions ne m'a causé que des ennuis.

— Pour l'instant, nous ne nous sommes vus que deux fois...

— Ce fut deux fois de trop, quand on sait les désastres que cela a occasionnés.

— Permettez-moi de ne pas partager cet avis, répliqua Tobias en s'approchant de la jeune femme pour lui prendre le bras. Personnellement, je serais plutôt enclin à penser que c'est vous qui avez le don de compliquer les situations les plus simples.

— Vous prenez trop de libertés, monsieur. Je vous prie de lâcher mon bras.

— J'ai peur de ne pas le pouvoir, madame.

Et, guidant Lavinia vers la sortie, il ajouta :

— Puisque nous sommes tous deux mêlés à cette histoire, nous la démêlerons ensemble.

3

— Je n'en reviens pas que tu sois retombée sur M. March. Et en plus, dans ces circonstances ! s'exclama Emeline qui venait de reposer sa tasse de café. En voilà une coïncidence !

Lavinia et sa nièce partageaient leur petit déjeuner, assises face à face.

— Si ce qu'il m'a raconté est vrai, il n'y a pas de coïncidence, corrigea Lavinia. D'après lui, cette histoire de chantage est directement liée à ce qui s'est passé à Rome.

— Pense-t-il que Félix appartenait à cette Chambre bleue qu'il t'a décrite ?

— Non. Apparemment, Félix est entré par hasard en possession du journal intime.

— Et maintenant, le document est dans les mains de quelqu'un d'autre, résuma Emeline d'un air songeur. M. March poursuit son enquête. Il est tenace, tu ne trouves pas ?

— Bah ! Il fait ça pour de l'argent. Tant que quelqu'un le paie pour percer ce mystère, c'est dans son intérêt de se montrer tenace. Ce que je ne comprends pas, c'est pourquoi son client continue de lui faire confiance, alors qu'il a visiblement échoué à Rome.

— Nous devons lui être reconnaissantes de l'honnêteté avec laquelle il a mené son enquête. N'importe qui d'autre, à sa place, aurait pu conclure hâtivement que nous étions les complices des bandits.

Lavinia secoua la tête.

— N'importe qui d'autre, à sa place, aurait été fou de s'imaginer un seul instant que nous pouvions tremper dans ce genre d'activités !

— Admettons. Mais reconnais que M. March ne s'est pas arrêté à sa première impression. C'est quand même un signe d'intelligence.

— N'attribue pas trop de qualités à M. March, Emeline. Pour ma part, je ne lui fais toujours pas confiance.

— Je le vois bien. Mais pourquoi donc ?

— Parce que je l'ai retrouvé hier soir sur les lieux d'un crime.

— Il peut en dire autant à ton sujet, protesta la jeune fille.

— Oui, mais il était là le premier. Quand je suis arrivée, Félix était mort. Rien ne m'empêche de penser que c'est March qui l'a tué.

Emeline haussa les épaules.

— Oh ça, j'en doute beaucoup !

Lavinia regarda sa nièce droit dans les yeux.

— Comment peux-tu en être sûre ? Je te rappelle que March lui-même m'a assuré que Carlisle était mort, après leur rencontre à Rome.

— Tu m'as parlé d'un accident dans l'escalier.

— C'était la version de March. Je ne serais nullement surprise d'apprendre que la mort de Carlisle n'avait rien d'accidentel.

— Peu importe, après tout. L'essentiel est qu'il soit mort.

Lavinia hésita un instant, avant de confesser :

— March voudrait que je l'aide à retrouver le journal. Il parle de combiner nos efforts...

Les yeux de la jeune fille pétillèrent.

— Ça me semble une excellente idée ! Puisque vous êtes tous les deux décidés à le retrouver, pourquoi ne pas faire équipe ?

— March a un client qui lui paie son enquête. Pas moi.

Emeline réfléchit un instant.

— Peut-être pourrais-tu négocier avec M. March, pour qu'il te reverse une partie de l'argent que lui donne son client ? Depuis notre séjour en Italie, tu es devenue très forte en marchandages.

— J'ai réfléchi à la question, figure-toi, admit Lavinia. Mais l'idée de faire équipe avec lui ne m'enchante guère.

— Tu n'as pas tellement le choix, je te signale. Ce serait très dommageable pour nous, si le récit de notre séjour à Rome commençait à circuler ici.

— Certes. Plus que dommageable, même. De tels ragots ruineraient du même coup ton entrée dans le monde et ma nouvelle carrière.

— Puisque tu abordes le sujet, as-tu pensé à mentionner la nature de tes nouvelles activités à M. March ?

— Bien sûr que non. Pourquoi lui en aurais-je parlé ?

— Je me disais que l'intimité de votre rencontre t'avait peut-être poussée à te confier à lui...

— Il n'y avait rien d'intime à nos retrouvailles, Emeline ! se récria Lavinia. Je te rappelle que nous étions devant un cadavre.

La jeune fille acquiesça.

— Oui, c'est vrai...

— De toute façon, je n'ai aucune envie de partager la moindre intimité avec ce Tobias March.

— Ta voix devient plus aiguë, tante Lavinia. Tu sais ce que cela signifie...

Lavinia reposa brusquement sa tasse.

— Ça veut dire que mes nerfs ont été mis à rude épreuve. Par sa faute !

— Admettons. Mais je ne vois pas quelle autre solution il te reste, que d'agréer à sa proposition de t'associer avec lui pour retrouver le journal.

— Rien ni personne ne pourra me convaincre que faire équipe avec lui serait une sage décision !

— Calme-toi, tante Lavinia, répliqua tendrement Emeline. Ne laisse pas ton opinion sur M. March troubler ta raison.

— Taratata ! Je suis convaincue que Tobias March n'agit que dans son seul intérêt. Exactement comme la première fois, à Rome.

Emeline soupira de frustration.

— Et quel intérêt aurait-il à te proposer ce partenariat ?

Lavinia réfléchit un moment à cette question.

— Si tu veux mon avis, il n'est pas impossible qu'il cherche le journal pour en tirer le même profit que Félix espérait : faire chanter des gens.

La jeune fille faillit en laisser tomber sa cuiller par terre.

— Tu ne peux quand même pas croire ce que tu dis ! Pour ma part, je me refuse à comparer M. March à une crapule du genre de Félix Holton.

— Nous ne savons rien de précis au sujet de Tobias March, lui rappela Lavinia en se levant de table. Qui sait comment il réagirait, s'il entrait en possession du journal ?

Sa nièce ne répondit rien.

Lavinia, les mains croisées dans le dos, se mit à faire les cent pas autour de la table. Au bout d'un moment, Emeline soupira.

— Bon, d'accord. Je ne peux pas te donner une bonne raison d'avoir confiance en M. March. Sinon qu'il a fait en sorte, à notre départ de Rome, que nous puissions rentrer saines et sauves à Londres. Cela a dû lui coûter beaucoup d'argent.

— Il voulait avant tout se débarrasser de nous. Et je doute fort que March ait payé lui-même les frais de notre voyage. Il a dû envoyer la facture à son client.

— Peut-être, mais je persiste à penser que tu n'as pas le choix dans cette affaire. Mieux vaut se mettre en cheville avec lui que l'ignorer. Au moins, tu seras là mieux placée pour savoir ce qu'il découvrira.

— Et réciproquement.

Emeline soupira de plus belle.

— As-tu un meilleur plan à proposer ?

— Pour l'instant, non, avoua Lavinia.

Elle s'immobilisa pour fouiller dans sa poche et en tirer le morceau de papier qui était tombé de *L'Éducation d'une lady*. Elle relut l'adresse inscrite dessus, avant d'ajouter :

— Mais j'ai bien l'intention d'en trouver un.

— Qu'est-ce que c'est ? demanda Emeline, qui avait remarqué son geste.

— Un petit indice, qui ne mènera peut-être nulle part, répondit la jeune femme en remettant le papier dans sa poche. Si c'est le cas, alors je réfléchirai sérieusement à une association avec Tobias March.

— Elle a trouvé quelque chose dans la chambre, répéta Tobias en quittant son fauteuil pour aller se planter derrière son bureau. J'en mettrais ma main au feu. Je l'ai senti dans son regard. Elle essayait trop de paraître innocente. Ça ne collait pas.

Anthony Sinclair, le beau-frère de Tobias, leva les yeux de son ouvrage, un épais volume consacré aux antiquités égyptiennes, avant d'étirer les jambes avec nonchalance.

Anthony était parti s'installer dans ses meubles un an plus tôt, pour son vingtième anniversaire. Au début, Tobias s'était demandé si la maison ne lui semblerait pas trop vide. Après tout, Anthony vivait chez lui depuis qu'Ann, sa grande sœur, avait épousé Tobias. Après la mort d'Ann, Tobias avait fait de son mieux pour parfaire l'éducation du jeune homme. Il s'était tellement habitué à sa présence qu'il avait redouté de se sentir bien seul, lors de son départ.

Mais, très vite, il était devenu clair qu'Anthony, qui n'habitait que deux rues plus loin, considérait toujours cette maison comme la sienne.

— Pourquoi ça ne collait pas ? s'enquit Anthony.

— Lavinia Lake est tout sauf innocente.

— Tu m'as dit qu'elle était veuve, n'est-ce pas ?

— Oui, mais j'ignore comment a fini son mari. Je ne serais pas surpris d'apprendre qu'il a passé ses derniers jours enchaîné à un lit, dans un asile d'aliénés.

Anthony réprima un sourire.

— Puisque tu as l'air si convaincu qu'elle a trouvé un indice chez Holton, pourquoi ne l'as-tu pas interrogée hier soir ?

— Parce qu'elle aurait nié en bloc, évidemment. Elle n'est pas du tout disposée à coopérer avec moi. À part la secouer comme un prunier pour faire tomber le contenu de ses poches, je n'avais aucun moyen de confirmer mes soupçons.

Anthony garda le silence. Il se contenta d'observer attentivement Tobias.

— Non, Anthony, finit par lâcher ce dernier. N'y songe pas. C'était hors de question.

— Mais puisque tu dis que c'était l'unique moyen de vérifier qu'elle avait bien découvert quelque chose...

— Bon sang, à t'entendre, on jurerait que j'ai pour habitude de maltraiter les femmes respectables !

Anthony parut amusé.

— Je crois savoir qu'en maintes occasions, tu n'as pas témoigné un comportement particulièrement raffiné avec les femmes. Et que tu es toujours parvenu à tes fins.

Tobias poussa un soupir.

— Mme Lake n'est pas comme les autres. Elle a un satané caractère. C'est une femme volontaire et entêtée. Très entêtée...

Anthony hocha la tête, compatissant.

— Ce n'est jamais agréable de découvrir chez quelqu'un ses propres défauts comme dans un miroir, n'est-ce pas ? Surtout quand la personne en question est une représentante du sexe dit faible.

— Je te préviens, Anthony, je ne suis pas d'humeur à goûter ton humour, ce matin.

Anthony referma le livre ouvert sur ses genoux, avec un claquement sec.

— Ça fait trois mois que cette femme t'obsède. Depuis votre première rencontre à Rome.

— Dire qu'elle m'obsède est un bien grand mot, tu le sais parfaitement.

— Pas du tout. George m'a raconté que tu avais prononcé plusieurs fois son nom pendant que tu délirais à cause de la fièvre, suite à ta blessure. Et je te ferai remarquer que, depuis ton retour en Angleterre, il ne se passe pas un jour sans que tu parles d'elle. Si ce n'est pas de l'obsession, ça y ressemble fort !

— Lors de mon séjour en Italie, j'ai été obligé de passer un mois dans le sillage de cette maudite créature, pour épier chacun de ses mouvements, marmonna Tobias comme si ce souvenir lui était déplaisant. Tout ça pour essayer de savoir si elle était complice des bandits, ou au contraire leur innocente victime.

— Eh bien, c'est là que tu as développé ton obsession, insista Anthony.

Tobias se grattait la cuisse gauche d'un air absent.

— Non, je t'assure, le mot « obsession » est trop fort. Cela dit, Mme Lake ne manquerait pas de t'impressionner, si tu la rencontrais...

— Je n'en doute pas une seconde, acquiesça

Anthony, qui suivait son geste. Ta jambe te fait-elle encore souffrir ?

— Comme si tu ne savais pas que mes douleurs se réveillent dès que le temps tourne à l'humidité ! Je te signale qu'il pleut, aujourd'hui.

— Réserve ton agressivité pour Mme Lake, Tobias. Si tu dois faire équipe avec elle, tu ne manqueras pas d'occasions de passer ta mauvaise humeur sur elle.

— La seule idée de devoir m'associer à Mme Lake suffit à m'irriter, rétorqua Tobias, juste au moment où on frappait à la porte du bureau. Oui, George, qu'y a-t-il ?

La porte s'ouvrit sur la figure avenante du domestique qui servait à la fois de majordome, d'intendant et de cuisinier – et même, à l'occasion, de docteur. Malgré ses multiples occupations, George réussissait toujours à rester d'une extrême élégance vestimentaire. C'était une qualité qu'il partageait avec Anthony, et Tobias préférait éviter que la discussion touche à la mode masculine quand il se trouvait en présence des deux hommes, car il savait qu'elle aurait vite tourné à son désavantage.

— Lord Neville vous rend visite, monsieur, annonça George, avec la solennité qu'il mettait toujours pour prononcer le nom d'une personne de haut rang.

Tobias savait pourtant que son domestique n'avait jamais considéré que la naissance pouvait à elle seule suffire à juger un homme. Il ne tenait pas les aristocrates pour meilleurs ou moins bons que les autres. Mais, en revanche, il ne manquait jamais une occasion de donner libre cours à son sens de la déclamation. En fait, il avait raté une carrière d'acteur.

— Fais-le entrer, George.

Le domestique s'éclipsa aussitôt, tandis qu'Anthony se levait de son siège.

— Zut ! marmonna Tobias. Je déteste apporter de

mauvaises nouvelles à mes clients. J'ai toujours peur qu'ils décident d'arrêter de me payer.

— Mais avec Neville, c'est différent, fit valoir Anthony. Il n'a pas vraiment le choix : à part toi, vers qui pourrait-il se tourner ?

Au même instant, un homme grand et massif, aux alentours de la cinquantaine, fit irruption dans la pièce, sans chercher à masquer son impatience. La fortune et la naissance aristocratique de Neville se lisaient dans chacun de ses gestes, depuis cette aisance innée avec laquelle il portait son manteau de grand prix, jusqu'à cette façon si caractéristique de se croire partout chez soi.

— Bonjour, milord. Je ne vous attendais pas si tôt, l'accueillit Tobias en désignant un siège. Asseyez-vous donc, je vous en prie.

Neville ne prit pas la peine de répondre à cette politesse. Il regarda Tobias droit dans les yeux.

— Eh bien, March ? Je viens de recevoir votre message. Que s'est-il passé au juste, cette nuit ? Le journal a disparu ?

— Malheureusement, il n'était déjà plus chez Holton lorsque je suis arrivé.

Neville pinça les lèvres.

— Enfer et damnation !

Il retira ses gants, pour se passer une main dans les cheveux. La pierre noire montée sur sa chevalière brilla à la lumière.

— J'espérais que cette affaire serait résolue plus rapidement, reprit-il.

— J'ai tout de même pu recueillir quelques indices intéressants, déclara Tobias d'un ton qui se voulait confiant. Ce qui me donne bon espoir de récupérer ce journal.

— Vous devez faire aussi vite que possible. Il y a urgence, March.

— J'en ai bien conscience.

Neville s'approcha de la table à liqueurs, et s'empara d'un flacon de cognac.

— Pardonnez mon irritation. Je sais bien que vous avez autant intérêt que moi à retrouver ce maudit journal... Ça vous gêne, si je me sers à boire ?

— Pas du tout. Faites comme chez vous, répondit Tobias, qui réprima une grimace en voyant la dose généreuse de cognac que Neville versait dans son verre.

Ce millésime était hors de prix, mais il valait toujours mieux se montrer généreux envers ses clients...

Neville savoura deux rasades, avant de reposer son verre pour le regarder.

— Il est impératif de retrouver ce document, March. S'il venait à tomber dans de mauvaises mains, nous ne saurions jamais qui était Azur. Pire encore, nous n'aurions plus aucune chance d'apprendre le nom du nouveau chef de la Chambre bleue.

— Accordez-moi deux semaines, et je vous rapporte le journal, monsieur.

Neville haussa les sourcils.

— Deux semaines ? Impossible. Je ne pourrai pas attendre si longtemps.

— Écoutez, je vais faire de mon mieux pour aller aussi vite que possible. Mais je ne peux rien vous promettre de plus.

— N'oubliez pas que chaque jour qui passe réduit un peu plus nos chances de récupérer le journal en entier.

Anthony toussota pour manifester sa présence.

— Permettez-moi de vous rappeler, monsieur, que c'est grâce au travail de Tobias que vous connaissez l'existence de ce journal. C'est quand même une information de taille, non ?

— Oui, oui... bien sûr. Encore une fois, excusez mon irritation. Je dors très mal, depuis que je sais que ce document se cache en ville. Quand je pense à tous ceux qui sont morts inutilement, pendant la guerre, par la faute de ces traîtres criminels, ça me rend fou de rage.

— Personne ne peut souhaiter plus que moi retrouver ce journal, reprit Tobias.

— Oui, mais supposez que celui qui l'a actuellement en sa possession décide de le détruire... Les deux noms qui nous manquent seraient irrémédiablement perdus.

— Je doute fort que l'actuel possesseur songe un seul instant à le jeter au feu, répliqua Tobias.

Neville fronça les sourcils.

— Qu'est-ce qui vous rend si affirmatif ?

— La seule personne qui pourrait avoir intérêt à détruire ce document est le chef de la Chambre bleue. Or il est peu probable que ce soit lui qui ait tué Holton. Pour n'importe qui d'autre, le journal vaut beaucoup d'argent, comme source possible de chantage. Qui anéantirait la poule aux œufs d'or ?

Neville médita cette réponse.

— Votre argumentation se tient, concéda-t-il finalement.

— Donnez-moi encore un peu de temps, insista Tobias. Je finirai par dénicher ce maudit journal et, l'un comme l'autre, nous retrouverons le sommeil.

4

L'artiste travaillait toujours près de l'âtre. La chaleur des flammes, conjuguée à celle de la main humaine, ramollissait la cire, qu'on pouvait alors modeler selon son inspiration.

Le travail s'effectuait pour l'essentiel à l'aide du pouce et des autres doigts. Cette technique requérait des gestes précis et une main sûre. Au début de chaque œuvre, l'artiste opérait souvent les yeux fermés, se contentant de son sens du toucher pour former les volumes. Vers la fin, il s'accordait l'aide d'un stylet, dont le bout avait été chauffé afin de modeler la cire en finesse. Aux yeux de l'artiste, la valeur d'une œuvre se jugeait à la perfection des détails : la courbe d'une joue, les plis d'une robe, l'expression d'un visage...

Même si le regard des spectateurs s'attardait rarement à ces considérations, tous ces petits éléments, conformes à la réalité, contribuaient à la crédibilité de l'ensemble, qui était la marque du grand art.

Sous les doigts de l'artiste, la cire semblait palpiter comme un être vivant. Il n'y avait pas matériau plus parfait pour capturer l'illusion de la vie.

Ou préserver la beauté de la mort.

5

Lavinia s'arrêta sous un marronnier pour vérifier l'adresse écrite sur le papier. Le 14, Hazelton Square occupait le milieu d'une rue résidentielle bordant un petit jardin public. D'élégants perrons à colonnade marquaient l'entrée de chaque demeure.

Les deux attelages attendant dans la rue confirmèrent son impression que le quartier était extrêmement huppé. Les chevaux étaient de race, les cochers habillés de livrées élégantes, et des armoiries ornaient les portières des voitures. Une femme sortit du numéro 16. Sa robe de promenade, en soie rose pâle, venait à l'évidence d'une des meilleures couturières de la ville.

La jeune femme ne s'était pas attendue à cela. Il semblait incroyable que Félix Holton ait pu connaître – et pire, essayer de faire chanter – une personne vivant dans un tel voisinage. Lavinia elle-même ne se sentait pas à l'aise à l'idée d'aller frapper à la porte du numéro 14. Cependant, c'était le seul indice dont elle disposait pour le moment. Et il fallait bien commencer par quelque chose.

Prenant son courage à deux mains, elle traversa la rue et gravit les marches du perron du 14. Puis, d'un geste qui se voulait décidé, elle actionna le heurtoir de bronze.

Quelques secondes plus tard, la porte s'ouvrit sur un majordome imposant. À son regard, Lavinia devina qu'il s'apprêtait déjà à refermer la porte sur elle. Elle s'empressa de lui tendre sa carte de visite.

— S'il vous plaît, portez ma carte à votre maîtresse, dit-elle. C'est très urgent. Je m'appelle Lavinia Lake.

Le majordome jeta un regard dédaigneux sur la carte, comme s'il répugnait à l'accepter.

— Je suis attendue, ajouta-t-elle de son ton le plus hautain.

C'était un gros mensonge, bien sûr, mais elle n'avait pas trouvé meilleur stratagème pour amadouer le majordome.

— Bien, madame, répondit ce dernier, en s'effaçant aussitôt pour la laisser entrer. Attendez-moi ici.

Lavinia s'empressa d'obtempérer. Elle avait passé la première étape : elle était à l'intérieur.

Le domestique disparut à l'autre bout du hall. La jeune femme en profita pour inspecter le décor qui s'offrait à ses yeux. Le dallage en marbre noir et blanc, les moulures du plafond, la taille des miroirs pendus aux murs... chaque détail témoignait d'un goût très sûr pour la décoration. Et de moyens en conséquence...

Entendant les pas du majordome qui revenait vers elle, Lavinia retint son souffle. Quand elle le vit, elle comprit que sa carte de visite avait rempli son office.

— Mme Dove va vous recevoir. Veuillez me suivre, madame.

Elle respira à nouveau. Pourtant, le plus difficile restait à faire : persuader une inconnue de lui parler de chantage et de crimes.

La jeune femme fut introduite dans un vaste salon décoré dans les tons d'ambre, de vert et d'or. Les sièges étaient tendus de soie, et de grandes tentures en velours d'un vert profond encadraient les fenêtres donnant sur un parc. Au sol, les épais tapis de laine étouffaient les pas comme par magie.

Une femme d'une rare élégance se tenait sur l'un des sofas. Elle portait une robe de soie gris clair, brodée de noir et coupée à la dernière mode. Ses cheveux étaient tirés sur la nuque, donnant à son visage une grâce qui mettait en valeur son cou parfait. De loin, on aurait pu facilement la prendre pour une femme d'une trentaine d'années. Mais Lavinia remarqua les ridules au coin des yeux, et en conclut que son hôtesse avait plutôt dans les quarante-cinq ans que dans les trente-cinq.

— Mme Lake, madame, annonça le majordome avec déférence.

— Entrez donc, madame Lake. Et prenez un siège.

C'était dit d'une voix parfaitement maîtrisée et pourtant, Lavinia aurait juré que son hôtesse était nerveuse.

Elle s'assit dans un des fauteuils et tâcha de prendre l'air de quelqu'un habitué à converser dans un décor aussi raffiné. Cependant, elle s'effrayait à l'idée que sa robe de mousseline – autrefois d'un beau marron doré, mais aujourd'hui plus proche de la couleur d'un thé trop clair – ne traduise son état d'impécuniosité. Sa récente tentative pour redonner à cette robe son éclat d'origine avait malheureusement échoué.

— Merci de me recevoir, madame Dove...

— Comment aurais-je pu refuser, après avoir lu votre carte si intrigante ? rétorqua Joan Dove. Puis-je savoir comment vous connaissez mon nom, alors que nous ne nous sommes jamais rencontrées ?

— Ce n'est pas un grand secret. Je me suis contentée d'interroger les domestiques des environs. J'ai appris que vous êtes veuve, et que vous vivez avec votre fille.

— Oui, bien sûr, murmura Joan. Il faut toujours que les gens parlent...

— En effet. Et cela m'est très utile, dans ma nouvelle profession.

Joan tapotait distraitement la carte de visite sur l'accoudoir du sofa.

— En quoi consiste exactement votre profession, madame Lake ?

— Je vous l'expliquerai plus tard, si ça vous intéresse toujours. Mais d'abord, laissez-moi vous exposer la raison de ma visite. Je pense que nous avons – ou plutôt, nous avons eu – une relation commune, madame Dove...

— De qui s'agit-il ?

— Félix Holton.

Joan haussa légèrement les sourcils, pour marquer un étonnement poli.

— Je ne connais personne de ce nom.

— Vraiment ? Pourtant, j'ai trouvé votre adresse dans le livre qu'il gardait à son chevet.

Lavinia comprit que son hôtesse l'écoutait maintenant très attentivement.

— Dans son livre de chevet ? Comme c'est étrange...

— En réalité, ce n'était pas si étrange, compte tenu de ses activités. Félix Holton était un maître chanteur.

Il y eut un grand silence.

— *Était ?* répéta Mme Dove.

— Quand j'ai voulu lui rendre visite, hier soir, il était déjà mort. Assassiné, dois-je préciser.

Joan se raidit imperceptiblement sous le choc. Cependant, elle reprit ses esprits avec une étonnante rapidité.

— Assassiné, dites-vous, murmura-t-elle comme si Lavinia s'était contentée de parler de la pluie et du beau temps.

— Oui.

— Vous en êtes sûre ?

— Sûre et certaine, répliqua Lavinia en croisant les mains l'une sur l'autre. Madame Dove, je vais être franche. Je ne connaissais pas vraiment Félix Holton, mais je n'avais pas une grande opinion de lui. Il a tenté de me faire chanter. Je suis venue vous demander si vous comptiez également au nombre de ses victimes.

— Voilà une question outrageante ! protesta vivement Joan. Comme si on pouvait me faire chanter !

Lavinia hocha la tête d'un air compatissant.

— J'ai eu la même réaction quand j'ai reçu la première lettre de Félix me réclamant de l'argent. C'est d'ailleurs parce que j'étais si furieuse que j'ai pris la peine de chercher son adresse. Et que je lui ai rendu visite hier soir, à un moment où je ne pensais pas le trouver chez lui.

Joan semblait fascinée par ce récit.

— Mais pourquoi donc faisiez-vous cela ?

Lavinia haussa les épaules.

— Je souhaitais récupérer un certain document – un journal intime – que Félix prétendait posséder. En fait, il était chez lui hier soir, mais quand je suis arrivée, quelqu'un était passé avant moi.

— L'assassin ?

— Oui.

Il y eut un autre silence, pendant lequel Joan parut méditer toutes ces informations.

— Vous êtes une femme intrépide, madame Lake...

— Je n'avais pas d'autre choix que d'agir.

— Quoi qu'il en soit, votre problème est résolu, puisque votre maître chanteur est mort.

Lavinia esquissa un pauvre sourire.

— Au contraire, madame Dove. L'histoire s'est encore compliquée. Le document que j'espérais trouver chez Félix n'y était plus. J'en ai donc conclu qu'il avait été emporté par son meurtrier – ou sa meurtrière...

Joan n'était pas idiote. Elle comprit tout de suite le sous-entendu, qui sembla l'amuser.

— Vous ne pensez quand même pas que j'aurais pu tuer cet homme et voler le journal intime ?

— Ça m'aurait pourtant facilité les choses, avoua Lavinia sans prendre de gants.

Joan était médusée.

— Vous êtes une femme étrange, madame Lake. En tout cas, je peux vous jurer que je n'ai rien à voir avec cette histoire de meurtre et de chantage.

Et, après un regard appuyé à la pendule, elle ajouta :

— Mon Dieu, il se fait tard ! Je vais être obligée de vous congédier. J'ai un rendez-vous avec ma modiste.

Lavinia refusait que la situation lui échappe. Elle se pencha et déclara sur le ton de la confidence :

— Madame Dove, si vous n'avez pas tué Félix Holton, mais s'il vous faisait chanter, vous vous trouvez désormais dans une position pour le moins délicate. Je pourrais peut-être vous aider...

Joan la regarda avec un étonnement amusé.

— Que voulez-vous dire ?

— Il n'est pas exclu que l'assassin de Félix souhaite à son tour se servir du journal pour extorquer de l'argent à certaines personnes.

— Vous vous attendez à de nouvelles menaces ?

— Je ne peux jurer de rien. Mais une chose est sûre : quelqu'un possède cet infernal document. C'est fort gênant, vous ne trouvez pas ?

Joan se maîtrisait parfaitement. À part un clignement d'yeux, elle ne montra aucun signe qui aurait pu laisser penser que la situation décrite par Lavinia l'alarmait.

— Sans vouloir vous offenser, madame Lake, votre histoire est à dormir debout.

Lavinia refusa de se laisser démonter.

— Félix Holton devait savoir quelque chose vous concernant, madame. Sinon, je ne vois pas pourquoi il aurait glissé un papier portant votre adresse dans un ouvrage licencieux, exposant les mille et une façons de débaucher une jeune demoiselle...

Joan s'empourpra subitement.

— Comment osez-vous insinuer que je pourrais avoir le moindre lien avec un tel individu ? Quittez cette pièce immédiatement, madame Lake, avant que j'appelle mes domestiques.

— Madame Dove, écoutez-moi, je vous en prie. Si vous étiez l'une des victimes de Félix, vous devez savoir certaines choses. En me racontant tout, vous pourriez m'aider à découvrir l'identité de l'assassin. Vous avez sûrement autant intérêt que moi à récupérer ce maudit journal.

— Vous avez assez abusé de ma patience comme cela, madame Lake.

— En échange d'un modeste salaire, qui couvrirait mes dépenses, je pourrais enquêter...

— C'est assez ! Vous êtes folle, la coupa Joan, le regard brillant de colère. Partez tout de suite, avant que mes gens ne vous jettent à la rue.

Lavinia comprit que son approche trop directe avait définitivement échoué. Ça n'était pas facile de recruter des clients, dans son nouveau métier...

Elle se releva avec un soupir de frustration.

— Je vous laisse, madame Dove. Mais gardez ma carte. Si vous changez d'avis, n'hésitez pas à me faire signe. Ne réfléchissez pas trop. Le temps presse.

Et sur ces mots, la jeune femme marcha tranquillement jusqu'à la porte et quitta le salon sans un regard en arrière. Le majordome, l'œil dédaigneux, s'empressa de lui ouvrir la porte du perron.

Lavinia descendit les marches en se maudissant d'avoir négligé de prendre un manteau. L'air était frisquet, et le ciel couvert. Avec la chance qu'elle avait aujourd'hui, la pluie risquait fort de tomber avant qu'elle ne soit rentrée à la maison.

Elle coupa à travers le parc, pour aller plus vite. Quoiqu'il lui en coûtât de l'admettre, Emeline avait eu raison. Sa nièce l'avait avertie que quiconque habitait Hazelton Square n'admettrait jamais être victime d'un chantage. Et accepterait encore moins d'engager une inconnue pour enquêter sur le sujet.

Cependant, Lavinia était plus que jamais convaincue que Joan Dove avait des choses à cacher. Il ne restait plus qu'à trouver un meilleur moyen de la persuader de se confier à elle.

Après avoir traversé le parc, elle s'engagea dans une rue étroite bordée de maisons. La pluie s'était mise en effet à tomber, et le jour finissant projetait de grandes ombres inquiétantes sur les façades. Elle ne put réprimer un frisson, qui n'était pas seulement dû au froid. Elle avait la désagréable impression que quelqu'un l'épiait.

La jeune femme commençait à se reprocher d'avoir pris un raccourci, quand soudain une silhouette d'homme émergea de sous un porche.

— Vous me voyez ravi de vous rencontrer dans ces parages, madame Lake, dit Tobias March en venant à sa rencontre. Je vous cherchais, justement.

Un quart d'heure plus tard, alors qu'elle rentrait dans sa petite maison de Claremont Lane, Tobias March sur ses talons, Lavinia n'avait toujours pas décoléré.

Mme Chilton se précipita.

— Vous voilà enfin, madame ! s'exclama-t-elle en jetant un regard intrigué à Tobias. Dire que vous êtes sortie sans rien sous la pluie...

Lavinia se débarrassa de son chapeau et de ses gants.

— Dieu merci, j'ai réussi à ne pas trop me mouiller. Mais ce fut bien ma seule chance de la journée. Comme vous pouvez le constater, madame Chilton, nous avons un invité inattendu. Vous allez être obligée de nous préparer du thé et des petits gâteaux. Vous nous les apporterez dans le bureau.

— Oui, madame.

Avec un dernier regard pour Tobias, Mme Chilton tourna les talons vers l'office.

— Ne gaspillez pas le thé à la bergamote que j'ai payé une fortune ! lui cria Lavinia. Il doit rester du vieux thé ordinaire dans les placards.

— La générosité de votre hospitalité me bouleverse, se moqua Tobias.

— Je réserve ma générosité à mes véritables invités, répliqua Lavinia. Pas à ceux qui s'invitent tout seuls.

À cet instant, Emeline apparut sur la rambarde du palier.

— Monsieur March ! Quel plaisir de vous revoir !

Tobias sourit à la jeune fille.

— Tout le plaisir est pour moi, mademoiselle Emeline.

Celle-ci dévala l'escalier.

— Vous êtes-vous aussi rendu à la maison de Hazelton Square ? C'est là que vous avez rencontré Lavinia ?

— Pas tout à fait, répondit-il.

— Il m'a suivie jusqu'à Hazelton Square, expliqua Lavinia en prenant la direction du bureau. Il m'espionnait encore, comme à Rome ! C'est une manie très déplaisante, chez lui.

Tobias pénétra à sa suite dans la pièce.

— Je m'en dispenserais volontiers, si vous preniez la peine de m'informer de vos allées et venues.

— Et pourquoi donc ferais-je une chose pareille, s'il vous plaît ?

Il haussa les épaules.

— Parce que si vous ne le faites pas, je continuerai à vous suivre dans les rues de Londres.

— C'est quand même incroyable ! explosa Lavinia, qui venait de s'asseoir derrière son bureau. Vous n'avez pas le droit de vous mêler de mes affaires personnelles.

— Et pourtant, c'est bel et bien mon intention, répliqua Tobias en se laissant tomber dans le plus grand fauteuil de la pièce, sans y avoir été invité. Au moins, jusqu'à ce que cette affaire soit terminée. Je ne saurais trop vous suggérer de coopérer avec moi, madame Lake. Plus tôt nous combinerons nos forces, plus nous aurons de chances de parvenir à un résultat.

— M. March n'a pas tort, Lavinia, intervint Emeline, qui venait d'entrer dans la pièce et prit le fauteuil restant. C'est ton intérêt de faire équipe avec lui.

Lavinia regarda tour à tour sa nièce et Tobias March. Elle se savait prise au piège de la logique. Seule, elle n'y arriverait pas. N'était-ce pas d'ailleurs cette même argumentation qu'elle avait précisément développée devant Joan Dove ?

Elle fixa Tobias droit dans les yeux.

— Qu'est-ce qui nous dit que nous pouvons vous faire confiance, monsieur March ?

— Rien, admit-il avec un sourire. Mais rien ne me dit non plus que je puis vous faire confiance. Et cependant, je ne vois pas de meilleure alternative... pour vous, comme pour moi.

Emeline attendait avec anxiété la réponse de sa tante. Lavinia réfléchit, hésita, chercha l'inspiration...

— Nom d'un chien de nom d'un chien, marmonna-t-elle finalement en tapotant les doigts sur le bureau.

— Je sais ce que vous ressentez, murmura Tobias. Une grande frustration, n'est-ce pas ?

Lavinia s'adossa à son siège.

— Je trouve le mot presque faible, monsieur March. Mais puisque tout le monde semble penser que c'est la meilleure solution, je suis prête à envisager un partenariat avec vous.

Les prunelles de Tobias brillèrent d'une lueur de triomphe.

— Parfait ! Ça va rendre les choses beaucoup plus simples. Et plus efficaces.

— J'en doute fort, objecta-t-elle. Mais tentons l'expérience... Commençons par vous.

— Par moi ?

— Oui. Prouvez-moi votre confiance, répondit la jeune femme avec son plus beau sourire. Dites-moi ce que vous savez de Joan Dove.

— Qui est Joan Dove ?

— Bah, je m'en doutais ! lâcha Lavinia.

Se tournant vers Emeline, elle ajouta :

— Tu vois ? C'est sans espoir... M. March possède encore moins d'informations que nous. Je ne vois pas comment un partenariat avec lui pourrait nous aider.

— Un peu d'indulgence, Lavinia. Donnons-lui au moins une chance.

— C'est précisément ce que je viens de faire. Sans succès.

Tobias la regardait d'un air de profonde humilité.

— Je suppose que Joan Dove est la personne qui habite Hazelton Square ?

— Bravo ! Brillante déduction ! ironisa Lavinia.

Il ne se laissa pas démonter.

— J'avoue ne rien savoir à son sujet. Mais ça ne devrait pas être très difficile de rassembler quelques renseignements assez rapidement...

— Et comment comptez-vous vous y prendre ? demanda Lavinia, sans pouvoir cacher sa curiosité.

Après tout, elle avait encore beaucoup à apprendre dans son nouveau métier.

— Je dispose d'un réseau d'informateurs ici, à Londres, expliqua Tobias.

— Des espions, autrement dit ?

— Non. Simplement des personnes qui n'hésitent pas à vendre les informations qu'elles possèdent, quand cela les arrange.

— Moi, j'appelle ça une bande d'espions.

Tobias n'insista pas pour la contredire.

— Avant que j'essaie d'en savoir plus sur cette Joan Dove, racontez-moi ce que vous avez appris en parlant avec elle. Cela nous fera gagner du temps.

Emeline sursauta.

— Lavinia ! Tu ne m'avais pas dit que tu lui avais rendu visite !

Sa tante eut un geste vague de la main.

— L'occasion s'est présentée : j'en ai profité.

— Tu m'avais assuré que tu te contenterais, pour commencer, de localiser son adresse et d'observer un peu la maison, afin de recueillir d'éventuels renseignements, lui rappela Emeline d'un ton de reproche.

Tobias paraissait également contrarié.

— Pourquoi avez-vous voulu parler à cette Mme Dove ?

— J'étais convaincue qu'elle avait été victime du chantage de Félix, expliqua Lavinia. J'ai voulu battre le fer pendant qu'il était chaud.

— Mais, tante Lavinia...

— Que lui avez-vous dit, exactement ? demanda Tobias d'un ton coupant.

— À mon avis, intervint Emeline, ma tante a voulu se faire une nouvelle cliente...

Il écarquilla les yeux.

— Une cliente ?

— Ça suffit, Emeline ! trancha Lavinia avec fermeté. Tu n'as pas besoin de dévoiler mes affaires personnelles à M. March. Ça ne le regarde pas.

— Au contraire, protesta-t-il. Tout ce qui vous concerne m'intéresse, madame Lake. Même les plus infimes détails.

Emeline hocha la tête.

— Compte tenu des circonstances, je ne vois pas comment tu peux cacher des choses à M. March. Il finira de toute façon par découvrir la vérité.

— Votre nièce a raison, madame Lake. Que complotez-vous ?

— Je cherche simplement un moyen de subsister pour moi et ma nièce, sans être obligée de me vendre dans les rues, répliqua Lavinia.

— Et quel moyen avez-vous trouvé ?

— Je vous rappelle que c'est votre faute, monsieur March, si j'ai dû réfléchir à une nouvelle profession.

Tobias se leva d'un bond.

— Cessez de jouer au chat et à la souris ! De quel métier s'agit-il ?

Emeline se porta au secours de sa tante :

— Vous n'avez pas besoin de vous fâcher, monsieur. La profession de Lavinia n'est certes pas habituelle, mais elle n'a rien d'illicite. Du reste, c'est vous qui lui en avez donné l'idée.

Il marcha droit vers le bureau et posa les deux mains dessus.

— Maintenant, ça suffit. Dites-moi de quoi il retourne.

La jeune femme hésita une seconde, avant de hausser les épaules et d'ouvrir le tiroir central de son bureau. Elle en tira une de ses nouvelles cartes de visite, qu'elle posa sous le nez de Tobias.

Il baissa les yeux et elle suivit son regard, lisant silencieusement avec lui :

Lavinia Lake
– Enquêtes personnalisées –
– Discrétion assurée –

— Dieu du ciel ! s'exclama-t-il, médusé. Vous marchez sur mes brisées ! Mais comment avez-vous pu imaginer que vous étiez qualifiée pour ce métier ?

— Pour autant que j'ai pu le constater, c'est précisément une profession qui ne requiert aucune qualité particulière, répliqua Lavinia, piquée au vif. Sinon le culot de poser beaucoup de questions.

Tobias n'en revenait toujours pas.

— Et vous avez tenté de convaincre Joan Dove de vous embaucher pour retrouver le journal intime... c'est ça ?

— Je lui ai en effet suggéré de m'accorder une petite somme pour financer mon enquête.

— Vous êtes folle !

— C'est amusant que vous vous interrogiez sur ma santé mentale, monsieur March. Il y a trois mois, à Rome, je nourrissais les plus grands doutes sur la vôtre.

D'un revers de main, Tobias envoya à terre la carte de visite.

— Si vous n'êtes pas folle, vous êtes à coup sûr inconsciente... Bon sang ! N'avez-vous pas réalisé combien cette affaire est dangereuse ?

— Bien sûr que si. J'ai bien vu comment a fini Félix.

Il contourna le bureau avec une telle rapidité que Lavinia n'eut même pas le temps d'esquisser un mouvement de recul. Il lui saisit le bras et l'extirpa sans ménagement de sa chaise.

Emeline se leva également.

— Monsieur March, que faites-vous à ma tante ? Lâchez-la, s'il vous plaît.

Tobias ignora la jeune fille. Son attention était focalisée sur Lavinia.

— Vous êtes folle à lier, madame Lake. Ne comprenez-vous pas que vous risquez de tout faire capoter ? J'ai passé des semaines à échafauder un plan d'investigation, et voilà que vous débarquez au milieu du tableau comme un chien dans un jeu de quilles !

Sa colère intimidait Lavinia. Mais constater qu'il possédait ce pouvoir sur elle la mettait en rage.

— Lâchez-moi, monsieur !

— Pas tant que vous ne m'aurez pas donné votre accord pour faire équipe avec moi.

— Pourquoi y tenez-vous tant que cela, puisque vous avez une si mauvaise opinion de moi ?

— Nous allons travailler de concert, madame Lake, parce que les événements d'aujourd'hui me prouvent que je ne peux pas vous laisser agir à votre guise. Vous avez besoin d'être surveillée.

Elle n'appréciait nullement ce paternalisme.

— Lâchez-moi, monsieur March. Vous n'allez quand même pas me tenir indéfiniment ?

— Et pourquoi pas ?

— Alors, c'est que vous n'êtes pas un gentleman.

— Vous me l'avez déjà dit, en d'autres occasions. Ce n'est pas le sujet. Acceptez-vous, oui ou non, de chercher avec moi ce journal ?

Elle soupira.

— Franchement, je ne vois pas où serait mon intérêt de m'associer avec vous. Mais comme je pressens que je vous aurai toujours dans les pattes, autant mettre nos ressources en commun et partager les informations que nous recueillerons.

— Voilà enfin une sage décision, madame Lake.

— Toutefois, j'insiste pour que vous cessiez de vous comporter aussi brutalement avec moi.

Tobias March ne lui faisait pas mal, mais elle était trop consciente de sa force. Et cela la troublait.

— Laissez-moi me rasseoir, s'il vous plaît.

Il la relâcha enfin, sans un mot.

— J'attends vos excuses, monsieur March...

— Je vous les offre. Mais ce n'est pas de ma faute si vous avez le don de me faire sortir de mes gonds.

Emeline soupira lourdement.

— Cette association ne commence pas sous les meilleurs auspices...

Tobias et Lavinia se tournèrent en même temps vers la jeune fille. Mais avant que l'un ou l'autre ait pu répondre, Mme Chilton entra dans la pièce avec le thé.

— Je vais faire le service, proposa aussitôt Emeline, en aidant Mme Chilton à déposer son plateau.

Le temps qu'Emeline remplisse les trois tasses, Lavinia avait retrouvé son calme. Tobias se tenait devant la fenêtre, les mains croisées dans le dos, et contemplait le jardin, le visage fermé, comme s'il se reprochait sa conduite. Lavinia en était presque attendrie.

Dès que Mme Chilton fut partie, elle goûta son thé. La pendule qui trônait sur la cheminée sonna cinq heures dans un profond silence.

— Reprenons tout depuis le début, lâcha finalement Tobias. Qu'avez-vous exactement dit à Mme Dove ?

— Je me suis montrée très directe.

— Bonté divine ! Je crains le pire.

Lavinia s'éclaircit la voix.

— Je lui ai expliqué que j'ai été victime d'un chantage, que j'ai retrouvé la trace du gredin qui voulait m'extorquer de l'argent, mais qu'en me rendant chez lui je suis tombée sur son cadavre. Et le précieux document que Félix prétendait détenir avait disparu. Mais j'ai trouvé en revanche son adresse à elle, dans un roman licencieux.

Tobias dévisagea la jeune femme.

— Voilà donc ce que vous avez trouvé dans la chambre. Je savais que vous aviez mis la main sur quelque chose... Bon sang, pourquoi ne m'avoir rien dit ?

— Monsieur March, si vous me critiquez à chaque phrase, nous ne ferons pas beaucoup de progrès.

Il crispa les poings, mais renonça à argumenter.

— Continuez.

— J'ai presque tout dit. Joan Dove a juré ne rien savoir de cette histoire de chantage. Cependant, j'ai la conviction qu'elle était l'une des victimes de Félix. Je lui ai proposé de travailler pour son compte, elle a refusé. Je l'ai quittée là-dessus.

Lavinia ne jugea pas utile de préciser qu'elle avait failli être jetée à la rue.

— Lui avez-vous raconté que je me trouvais avec vous, chez Félix ? s'enquit Tobias.

— Non. Je n'ai pas dit un mot à votre sujet.

Il médita cette précision un moment, avant d'aller prendre la tasse de thé qui l'attendait sur le guéridon.

— Elle est mariée ?

— Veuve. Une des domestiques du voisinage m'a expliqué qu'elle a perdu son mari il y a près d'un an, peu de temps après l'annonce des fiançailles de leur fille.

Tobias, qui avait porté sa tasse à ses lèvres, la reposa brusquement dans la soucoupe. Ses yeux brillaient d'un intérêt non dissimulé.

— Cette domestique vous a-t-elle dit comment il est mort ?

— Une fièvre subite, alors qu'il visitait une de ses propriétés à la campagne, quelque chose comme ça... Je n'ai pas cherché à avoir plus de détails.

— Je vois, murmura Tobias. Et vous dites qu'elle a nié tout chantage ?

Lavinia hocha la tête.

— Oui. Mais je l'ai sentie ébranlée, malgré ses dénégations. Je lui ai laissé ma carte, et je ne serais pas étonnée qu'elle me donne rapidement de ses nouvelles.

6

En sortant de chez Lavinia, Tobias se rendit à son club, l'un des plus huppés de la ville. L'atmosphère feutrée était tout juste troublée par le froissement des pages de journaux et le tintement des cuillers dans les tasses de porcelaine. Comme il était encore tôt, la plupart des membres assis dans les profonds fauteuils de cuir avaient les cheveux blancs. À cette heure-là, les plus jeunes s'entraînaient à tirer au pistolet sur les cibles installées à la cave.

— Ah, vous voilà, March ! le salua lord Crackenburne en repliant son journal devant lui. J'espérais justement vous voir.

Tobias s'assit en face du vieil homme.

— Bonsoir, milord. Vous avez bien fait de vous installer près du feu. Ce n'est pas un temps à mettre un chat dehors. La pluie n'a pas cessé depuis tout à l'heure.

— J'ai de toute façon passé l'âge de courir la ville, répondit Crackenburne, qui regardait Tobias par-dessus ses lunettes en demi-lunes. Je préfère que le monde vienne à moi.

— Je comprends.

Crackenburne vivait pratiquement ici depuis la mort de sa femme, dix ans plus tôt. Ce club était devenu sa deuxième maison. C'était là que Tobias le voyait toujours.

Leur amitié remontait à des années. Elle datait très précisément du jour où Tobias, jeune diplômé frais émoulu d'Oxford, mais sans le sou, était devenu le fondé de pouvoirs de Crackenburne. Encore aujourd'hui, Tobias ne comprenait pas pourquoi le comte, avec sa fortune et ses relations, avait accepté d'embaucher un jeune homme sans expérience, ni références familiales. Mais il lui serait éternellement reconnaissant de sa confiance.

Il avait cessé de s'occuper des affaires du comte cinq ans plus tôt, lorsqu'il avait décidé de devenir détective privé. Mais il continuait d'apprécier les conseils du vieil homme. Il apprenait toujours des choses intéressantes, avec lui. Bien que Crackenburne ne sortît jamais en ville, toutes les rumeurs de Londres lui parvenaient aux oreilles. C'était la personne idéale pour s'informer des derniers ragots.

Il posa ses lunettes sur son journal.

— Dites-moi, March, qu'est-ce que c'est que cette histoire de joueur professionnel qu'on a retrouvé assassiné, hier soir ?

Tobias écarquilla les yeux.

— Vous m'impressionnerez toujours, monsieur... Comment êtes-vous déjà au courant ? C'est dans le journal ?

— Non. Mais tout à l'heure, j'ai entendu une conversation entre joueurs de cartes, ici même. Et le nom de Félix Holton a attiré mon attention, puisque vous m'en aviez précisément parlé la semaine dernière. Il est donc mort ?

— Tout ce qu'il y a de plus mort. Assommé avec un objet qui lui a défoncé le crâne.

Crackenburne hocha la tête d'un air méditatif.

— Et pour ce qui est du document que Neville vous a chargé de retrouver ?

Tobias allongea ses jambes devant la cheminée.

— Disparu. L'assassin l'aura emporté avec lui.

— Dommage... Je suppose que Neville était furieux d'apprendre ça ?

— Vous supposez bien.

— Et savez-vous comment reprendre l'enquête ?

— Pas encore. Mais je compte sur mes informateurs pour me mettre sur la piste, répondit Tobias.

Il eut une légère hésitation, avant d'ajouter :

— Il y a du nouveau.

— C'est-à-dire ?

— J'ai été obligé de faire équipe avec quelqu'un qui a trouvé un indice intéressant.

Crackenburne parut étonné.

— Vous, vous associer ? Avec qui ? Anthony ?

— Non. Anthony me sert à l'occasion d'assistant, mais son rôle s'arrête là. Je ne veux pas le mêler de trop près à mes affaires.

Crackenburne esquissa un sourire.

— Il aime pourtant ce travail.

— C'est bien le problème, répliqua Tobias. Ce métier n'est pas fait pour les gentlemen. C'est à peine plus honorable qu'espion. Et les revenus sont aléatoires. J'ai promis à Ann que son frère ferait une belle et honorable carrière. Elle avait terriblement peur qu'il ne finisse mal, comme leur père.

— Mais ce cher Anthony professe-t-il le moindre intérêt pour une carrière respectable ? ironisa Crackenburne.

— Pas vraiment, admit Tobias. Mais il n'a que vingt et un ans. Il se passionne pour l'art, les antiquités et la poésie. Ce qui n'est déjà pas si mal.

— Vous pourriez lui conseiller de courir la dot.

Tobias fit la moue.

— Les chances qu'Anthony puisse épouser une riche héritière sont minimes, pour ne pas dire inexistantes. Même à supposer qu'il en attrape une dans ses filets, il déteste tellement entendre les femmes parler de chiffons et de choses sans importance à ses yeux, qu'il ruinerait cette union avant qu'elle soit consacrée.

— Si j'étais vous, je ne m'inquiéterais pas outre mesure au sujet de son avenir. Il faut que jeunesse se passe... Anthony est un brave garçon. Espérons qu'il saura faire les bons choix, le moment venu. Parlez-moi plutôt de cet associé mystérieux.

— En fait, il s'agit d'une femme. Lavinia Lake. Vous m'avez déjà entendu parler d'elle...

Crackenburne en resta un instant bouche bée.

— Bonté divine ! Serait-ce la Mme Lake que vous avez croisée en Italie ?

— Précisément. Elle figurait sur la liste des personnes que Félix faisait chanter. Du reste, elle considère que c'est de ma faute.

Le vieil homme hocha longuement la tête.

— Bien, bien, bien... en voilà, des nouvelles intéressantes...

— En fait, tout se complique, reprit Tobias en croisant les mains. Mme Lake s'est mise dans la tête de devenir détective privé.

Crackenburne hocha de nouveau la tête. Il semblait partagé entre l'amusement et l'incrédulité.

— Tout cela est proprement stupéfiant, dit-il. Une femme, détective privé ! Étonnant !

— Personnellement, je suis plus furieux qu'étonné. Mme Lake étant décidée à retrouver le journal intime par ses propres moyens, je n'ai eu d'autre choix que de lui proposer une association.

— Oui, bien sûr, approuva Crackenburne comme s'il considérait en effet que c'était une sage décision. C'est la meilleure façon de garder un œil sur elle et de contrôler ses agissements.

— Je ne suis pas certain que quiconque puisse contrôler Mme Lake, objecta Tobias. Mais je n'étais pas venu ici pour vous parler de mes problèmes avec cette femme. En vérité, j'aimerais vous poser une question, monsieur.

— Laquelle ?

— Sachant que vous connaissez beaucoup de monde, et que vous êtes au courant de tous les bruits, j'aimerais savoir si vous avez déjà entendu parler d'une certaine Joan Dove, qui habite Hazelton Square.

Crackenburne médita la question.

— Oui, mais je ne sais pas grand-chose sur son compte. M. et Mme Dove fréquentaient peu le monde, et il n'y avait donc pas beaucoup de rumeurs les concernant. Je me rappelle simplement qu'il y a environ un an, leur fille s'est fiancée à l'héritier Colchester. Fielding Dove est mort peu de temps après.

— Et sur sa femme, vous ne savez vraiment rien ?

Crackenburne contempla les bûches qui crépitaient dans l'âtre.

— Elle avait épousé Fielding une vingtaine d'années plus tôt. Mais ils avaient une grande différence d'âge. Il comptait au moins vingt-cinq ans de plus qu'elle. Peut-être trente. J'ignore complètement d'où elle sortait et qui était sa famille. Mais je suis au moins sûr d'une chose...

Tobias haussa un sourcil, attendant la suite.

— Après la mort de Fielding, reprit Crackenburne, Joan Dove a hérité de toute sa fortune. C'est une femme immensément riche.

— Et l'argent permet beaucoup de choses...

— Oui, approuva le vieil homme. Plus on est riche, plus on a le pouvoir de préserver ses secrets.

Il pleuvait toujours des cordes, quand Lavinia entendit un attelage s'arrêter devant le 7, Claremont Lane. La jeune femme écarta discrètement les rideaux du salon, et vit un laquais en livrée verte déployer un parapluie avant d'ouvrir la portière d'une élégante voiture.

Une voilette masquait le visage de la femme qui en sortit, mais Lavinia ne connaissait qu'une femme capable de s'offrir pareil équipage, et susceptible de lui rendre visite par ce temps de chien.

Joan Dove.

Elle portait un paquet, qu'elle serrait dans les plis de son manteau tandis qu'elle gravissait le perron, escortée de son laquais.

Le parapluie ne l'avait pas complètement protégée des gouttes, et Lavinia s'empressa d'offrir à sa visiteuse un siège près de la cheminée, dès que Mme Chilton l'eut introduite dans le salon.

— Apportez-nous du thé, madame Chilton, ordonna-t-elle du ton d'une femme habituée à recevoir tous les jours des ladies. Celui à la bergamote.

— Oui, madame... bien, madame, répondit Mme Chilton, fascinée par l'élégance de la visiteuse.

Après son départ, Lavinia s'assit en face de Joan Dove et lui sourit.

— J'ai bien peur que la pluie ne s'installe pour un moment, dit-elle, avant de se reprocher aussitôt le peu d'originalité de son propos.

Ce n'était pas ainsi qu'elle risquait d'impressionner une cliente potentielle !

— C'est aussi mon avis, répondit Joan Dove, qui releva sa voilette.

Lavinia oublia tout à fait le temps qu'il faisait en découvrant l'extrême pâleur de la dame. Effrayée, elle se releva pour empoigner le cordon de la sonnette.

— Vous sentez-vous bien, madame ? Voulez-vous qu'on vous apporte des sels ?

— Des sels ne feront rien à mon état, madame Lake, répliqua Joan. Je compte plutôt sur vous.

Lavinia se rassit.

— Que voulez-vous dire ? Que s'est-il passé, depuis notre rencontre ?

D'un geste brusque, Joan lui tendit le paquet qu'elle tenait serré contre elle.

— Ceci a été déposé devant ma porte il y a moins d'une heure.

Lavinia écarta le papier qui protégeait le paquet et découvrit un coffret en bois, d'environ trente centimètres de côté, contenant une figurine moulée dans la cire. Sans un mot, la jeune femme se releva à nouveau et s'approcha de la fenêtre, où la lumière était meilleure, pour étudier plus en détail la sculpture.

Elle représentait une femme vêtue d'une robe de soie verte, brodée en bas de trois rangs de roses, qui gisait à plat ventre sur le plancher d'une pièce imaginaire, son visage face au sol. Sa robe était déchirée dans le dos. Mais ce qui intrigua le plus Lavinia, ce fut les vrais cheveux utilisés pour figurer la coiffure. Ils étaient du même blond que ceux de Joan Dove.

Elle se tourna vers sa visiteuse.

— C'est du très beau travail d'artiste... mais je ne comprends pas pourquoi vous me le montrez.

Joan croisait nerveusement ses mains l'une contre l'autre.

— Regardez encore. Ne voyez-vous pas du rouge, sous la femme ?

Lavinia examina de nouveau la pièce.

— Si, en effet. Elle est allongée sur un drap de soie cramoisie, ou peut-être...

Sa voix mourut dans sa gorge quand elle réalisa soudain l'horrible évidence.

— Oh, mon Dieu...

— Oui, confirma Joan. Ce rouge figure du sang. La femme est morte. C'est une scène de meurtre.

Lavinia croisa le regard de sa visiteuse.

— Et la sculpture est à votre image... Il s'agit donc d'une menace de mort.

— C'est exactement mon avis, approuva Joan. Cette robe verte ressemble à celle que je portais, le soir du bal donné en l'honneur des fiançailles de ma fille. Sauf que la mienne n'avait que deux rangs de roses.

La jeune femme réfléchit une seconde.

— Ne l'avez-vous pas portée en d'autres occasions ?

— Non. Je l'avais fait faire spécialement pour la circonstance, et je n'ai pas eu d'autre occasion de la mettre depuis.

Lavinia étudia de nouveau l'objet.

— Donc, l'auteur de cette sculpture était forcément présent ce soir-là. Combien d'invités ont assisté à ce bal ?

Joan esquissa un sourire navré.

— Malheureusement, plus de trois cents personnes.

— Juste Ciel ! Ça fait beaucoup de suspects.

— En effet. Dieu soit loué, ma fille est à la campagne en ce moment. Ça l'aurait bouleversée. Elle ne s'est pas encore complètement remise de la mort de son père.

— Où est-elle ?

— Marianne rend visite à des parents de son fiancé, dans le Yorkshire. Je veux que cette affaire soit résolue avant qu'elle ne rentre à Londres. J'espère que vous pourrez commencer immédiatement votre enquête.

Lavinia n'en croyait pas ses oreilles. Cependant, malgré sa joie d'être embauchée, elle voulait garder les pieds sur terre.

— Vous êtes donc prête à me payer pour que je découvre qui vous a envoyé ce cadeau macabre, nous sommes bien d'accord ?

— Pour quelle autre raison serais-je venue ici ? Vous m'avez clairement fait comprendre, en vous rendant chez moi l'autre jour, que vous enquêtiez déjà sur cette affaire et que vous espériez une commande de ma part. L'offre tient toujours ?

— Bien sûr. Je serai ravie de vous avoir pour cliente, madame Dove. Peut-être devrions-nous discuter de mes tarifs ?

— Inutile d'entrer dans ce genre de détails, décréta Joan. Je me moque de ce que vous me coûterez, du moment que vous me rendez service. Quand vous aurez résolu l'affaire, envoyez-moi votre facture et vous serez payée rubis sur l'ongle.

Et avec un sourire un peu hautain, elle ajouta :

— Vous pouvez interroger mes fournisseurs : j'honore toujours leurs créances.

Lavinia renonça à insister. Mieux valait ne pas irriter cette première cliente par un vil marchandage.

— Eh bien, commençons, alors. J'aurais quelques questions à vous poser, madame Dove. J'ose espérer que vous ne les interpréterez pas comme une intrusion dans votre vie privée...

À cet instant, les deux femmes entendirent frapper à la porte d'entrée. Joan sursauta et se tourna vers la porte du salon, restée fermée après le départ de Mme Chilton.

— Il semblerait que vous ayez une autre visite, madame Lake. Merci de ne parler à personne des raisons de ma présence ici.

— Rassurez-vous, madame Dove. Ce doit être ma nièce, qui revient de chez une de ses amies, Priscilla Wortham. Lady Wortham, la mère de Priscilla, l'avait invitée à prendre le thé cet après-midi. Elle a même poussé la bonté jusqu'à dépêcher un de ses attelages pour venir chercher Emeline.

La jeune femme espérait ne pas paraître trop se vanter. Elle savait qu'une invitation de lady Wortham ne représentait pas grand-chose pour quelqu'un habitué, comme Joan Dove, à fréquenter les cercles les plus huppés. Mais Lavinia s'était grandement réjouie de ce thé, qui profiterait beaucoup à Emeline.

— Je vois, dit Joan sans quitter la porte du regard.

Tout à coup, une voix masculine – que Lavinia ne connaissait que trop bien – se fit entendre depuis le hall :

— Ne vous dérangez pas, madame Chilton. Je connais le chemin.

— Nom d'une pipe ! marmonna-t-elle. Il faut toujours qu'il débarque au mauvais moment, celui-là...

Joan se tourna vers elle.

— De qui parlez-vous ?

La porte du salon s'ouvrit et Tobias fit irruption dans la pièce. Il s'immobilisa en voyant Joan, et s'inclina pour la saluer.

— Mesdames, dit-il en se redressant, avant de se tourner vers Lavinia : Je vois que vous avez fait des progrès en mon absence. Sachez que je m'en réjouis.

— Qui est cet homme ? insista Joan d'un ton plus coupant.

Lavinia fusilla Tobias du regard.

— Permettez-moi de vous présenter mon... associé, madame Dove.

— Votre associé ? Vous ne m'aviez pas parlé d'un associé...

— Je m'apprêtais à le faire, assura la jeune femme en s'obligeant à sourire. M. Tobias March m'assiste dans mes enquêtes.

— Plus exactement, intervint Tobias, amusé, Mme Lake m'assiste dans mon travail.

Joan les regarda tour à tour.

— Je ne comprends pas...

— C'est pourtant simple, expliqua Lavinia, qui tournait délibérément le dos à Tobias. M. March et moi sommes partenaires dans cette affaire. C'est une chance pour vous. Comme vous êtes ma cliente, vous bénéficierez de nos services conjoints, sans augmentation de prix.

— Deux pour le prix d'un, renchérit Tobias.

— M. March possède une certaine expérience pour ce genre de dossiers, ajouta Lavinia avec un sourire qui se voulait confiant. Et je puis vous assurer de son entière discrétion.

— Je vois... murmura Joan, qui semblait cependant hésiter.

Toutefois, elle n'avait guère le choix.

Lavinia se tourna finalement vers Tobias et lui tendit la sculpture de cire.

— Mme Dove a reçu ceci chez elle. Elle l'interprète comme une menace de mort, et je partage son avis. La robe que porte le personnage est la reproduction d'un modèle appartenant à Mme Dove, et ses cheveux, comme vous pouvez le constater, sont du même blond.

Tobias examina la sculpture un long moment.

— C'est étrange... finit-il par dire. On pourrait s'attendre à ce qu'un maître chanteur menace de révéler un secret gênant, mais pas qu'il parle de mort. Ce n'est pas très logique de vouloir supprimer une source de revenus.

Il y eut un silence pesant, pendant lequel Lavinia échangea un regard avec Joan.

— M. March a marqué un point, admit la jeune femme avec mauvaise grâce.

— Oui, confirma Joan d'un air songeur.

Lavinia remarqua que sa cliente étudiait maintenant Tobias avec beaucoup plus d'intérêt.

Ce dernier reposa la boîte sur le guéridon.

— D'un autre côté, nous ne devons pas oublier que nous n'avons plus affaire à Félix Holton, mais à quelqu'un qui a déjà commis un meurtre. Peut-être considère-t-il qu'une menace de mort est le plus sûr moyen pour que ses victimes acceptent de payer.

Joan hocha la tête, convaincue.

Lavinia en conclut qu'il était temps qu'elle reprenne le contrôle de la situation, avant que Tobias ne commande tout ! Elle se tourna vers Joan :

— Je voudrais vous poser une question très personnelle, madame Dove.

— Vous souhaitez savoir ce que Félix Holton a découvert dans le journal intime, qui lui a fait penser que je serais prête à acheter son silence ?

— Oui, admit Lavinia. Cela nous aiderait beaucoup.

Joan jeta un coup d'œil à Tobias, avant de se décider à répondre :

— Je vais être aussi brève que possible, commença-t-elle. Je me suis retrouvée seule au monde à l'âge de dix-huit ans et j'ai été obligée, pour survivre, de devenir gouvernante. À dix-neuf ans, j'ai commis l'erreur de donner mon cœur à un homme qui rendait de fréquentes visites dans la maison où l'on m'employait. J'étais persuadée d'être amoureuse, et je pensais que mes sentiments étaient payés de retour. Bref, je me suis montrée totalement inconsciente.

— Je vois, murmura Lavinia.

— Il m'a amenée à Londres et m'a installée dans une petite maison, poursuivit Joan. Tout s'est bien passé durant quelques mois. Dans ma grande naïveté, je pensais que nous finirions par nous marier...

Et, avec un sourire amer, elle précisa :

— J'ai découvert mon erreur lorsque j'ai appris qu'il était déjà engagé auprès d'une riche héritière. En fait, il n'avait jamais eu l'intention de m'épouser.

Lavinia serra les poings.

— Le goujat !

— Oui, acquiesça Joan. Hélas, mon histoire n'avait rien que de très banal. Comme c'était prévisible, il a fini par me quitter. J'étais désespérée. Je n'avais plus un sou, et je savais que je serais obligée de déménager à la fin du mois. Mon amant ne m'avait rien laissé que j'aurais pu vendre pour assurer ma subsistance, le temps de retrouver du travail. De toute façon, sans références, j'avais peu de chances de décrocher un poste de gouvernante à Londres.

— Qu'avez-vous fait, alors ? demanda Lavinia d'une voix douce.

Joan s'approcha de la fenêtre, pour regarder la pluie qui tambourinait à la fenêtre.

— C'est difficile d'y repenser maintenant... À l'époque, j'étais vraiment perdue. Pendant une semaine, chaque soir, j'ai marché jusqu'à la Tamise avec la volonté de mettre un terme à ce cauchemar. Mais chaque soir, je finissais par rentrer à la maison. Certains diront que j'ai manqué de courage.

— Au contraire, objecta Lavinia. Vous avez montré beaucoup de force en résistant à l'appel de la mort. Au cœur des ténèbres, on se sent souvent incapable de vivre une journée de plus. Encore moins une existence entière.

En disant cela, Lavinia avait senti le regard de Tobias glisser sur elle, mais elle l'ignora.

Joan aussi la regarda, un bref instant, avant de retourner à sa contemplation de la pluie.

— Une nuit, en revenant du fleuve, j'ai trouvé Fielding Dove qui m'attendait sur le pas de ma porte. Je l'avais rencontré à deux ou trois reprises lorsque j'étais encore avec mon amant, mais je le connaissais à peine. Il m'a expliqué franchement qu'il souhaitait une liaison avec moi. Qu'il me verserait une rente, et que je n'aurais plus à m'inquiéter de rien.

Après un instant de silence, Joan conclut avec un sourire triste :

— Il proposait de devenir mon nouveau protecteur.

— Et vous avez accepté ? demanda Lavinia.

— Aussi surprenant que cela paraisse, j'avais retrouvé toute ma fierté. Je lui ai répondu que je n'étais pas à vendre, que je ne cherchais pas un amant, mais qu'en revanche j'avais besoin d'un prêt pour démarrer une nouvelle vie, que je lui rembourserais dès que possible. À mon grand étonnement, il a semblé acquiescer et m'a demandé seulement à quoi je voulais employer cette somme.

Tobias se laissa tomber dans un fauteuil.

— Finalement, il vous a prêté l'argent ?

— Oui. Et en prime, il m'a conseillé d'investir. Ce que j'ai fait. Nous nous sommes vus plusieurs fois, tout au long de ces mois pendant lesquels une partie de l'argent qu'il m'avait prêté me servait à lotir des terrains que j'avais achetés. J'en suis arrivée à considérer Fielding comme un ami très cher. Au bout d'un an, les maisons étaient terminées, et leur vente m'a rapporté un bénéfice considérable. J'ai averti Fielding que j'étais en mesure de le rembourser.

— Quelle a été sa réaction ? interrogea Lavinia.

— Il m'a demandé de l'épouser. J'ai accepté sans hésiter, tellement je me sentais amoureuse de lui.

Lavinia sentit ses yeux s'embuer. Elle renifla très fort, pour essayer de retenir les larmes qui la submergeaient. Tobias et Joan la dévisagèrent, intrigués.

— Pardonnez-moi, madame Dove, dit-elle en tirant un mouchoir de sa poche, mais votre récit est très émouvant...

Consciente que Tobias la considérait d'un air narquois, Lavinia lui décocha un regard méprisant. De toute évidence, cet homme n'avait aucune sensibilité. Du reste, elle le savait déjà.

— Excusez mon indiscrétion, madame Dove, reprit-elle en remettant le mouchoir dans sa poche, mais dois-je conclure que Félix Holton menaçait de révéler la liaison qui a précédé votre mariage ?

Joan contempla un moment ses mains, avant de répondre :

— Oui.

— Ne vous vexez pas, madame, intervint Tobias, mais j'ai du mal à comprendre en quoi une telle menace pouvait vous impressionner. Après tout, cette histoire remonte à plus de vingt ans. Le scandale n'aurait pas été bien grand.

Joan se raidit.

— Ma fille est fiancée à l'héritier Colchester, monsieur March. Si vous connaissez un peu cette famille, vous savez que la grand-mère, lady Colchester, contrôle la quasi-totalité de la fortune familiale. Or elle est très à cheval sur les principes. Au moindre parfum de scandale, elle serait capable de contraindre son petit-fils à renoncer à ce mariage.

Il haussa les épaules.

— Je n'aurais pas imaginé qu'une aussi vieille histoire puisse provoquer le moindre remous.

— Je préfère qu'on me laisse seule juge des risques encourus à ce sujet. Mon mari se réjouissait de cette alliance avec les Colchester. Je n'oublierai jamais son bonheur lorsqu'il dansait avec Marianne, le soir du bal de ses fiançailles. Quant à ma fille, elle est très amoureuse de son fiancé. Je veux que rien ne puisse entraver ce mariage, monsieur March. Comprenez-vous ?

Lavinia intervint, attaquant son associé :

— Que connaissez-vous aux mariages dans la haute société, monsieur March ? L'avenir d'une jeune fille est en jeu. Sa mère a bien le droit de prendre toutes les précautions pour la protéger.

Les prunelles de Tobias brillaient d'un amusement non dissimulé.

— Oui, bien sûr... Pardonnez-moi, madame Dove. Mme Lake a raison. Je n'ai pas beaucoup d'expérience en matière de mariage dans la haute société...

À la surprise de la jeune femme, cela sembla amuser Joan, qui sourit.

— Je comprends, murmura-t-elle.

— Soyez assurée que nous allons immédiatement démarrer nos recherches, déclara Lavinia.

— Par où comptez-vous commencer ? demanda Joan, curieuse.

Lavinia s'approcha de la table où Tobias avait déposé la sculpture de cire. Elle l'examina une nouvelle fois, inscrivant chaque détail dans sa mémoire.

— De toute évidence, il ne s'agit pas d'un travail d'amateur, dit-elle. Je pense que nous devrions interroger un spécialiste de la cire. Chaque artiste a son propre style, et ses méthodes de travail... Il faudrait trouver quelqu'un capable de nous parler intelligemment de cette œuvre.

Tobias la regarda avec étonnement.

— Ce n'est pas une mauvaise idée...

— Comment comptez-vous découvrir des spécialistes de la cire ? s'enquit Joan.

Lavinia laissa courir un doigt sur la figurine.

— Je demanderai conseil à ma nièce. Emeline a visité toutes sortes de galeries et de musées, depuis notre retour à Londres. Elle doit connaître des artistes qui travaillent la cire.

Joan se releva avec grâce.

— Parfait. Je vais donc vous laisser... À moins que vous ayez d'autres questions à me poser ?

— Juste une, dit Lavinia, qui hésita. Mais j'ai peur que vous ne la trouviez indiscrète...

Joan parut amusée.

— Sincèrement, madame Lake, j'ai du mal à imaginer question plus indiscrète que celle de savoir pourquoi on voudrait me faire chanter.

— En fait, c'est un sujet plus personnel. Emeline, ma nièce, a reçu quelques invitations grâce à l'entremise de lady Wortham. Il va donc lui falloir de nouvelles toilettes. Je me demandais si vous seriez assez aimable pour me communiquer l'adresse de votre modiste...

Lavinia sentit que Tobias levait les yeux au plafond mais, heureusement, il ne dit rien.

Joan, pendant ce temps, contemplait la jeune femme d'un air pensif.

— Mme Francesca est très chère...

— Oui, je m'en doute. Mais je pense avoir les moyens de payer au moins une robe ou deux.

— Malheureusement, elle ne prend de nouvelles clientes que sur recommandation.

Lavinia essaya de masquer son humiliation.

— Je comprends...

Joan partait déjà vers la porte, mais elle se retourna sur le seuil :

— Je serai heureuse de me porter garante pour vous.

Tobias et Lavinia montrèrent la sculpture de cire à Emeline, dès le retour de la jeune fille.

— Si j'étais vous, dit-elle après avoir examiné l'œuvre, je commencerais par interroger Mme Vaughn. Son atelier se trouve dans le quartier Saint-Paul, et on la considère comme la meilleure spécialiste de la cire dans tout Londres.

— Je n'ai jamais entendu parler d'elle, avoua Lavinia.

— Sans doute parce qu'elle ne reçoit pas beaucoup de commandes.

— Pourquoi ? s'enquit Tobias.

Emeline releva les yeux de la statuette.

— Vous comprendrez, quand vous verrez ses créations.

7

Après avoir aidé Lavinia à monter dans une voiture de louage, Tobias s'installa à son côté.

— Je vous félicite d'avoir trouvé un commanditaire pour payer vos frais dans cette affaire. C'est toujours agréable de savoir, quand on a fini une enquête, qu'il ne reste plus qu'à envoyer la facture à quelqu'un.

— À cause de vous, j'ai bien failli perdre ma cliente, répliqua Lavinia en resserrant son manteau sur ses épaules. Vous vous êtes montré d'une impolitesse avec elle !

Il sourit.

— Mais moi, au moins, je n'ai pas essayé de lui soutirer le nom de sa modiste.

La jeune femme regarda ostensiblement par la vitre, pour ne pas avoir à répondre.

Le ciel était bas et plombé. La pluie, qui luisait sur les pavés des rues, avait incité la plupart des gens à rester chez eux. Les rares Londoniens qui avaient osé braver ce temps de chien couraient de porche en porche ou circulaient à l'abri de leurs voitures.

— Voudriez-vous quelques conseils ? demanda soudain Tobias.

— De votre part ? Pas vraiment, non.

— Je vais quand même vous les donner. Ils ne vous seront pas forcément inutiles, si vous souhaitez persévérer dans cette profession.

Lavinia abandonna la contemplation des rues et se tourna vers lui. Après tout, Tobias March avait plus d'expérience qu'elle...

— Quels conseils avez-vous pour moi ?

— D'abord, il n'est jamais bon de pleurer devant des clients qui vous exposent leurs malheurs. Ça les incite à penser que vous allez croire tout ce qu'ils vous raconteront. Or les clients ont souvent tendance à mentir. Mieux vaut donc ne pas les encourager avec des larmes.

Elle écarquilla les yeux.

— Seriez-vous en train d'insinuer que Mme Dove ait pu nous mentir ?

Il haussa les épaules.

— Les clients mentent toujours. Si vous poursuivez ce métier, vous ne tarderez pas à le vérifier par vous-même.

Lavinia secoua la tête.

— Je ne peux pas croire que Mme Dove ait inventé son histoire.

— Qu'en savez-vous ?

La jeune femme releva le menton.

— J'ai une bonne intuition.

— Si vous le dites... ironisa Tobias.

Elle lui décocha un sourire crispé.

— Je suis ravie de voir que cela vous amuse. Mais ça ne m'empêche pas de continuer à croire l'histoire de Mme Dove.

Il haussa les épaules.

— Je veux bien admettre qu'elle n'ait pas *tout* inventé. Je la soupçonne d'être assez intelligente pour savoir qu'il est préférable de mélanger un peu de réalité à la fiction. Ça rend le tout plus crédible.

— Vous êtes bien cynique, monsieur March...

— C'est une nécessité, dans ce métier.

Lavinia secoua encore la tête.

— Je mettrais ma main à couper qu'elle ne mentait pas, quand elle parlait de l'amour qu'elle portait à son défunt mari.

— Si vous restez assez longtemps dans la profession, vous ne tarderez pas à découvrir que tous les clients mentent sur leurs affaires de cœur.

Le cocher stoppa ses chevaux, et la conversation s'arrêta là pour le moment. Tobias ouvrit la portière et descendit le premier. Lavinia remarqua qu'il ne sauta pas à terre, mais glissa plutôt, comme si sa jambe le faisait souffrir. Cependant, quand il pivota pour l'aider à son tour à descendre, son visage était inexpressif.

Elle saisit la main qu'il lui tendait... et ce contact lui causa soudain un tel émoi qu'elle s'absorba dans la contemplation du décor qui les entourait, pour se donner une contenance.

L'atelier de Mme Vaughn donnait dans une rue étroite, bordée de hauts immeubles. Le soleil devait rarement pénétrer sur ces pavés et, par un temps comme celui d'aujourd'hui, l'endroit était franchement sinistre.

Tobias frappa à la porte et, quelques instants plus tard, une vieille gouvernante ouvrit.

— Que voulez-vous ? demanda-t-elle, de ce ton tonitruant qui trahissait les personnes dures d'oreille.

— Nous désirerions voir Mme Vaughn, expliqua Tobias qui avait sursauté malgré lui.

La vieille femme mit sa main en cornet sur son oreille.

— Quoi ?

— Nous voudrions parler à votre maîtresse, renchérit Lavinia, en prenant bien soin d'articuler chaque mot.

La gouvernante secoua la tête.

— Mme Vaughn ne montre pas ses œuvres en ce moment.

— Nous ne sommes pas là pour admirer son travail, répondit Lavinia. Nous voulons l'entretenir d'un autre sujet.

La domestique hésita un moment, avant de consentir à s'effacer pour laisser entrer les visiteurs. Lavinia pénétra la première dans un petit hall faiblement éclairé. Tobias la suivit.

La gouvernante désigna un couloir plongé dans l'obscurité.

— Par ici.

Lavinia consulta son compagnon du regard. Il lui fit signe de le précéder.

Sans un mot, ils suivirent la femme jusqu'au bout du couloir qui se terminait par une porte, qu'elle ouvrit.

— Entrez là. Mme Vaughn ne va pas tarder à vous rejoindre.

— Merci, dit Lavinia.

Elle pénétra dans la pièce, mais s'immobilisa en constatant qu'il y avait du monde.

— J'ignorais que Mme Vaughn recevait...

La gouvernante avait déjà refermé la porte, laissant Tobias et Lavinia au milieu des invités.

De lourdes tentures couvraient les fenêtres. La seule lumière venait des deux candélabres posés sur le piano, et toute la pièce baignait dans une atmosphère glaciale. Du reste, la cheminée était vide.

Les invités étaient soit debout, soit assis, mais tous semblaient prendre la pose. Un homme élégant, en costume et cravate, lisait dans un fauteuil bien qu'aucune bougie, près de lui, n'éclairât son livre. Une femme un peu rondelette, en robe du soir, avait pris place derrière le piano. Ses doigts semblaient suspendus dans l'air, juste au-dessus des touches, comme si elle venait de finir d'interpréter un morceau et s'apprêtait à en commencer un autre.

Un autre homme était assis devant la cheminée éteinte, un verre de whisky à moitié vide dans la main. Près de lui, deux gentlemen jouaient aux échecs.

Une étrange sensation d'immobilité se dégageait de cette assistance... Bizarrement, personne ne tourna la tête pour regarder les nouveaux arrivants. Personne ne parlait non plus. Et le piano restait muet.

— Juste Ciel... murmura Lavinia en comprenant tout à coup.

Tobias traversa la pièce pour rejoindre les joueurs d'échecs, dont la partie ne finirait jamais.

— C'est remarquable, dit-il. Je n'avais encore jamais vu de statues de cire imitant aussi parfaitement la vie.

Lavinia s'approcha du lecteur. Ses yeux de verre semblaient se pénétrer du livre qu'il tenait dans les mains.

— On jurerait qu'ils vont bouger, ou parler... C'en est presque effrayant.

Son compagnon examinait une femme vêtue à la dernière mode, qui s'éventait avec un sourire ironique.

— De toute évidence, Mme Vaughn est une grande artiste. Ces statues sont des chefs-d'œuvre.

La femme assise derrière le piano inclina alors poliment la tête.

— Merci, monsieur... dit-elle en étouffant un éclat de rire.

Lavinia sursauta si fort qu'elle faillit lâcher le paquet qu'elle avait apporté avec elle.

— Vous... vous êtes sans doute Mme Vaughn ? s'enquit-elle après avoir repris ses esprits.

— Précisément.

— Je suis Lavinia Lake, et voici M. Tobias March.

Mme Vaughn se leva de son siège, tout sourire.

— Bienvenue dans ma salle d'exposition.

Tobias la salua respectueusement.

— Félicitations, madame. Votre collection est tout à fait étonnante.

— Votre admiration m'honore, monsieur, répondit Mme Vaughn. Mais j'ai l'impression que Mme Lake est plus réservée dans son jugement, ajouta-t-elle avec un regard amusé pour Lavinia.

Celle-ci s'empressa de la détromper :

— Pas du tout ! C'est juste que l'effet de votre art est... surprenant. On a l'impression que cette pièce est peuplée de gens... euh...

— Plus tout à fait vivants, mais pas encore vraiment morts, c'est ça ?

Lavinia hocha la tête.

— C'est très impressionnant.

— Merci, madame Lake. Mais je vois bien que mon travail ne vous met pas très à l'aise.

— Non, non, je vous assure, répondit la jeune femme, qui ne voulait pas avoir l'air critique.

Après tout, les artistes avaient bien le droit d'imposer leur vision.

Mme Vaughn sourit encore.

— Ne craignez pas de m'offusquer, madame Lake. Je suis consciente que mon travail ne peut pas plaire à tout le monde.

— Il ne laisse en tout cas pas indifférent, intervint Tobias.

— Quoi qu'il en soit, je n'ai pas l'impression que vous soyez venus me commander une œuvre, je me trompe ?

— Vous êtes très perspicace, madame Vaughn, reprit Tobias, qui admirait toujours la statue de la femme à l'éventail. C'est sans doute pour cela que vos modèles imitent si bien la vie.

L'artiste hocha la tête.

— C'est ma fierté. Je me fais fort de deviner les vérités qui se cachent sous la surface. Mais c'est beaucoup de travail.

— Je m'en doute, approuva-t-il.

Lavinia méditait la richesse des détails de chaque œuvre. Et si leurs pas les avaient conduits directement chez l'assassin ? Elle croisa le regard de Tobias et il secoua négativement la tête, comme s'il avait deviné ses pensées.

La jeune femme se dit qu'il avait raison. Après tout, la coïncidence aurait été trop facile. Et cependant, il ne devait pas exister beaucoup d'artistes, dans tout Londres, capables de travailler la cire avec autant de finesse. Du reste, Emeline avait placé sans hésitation Mme Vaughn en tête de liste.

— Nous sommes précisément venus vous parler de cela, dit-elle à leur hôtesse.

— Du travail de la cire ? s'exclama Mme Vaughn, visiblement ravie. Rien ne me fait plus plaisir que de parler de mon art.

Lavinia déposa son paquet sur une table.

— Nous vous serions reconnaissants d'étudier cette œuvre, et de nous dire ce qu'elle vous inspire sur l'artiste qui l'a créée.

Mme Vaughn s'approcha de la table.

— L'œuvre n'est donc pas signée ? C'est étrange...

— Je pense que vous comprendrez pourquoi l'artiste n'a pas voulu laisser sa signature, quand vous verrez de quoi il s'agit, précisa Tobias avec ironie.

Lavinia, pendant ce temps, avait défait la ficelle qui entourait le paquet.

— Juste Ciel ! s'écria Mme Vaughn en découvrant la sculpture.

Sortant une paire de lunettes de sa poche, elle les chaussa sur son nez et répéta :

— Juste Ciel...

Puis elle prit le paquet défait et le porta sur le piano, pour l'examiner à la lumière des chandeliers. Lavinia la suivit.

— Je suppose que ceci n'est pas destiné à illustrer une scène d'un roman ou d'une pièce de théâtre ? demanda Mme Vaughn.

— Vous supposez bien, répondit Tobias, qui s'était approché à son tour du piano. Nous pensons qu'il s'agit d'une menace explicite. Et nous aimerions découvrir l'artiste qui a fait cela.

Mme Vaughn hocha la tête.

— Je comprends votre désir. Cette œuvre respire la haine et le mal... Était-elle adressée à vous, madame Lake ? Non, c'est impossible, bien sûr. Les cheveux sont blonds et vous êtes presque rousse, n'est-ce pas ?

— Tout à fait rousse, corrigea Tobias avec un regard énigmatique pour Lavinia.

La jeune femme fronça les sourcils.

— Ce n'est pas le moment de faire des remarques personnelles.

Il haussa les épaules.

— C'était juste une observation.

Lavinia se demanda s'il faisait partie de ces hommes qui n'aimaient pas les rousses, parce qu'ils accordaient foi à la légende parant celles-ci d'un caractère volcanique.

Mme Vaughn détourna enfin les yeux de la statuette.

— Comment cette chose est-elle arrivée entre vos mains ?

— Elle a été déposée sur le perron d'une connaissance à nous, répondit Tobias.

— Comme c'est étrange... murmura Mme Vaughn.

— Avez-vous déjà vu un travail de cette qualité ? s'enquit Lavinia.

— En dehors du mien, voulez-vous dire ? Non, admit Mme Vaughn en retirant ses lunettes. Honnêtement, je ne me souviens pas d'avoir vu une telle finesse de détails chez mes concurrents qui exposent dans les galeries.

— Devons-nous en conclure que cet artiste n'a jamais exposé en public ? demanda Tobias.

Mme Vaughn fronça les sourcils.

— Je n'irais pas jusqu'à dire cela. Un artiste aussi talentueux pourrait difficilement renoncer à exposer. C'est toujours valorisant de voir son travail apprécié et commenté par les autres.

— Du reste, il faut bien que les artistes vivent, déclara Lavinia.

Mme Vaughn secoua la tête avec véhémence.

— Ce n'est pas uniquement une question d'argent, loin de là, madame Lake. D'ailleurs, certains artistes sont si riches qu'ils se moquent de vendre ou non leurs œuvres.

Lavinia contempla de nouveau la sculpture qui les fascinait tous trois.

— Je comprends.

— Il y a très peu d'experts en matière de cire, reprit Mme Vaughn. Pour tout vous dire, j'ai peur que notre technique ne soit bientôt plus considérée comme un art digne de ce nom, mais seulement comme un amusement destiné aux enfants des écoles.

Lavinia commença de remballer l'objet.

— Merci de nous avoir confié votre avis, madame. J'espérais que vous pourriez nous donner un indice plus tangible, mais je crois que nous allons être obligés de poursuivre nos recherches ailleurs.

Mme Vaughn prit soudain un air grave.

— Soyez prudents.

— Que voulez-vous dire ? demanda Tobias, visiblement intéressé.

Pensive, Mme Vaughn regardait la jeune femme nouer la ficelle.

— Celui qui a sculpté cette chose avait clairement l'intention de terrifier la personne à qui elle était destinée.

Lavinia se remémora la lueur d'effroi qu'elle avait lue dans les yeux de Joan Dove.

— Si c'était effectivement le but de l'artiste, il a été atteint.

Mme Vaughn plissa les lèvres.

— Je regrette de ne pouvoir vous donner le nom du sculpteur qui a fait cela. En revanche, il me semble évident que vous cherchez quelqu'un animé d'un terrible désir de vengeance ou de châtiment. À mon sens, il n'existe qu'un motif pour inspirer un tel degré de haine.

Lavinia se raidit.

— Lequel ?

— L'amour, répondit Mme Vaughn, qui avait retrouvé le sourire. N'oubliez pas que l'amour est le plus dangereux de tous les sentiments.

8

Lavinia rentra chez elle, toujours accompagnée de Tobias. Elle alla tout droit à son bureau.

— Je ne sais pas pour vous, monsieur March, mais en ce qui me concerne, j'ai grand besoin d'un remontant. Mme Vaughn et son étrange collection m'ont laissé une drôle d'impression.

Tobias referma d'abord la porte, avant de se tourner vers elle.

— Pour une fois, madame Lake, nous sommes entièrement du même avis.

— Je ne pense pas qu'un thé fera l'affaire. Il nous faut quelque chose de plus tonique...

La jeune femme se dirigea vers le coffre en chêne qui abritait les liqueurs. Elle sortit une carafe de cognac.

— Soyez assez aimable de ranimer le feu, dit-elle, pendant que je m'occupe de nous servir.

— D'accord.

Tobias s'approcha de la cheminée et posa péniblement un genou à terre, réprimant une grimace.

Lavinia, qui avait observé la scène, sa carafe à la main, fronça les sourcils.

— Vous êtes-vous blessé à la jambe ?

— C'est presque de l'histoire ancienne, maintenant, répondit-il en soufflant sur les braises. Mais, par temps humide, ce souvenir se rappelle à moi.

Dès que le feu eut repris, il se leva, le visage indéchiffrable.

— Ce n'est rien, je vous rassure.

Lavinia comprit qu'il refuserait de s'appesantir sur le sujet. Du reste, cela ne la regardait pas. Elle n'avait aucune raison d'éprouver la moindre sympathie pour Tobias March. Et cependant, cela avait été plus fort qu'elle...

Tobias avait sans doute deviné son trouble, car il s'approcha d'elle, le regard sombre.

— Ça vient, ce cognac ?

Elle lui tendit son verre.

— Ce n'est pas la peine d'être désagréable avec moi. Je voulais seulement vous montrer de la sollicitude.

— Nous n'avons pas besoin de ce genre de politesses entre nous, madame. Je vous rappelle que nous sommes associés.

Lavinia se servit, avant de reposer la carafe.

— Y a-t-il une règle, dans la profession de détective privé, qui interdit à deux équipiers de se montrer courtois l'un envers l'autre ?

Tobias avala une rasade de cognac.

— Oui. Je viens tout juste de l'édicter.

— Je vois.

Elle but à son tour. La brûlure de l'alcool eut un effet vivifiant sur ses nerfs et, du coup, elle retrouva tout son caractère. Si Tobias March se moquait de la politesse, il n'était pas question qu'elle se fatigue pour lui !

Son verre à la main, la jeune femme se laissa tomber dans un des fauteuils face à la cheminée, avec un soupir de pur soulagement. La chaleur des flammes conjuguée aux bienfaits du cognac achevèrent de dissiper ce frisson qui la poursuivait, depuis qu'elle avait quitté la demeure de Mme Vaughn.

Tobias s'assit à côté d'elle sans même y avoir été invité. Ils restèrent silencieux plusieurs minutes, occupés l'un et l'autre à siroter leur alcool en méditant. Mais, voyant que son compagnon se grattait la cuisse avec insistance, elle ne put s'empêcher de remettre le sujet sur le tapis.

— Si votre jambe vous fait mal, je pourrais peut-être essayer sur vous un remède... Mes parents étaient d'ardents disciples du Dr Mesmer, et ils m'ont transmis leur passion pour l'hypnose.

— N'y comptez pas une seconde, rétorqua-t-il. Je n'ai aucunement l'intention de vous laisser me mettre en transe.

Lavinia se raidit.

— Comme vous voudrez.

Il sourit.

— Pardonnez-moi, madame Lake, mais je ne crois pas un seul instant aux soi-disant pouvoirs du mesmérisme. Mes propres parents ont étudié les sciences et se sont inspirés des travaux de Franklin et de Lavoisier. Ça, c'était du sérieux. Mais penser qu'on peut guérir les gens avec le seul pouvoir du regard ou d'un quelconque fluide magnétique n'a pas de sens. Les démonstrations de ce genre ne sont que des attrape-nigauds.

Lavinia savait qu'il était inutile de vouloir débattre avec lui sur ce sujet. Cependant, elle ne put s'empêcher de céder à la curiosité.

— Vos parents ont étudié les sciences, dites-vous ?

— Mon père a mené des recherches sur l'électricité, notamment. Et ma mère se passionnait pour la chimie.

— Comme c'est intéressant ! Continuent-ils leurs expériences ?

— Ils sont morts en même temps, dans l'explosion de leur laboratoire.

La jeune femme en resta bouche bée.

— Oh, mon Dieu...

— D'après ce que j'ai pu comprendre à la lumière de leur dernière lettre, ils avaient eu l'idée de conjuguer leurs recherches. Manifestement, ce mariage de la chimie et de l'électricité les a conduits au désastre.

— Vous n'étiez pas avec eux ?

— Je terminais mes études à Oxford. Je suis revenu les enterrer.

— Êtes-vous retourné à Oxford ensuite ?

— Ce n'était plus possible. L'explosion avait détruit toute la maison et je n'avais plus d'argent. Mes parents avaient englouti leurs dernières économies pour cette expérience fatale.

Lavinia appuya la nuque contre le dossier de son fauteuil.

— Votre histoire est tragique...

Tobias but une autre gorgée de cognac, avant de hausser les épaules.

— C'est du passé, maintenant... Et vous ? Qu'en est-il de vos parents ?

— Ils avaient été invités en Amérique pour faire des démonstrations de mesmérisme. Leur bateau a coulé pendant la traversée. Il n'y a pas eu de survivants.

Il hocha la tête.

— Votre histoire aussi est tragique... Mais pourquoi n'étiez-vous pas avec eux sur le bateau ?

— Parce que je venais de me marier. L'association qui avait invité mes parents ne souhaitait pas payer deux billets supplémentaires. Du reste, John ne s'intéressait pas au mesmérisme. C'était un poète. Et l'Amérique ne l'attirait pas.

— Quand votre mari est-il mort ?

— Un an et demi après notre mariage. De fièvre maligne.

— Mes condoléances...

— Merci.

Cela faisait presque dix ans que Lavinia était veuve.

Avec le temps, les souvenirs qu'elle gardait de John ressemblaient à un rêve de plus en plus lointain...

— Pardonnez-moi de vous poser cette question, reprit-il, mais votre mari avait-il publié ses poèmes ?

La jeune femme soupira.

— Non. Ses œuvres étaient brillantes, bien entendu...

— Bien entendu.

— Mais, comme c'est souvent le cas avec le génie, elles sont restées méconnues.

Tobias hocha la tête.

— C'est courant, en effet... Puis-je vous demander comment vous vous en êtes sortie, financièrement ? Votre mari avait-il de la fortune ?

— Non. Pendant notre mariage, c'est moi qui apportais l'argent en donnant des consultations de mesmérisme. J'ai continué dans cette voie quelques années encore après sa mort.

— Pourquoi avoir arrêté ?

Elle contempla son verre.

— Il y a eu un malencontreux incident, dans un petit village du Nord...

— Quel genre d'incident ?

— Je préfère ne pas en parler. Sachez seulement que j'ai jugé préférable de changer de métier.

— Je vois, murmura-t-il d'un air songeur. Quand Emeline vous a-t-elle rejointe ?

— Il y a six ans, après que ses parents ont trouvé la mort dans un accident d'attelage, répondit Lavinia, qui trouvait cette conversation décidément trop sinistre.

Elle décida de changer de sujet :

— Vous rappelez-vous les paroles d'Emeline disant que, lorsque nous aurions vu le travail de Mme Vaughn, nous comprendrions mieux pourquoi elle reçoit peu de commandes ? Elle avait raison. Je comprends mieux, à présent.

— Moi aussi.

— Ses statues imitent trop bien la vie. Je les trouve dérangeantes.

— C'est sans doute la cire qui veut ça, commenta Tobias en étudiant le fond de son verre, pensif. Ce n'est pas un matériau froid et inerte, comme le marbre.

— Avez-vous remarqué que Mme Vaughn pousse la ressemblance jusqu'à utiliser de vrais cheveux ?

— Bien sûr.

— Son travail est extraordinaire, et pourtant je ne voudrais aucune de ses œuvres chez moi. Posséder le portrait de son grand-père accroché au-dessus de la cheminée est une chose. L'avoir en trois dimensions, assis dans un fauteuil, en est une autre !

— Je suis d'accord, murmura Tobias qui contemplait maintenant le feu.

Il y eut un autre silence, uniquement brisé par le crépitement des bûches dans l'âtre. Au bout d'un moment, Lavinia se redressa pour aller remplir leurs verres, puis elle revint s'asseoir, apportant cette fois la carafe avec elle.

La jeune femme songeait à l'étrangeté de voir Tobias ainsi installé dans son bureau. Ils n'avaient rien en commun. Sinon leur association provisoire, pour venir à bout d'un maître chanteur assassin. Ce qui n'était quand même pas rien...

Il allongea les jambes devant lui, pour se mettre plus à son aise.

— Je suggère que nous reprenions le problème au début, dit-il. Mme Vaughn ne nous a pas été d'une grande aide. Son discours sur l'amour qui se transforme en haine ne mène nulle part.

Elle esquissa une moue.

— Cela reste à voir...

— En tout cas, ce n'est pas le genre d'argumentation qui nous donnera des indices. D'autre part, je ne pense pas que l'idée d'interroger tous les spécialistes de la cire nous avancera.

— Avez-vous une meilleure idée ?

Tobias parut hésiter un instant.

— J'ai prévenu mes informateurs habituels que j'étais disposé à payer une grosse somme pour tout renseignement sur le journal intime. Mais, pour l'instant, je n'ai rien recueilli.

— En d'autres termes, vous ne savez pas par quel bout commencer.

Il tapota l'accoudoir du fauteuil, avant de se relever brusquement.

— En effet, confessa-t-il. J'ignore par où commencer.

— Dans ce cas, pourquoi ne pas continuer du côté des spécialistes de la cire ?

Tobias appuya un coude sur le manteau de la cheminée et la regarda avec une expression énigmatique.

— Pourquoi pas, en effet... Mais ce serait sans doute mieux si je les interrogeais tout seul.

Elle reposa brutalement son verre et se leva, indignée.

— Quoi ? Il n'en est pas question ! N'imaginez pas que vous allez vous débarrasser de moi aussi facilement.

— Lavinia, cette affaire devient chaque jour plus compliquée et dangereuse. Je n'aimerais pas vous voir impliquée dans cet écheveau dont personne ne peut prédire comment il va se dénouer.

— Je suis déjà impliquée, lui rappela-t-elle. Et doublement, même. Outre que j'ai une cliente qui me paie pour retrouver le journal intime, n'oubliez pas que j'étais l'une des victimes du chantage de Félix.

— Je pourrais vous tenir au courant de mes progrès et prendre vos conseils.

La jeune femme plaqua les mains sur ses hanches, dans une attitude de défi.

— Ne dites pas de sottises. Je vois clair dans votre jeu, monsieur March. Vous essayez ni plus ni moins de me voler ma cliente !

— Bon sang, Lavinia, je me contrefiche de votre cliente ! Je pense simplement à votre sécurité.

— Je suis parfaitement capable de veiller sur moi, monsieur March. Cela fait des années que je subviens à mes besoins et à ceux de ma nièce. Ne cherchez pas de faux prétextes pour mettre la main sur ma cliente. Je ne vous laisserai pas faire.

Tobias s'approcha pour lui prendre doucement le menton entre ses doigts.

— Vous êtes vraiment la femme la plus entêtée que j'aie jamais rencontrée.

— Venant de vous, je prends cela comme un compliment.

La chaleur des doigts de Tobias agissait sur la jeune femme comme un fluide hypnotique. Il était beaucoup trop près... Et cependant, elle ne trouvait pas la force de se reculer.

— J'ai depuis longtemps envie de vous demander quelque chose, murmura-t-il.

— Si c'est pour me réclamer de renoncer à ma cliente, c'est inutile !

— Ma question n'a rien à voir avec Joan Dove. Je voudrais simplement savoir si vous m'en voulez toujours pour ce qui s'est passé en Italie.

Lavinia tressaillit.

— Pardon ?

— Vous avez parfaitement entendu. M'en voulez-vous toujours ?

— Eh bien... vous auriez sans doute pu arriver au même résultat de manière moins abrupte.

— Le temps pressait. Je savais, de bonne source, que Carlisle comptait quitter Rome ce soir-là.

— Ça n'empêche pas qu'il n'était sans doute pas nécessaire d'agir avec autant de violence. Mais les bonnes manières ne sont pas dans votre nature.

Tobias lui caressa la lèvre inférieure avec son pouce.

— Dites-moi que vous ne m'en voulez plus...

La gorge nouée, elle acquiesça.

— D'accord, je ne vous en veux plus... De toute façon, j'avais bien conscience que vous étiez à bout, ce fameux soir.

— Comment ça, à bout ?

Lavinia se sentait un peu bizarre. Le cognac, probablement.

— Vous étiez si nerveux que je me suis même demandé si vous n'aviez pas perdu la raison.

— Et maintenant, que pensez-vous de mon état mental ?

— Pardon ?

Il s'approcha un peu plus.

— Je suis peut-être aussi fou cet après-midi que je l'étais en Italie. Mais pas pour les mêmes raisons.

Et en terminant sa phrase, Tobias scella ses lèvres à celles de la jeune femme.

Lavinia se répéta qu'elle aurait dû s'esquiver depuis longtemps. Mais c'était un peu tard, maintenant ! Tobias lui avait pris le visage, et son baiser se fit plus impérieux. Elle en éprouva de telles sensations qu'elle crut défaillir. Elle se sentait comme une statue de cire qui aurait été placée trop près du feu. Quelque chose, au plus profond d'elle, menaçait de se liquéfier. Pour se ressaisir, elle n'eut d'autre solution que de se raccrocher aux épaules de son compagnon.

Quand la jeune femme s'agrippa à lui, Tobias resserra un peu plus son étreinte.

— Que Dieu me vienne en aide, mais je te désire depuis l'Italie... chuchota-t-il.

Cette déclaration n'avait rien de poétique et cependant, elle ébranla un peu plus Lavinia. La force du désir de Tobias la bouleversait.

— C'est de la folie, réussit-elle à dire, se tenant toujours à lui. De la pure folie...

Il enfouit les mains dans sa chevelure et lui renversa la tête en arrière.

— Oui. Mais tu savais déjà que j'étais fou.

Lavinia s'étrangla en sentant Tobias lui embrasser la naissance de la gorge.

— Non, gémit-elle. C'est le cognac...

— Ce n'est pas le cognac, et tu le sais très bien.

— Si, je suis sûre que c'est ça, insista la jeune femme, qui frissonnait malgré elle. Nous le regretterons quand les effets de l'alcool se seront dissipés.

— Ce n'est pas le cognac, répéta Tobias.

— Mais si, bien sûr. Quoi d'autre...

Elle suspendit sa phrase. Il venait de lui mordiller le lobe de l'oreille, et elle crut défaillir.

— Juste Ciel ! Que faites-vous ?

— Ce n'est *pas* le cognac !

Lavinia ne respirait plus qu'à peine.

— Je ne vois pas quelle autre raison pourrait expliquer notre comportement. D'autant que nous n'éprouvons rien de particulier l'un pour l'autre.

Tobias croisa brutalement son regard. Ses prunelles brillaient de colère.

— Oserais-tu soutenir cela, Lavinia ?

Elle recula enfin d'un pas – ce qu'elle aurait dû faire depuis longtemps ! – et tenta de reprendre le contrôle d'elle-même.

— Je considère que nous ne devrions pas faire ce genre de choses, monsieur March.

— Ce genre de choses ? répéta-t-il, éberlué. C'est comme ça que tu appelles ce qui vient de se passer ?

— Comment voulez-vous l'appeler autrement ?

— Passion, par exemple.

Passion. Le mot, d'abord, l'ébranla, avant de la faire sursauter comme un aiguillon.

— Passion, dites-vous ? Auriez-vous l'intention de me séduire dans l'unique but de me voler ma cliente ?

Il y eut un silence glacé. Lavinia crut qu'il n'allait pas lui répondre. Il se contenta de la regarder avec une expression indéchiffrable, pendant ce qui lui parut une éternité.

Finalement, il repartit vers la porte, l'ouvrit et se retourna sur le seuil.

— Crois-moi, Lavinia, il ne m'est jamais venu à l'idée de vouloir te séduire pour t'influencer de quelque manière que ce soit. Tu es une femme qui fait passer ses affaires avant tout le reste.

Et, sur ces mots, il sortit en refermant la porte derrière lui.

Elle ne bougea pas, tant qu'elle ne l'eut pas entendu quitter la maison. Quand la porte du perron claqua enfin, elle se détendit.

Alors seulement, elle abandonna son immobilité pour s'approcher de la fenêtre et contempler le jardin un long moment.

Tobias avait eu raison sur un point, s'avoua-t-elle. Ce n'était pas le cognac.

Ce baiser avait été une erreur, songea Tobias tandis qu'il gravissait le perron de son club. Quelle mouche l'avait donc piqué ?

La vérité, c'est qu'il avait oublié toute raison, pour se laisser diriger par son désir et sa frustration. À présent, il s'en voulait de ce relâchement.

Après s'être débarrassé de son chapeau et de ses gants, qu'il confia au portier, il entra dans la grande pièce.

Neville était confortablement installé, avec un verre de vin, dans un fauteuil près d'une fenêtre, la bouteille à portée de main. En le voyant, Tobias faillit rebrousser chemin. Son employeur était bien la dernière personne à qui il désirait parler aujourd'hui. Il n'avait toujours aucune bonne nouvelle à lui annoncer.

Mais Neville, juste à cet instant, releva la tête pour boire une gorgée de vin et l'aperçut. Il était trop tard pour filer en douce...

— Ah, vous voilà, March ! Je me demandais quand vous finiriez par vous montrer. J'ai à vous parler.

Tobias traversa la pièce à contrecœur pour venir prendre place face à lui.

— Vous êtes bien en avance, monsieur, lui dit-il. Êtes-vous venu plus tôt pour vous prémunir de la pluie ?

Neville désigna le verre qu'il tenait à la main.

— Non, pour me donner du courage. Une tâche pénible m'attend ce soir.

— Laquelle, si ce n'est pas indiscret ?

Neville but une gorgée de vin.

— Rompre avec Sally.

Tobias réfléchit un instant, en contemplant la rue par la vitre, avant de se rappeler que Sally était l'actuelle maîtresse de son employeur.

— Ah oui, Sally... D'après ce que vous m'avez dit d'elle, un simple bijou devrait suffire à étouffer son immense chagrin.

Neville secoua la tête.

— Il faudra un bijou de très, très grand prix pour parvenir à la convaincre de ne pas faire de scène.

Tobias, piqué par la curiosité, se détourna de la fenêtre pour dévisager son interlocuteur.

— Mais pourquoi vouloir rompre ? Je croyais que vous goûtiez fort la compagnie de cette jeune femme ?

— Oh, elle est tout ce qu'il y a de plus charmant. Et pleine d'énergie, avec ça, si vous voyez ce que je veux dire...

— Je vois.

Neville soupira.

— Malheureusement, ces amusements ne sont plus trop de mon âge. Même si cela m'embête de l'admettre, je ne suis plus tout jeune. Et puis, Sally devient trop exigeante. Le mois dernier, je lui ai offert une splendide paire de boucles d'oreilles, et elle a eu le toupet de me dire qu'elle trouvait les pierres trop petites.

Tobias en conclut que Sally était une véritable courtisane. Elle avait compris que Neville commençait à se lasser, et cherchait à obtenir de lui tout ce qu'elle pouvait avant qu'il ne la quitte.

— Une femme comme Sally doit assurer ses arrières, dit-il.

— Dans le pire des cas, elle pourra toujours retourner dans le bordel d'où je l'ai tirée, grommela Neville. Mais peut-être voudriez-vous prendre ma place ? Dès demain, elle sera de nouveau sur le marché. Et je peux vous assurer qu'elle se débrouille très bien au lit.

Tobias n'avait aucune envie de récupérer la maîtresse d'un autre, fût-elle « pleine d'énergie ». Du reste, il doutait que Sally demeure seule bien longtemps. C'était une fille intelligente, qui saurait vite dénicher un protecteur.

— Je ne pense pas que j'aurais les moyens de me l'offrir, monsieur.

Neville vida son verre et le reposa sur la table.

— Pardonnez-moi de vous ennuyer avec mes histoires privées, March. Dites-moi plutôt où en sont nos affaires. Pas de nouvelles de ce satané journal intime ?

Tobias choisit prudemment ses mots. L'expérience lui avait appris que les clients aimaient les métaphores inspirées par la pêche ou la chasse...

— Je ne peux pas vous en dire beaucoup ce soir, commença-t-il. Mais j'ai levé une piste, et l'odeur du gibier me paraît la bonne.

Une lueur d'excitation brilla dans les prunelles de Neville.

— Que voulez-vous dire ? Qu'avez-vous découvert ?

— Je préfère ne pas être trop précis pour l'instant. Donnez-moi quelques jours et je serai sans doute en mesure de vous apporter du nouveau.

— C'est long, March ! Trop long. Il faut récupérer ce journal au plus vite.

Tobias jugea que le moment était venu de prendre un risque savamment calculé.

— Si vous n'êtes pas satisfait de mes services, monsieur, vous êtes libre d'embaucher quelqu'un d'autre pour me remplacer...

Neville plissa les lèvres.

— Je ne vois personne qui pourrait faire preuve de la même absolue discrétion. Et vous le savez comme moi.

Tobias se détendit imperceptiblement.

— Rassurez-vous, monsieur. J'aurai bientôt du neuf.

Neville s'extirpa de son siège.

— J'y compte bien, March... Et maintenant, excusez-moi. Je dois passer chez le bijoutier.

— Pour acheter le cadeau d'adieu de Sally ?

— Précisément. Un ravissant collier, qui va me coûter une petite fortune, mais je suppose qu'il faut payer pour ses plaisirs, hein ? J'ai dit au bijoutier que je passerais le régler aujourd'hui, et je ne veux pas prendre le risque d'être en retard.

Tobias haussa les sourcils.

— Le risque ? Où est le risque ?

Neville sourit.

— Le mois dernier, Barton a commandé pour sa maîtresse une broche en saphir au même magasin. Mais il a négligé de la payer au terme convenu. Le bijoutier s'est vengé en faisant livrer le joyau chez Barton. C'est lady Barton qui l'a réceptionné, au lieu de sa véritable destinataire...

Tobias sourit à son tour.

— Une regrettable erreur, je suppose ?

Neville haussa les épaules.

— C'est ce qu'a prétendu le bijoutier, bien sûr. Mais je préfère ne pas tenter le diable... Bonsoir, March. Prévenez-moi dès que vous aurez du nouveau.

— Entendu, monsieur.

Neville le salua d'un bref signe de tête, avant de s'éloigner vers la porte.

Après son départ, Tobias resta un moment assis, à contempler les attelages qui passaient dans la rue, alors que la nuit tombait peu à peu. On pouvait imaginer qu'une maîtresse serait peut-être la solution idéale pour le divertir de cette frustration qu'il éprouvait, chaque fois que ses pensées le ramenaient vers Lavinia Lake. Mais il savait à quoi s'en tenir, désormais. Le baiser de tout à l'heure avait confirmé ses craintes : ce n'étaient pas les charmes d'une créature vendant ses faveurs qui suffiraient à apaiser son désir...

Finalement, il se leva à son tour, pour se diriger vers le fumoir. En chemin, il attrapa un des journaux mis à la disposition des membres.

Crackenburne se trouvait à sa place habituelle, près du feu. Il ne leva même pas les yeux de son exemplaire du *Times*.

— J'ai aperçu Neville qui attendait dans l'autre pièce... A-t-il réussi à vous coincer ?

— Oui, avoua Tobias en se laissant tomber dans un fauteuil.

— Et alors ? Quelles nouvelles lui avez-vous données ?

— Disons que je lui ai laissé entendre que les choses progressaient.

— Progressent-elles vraiment ?

— Non. Mais je ne voyais pas de raison de le lui dire.

Crackenburne abaissa son journal.

— Hmm. Et Neville a-t-il été satisfait de votre réponse ?

— Je ne crois pas. Heureusement pour moi, il avait d'autres soucis en tête. Comme celui de répudier sa maîtresse du moment. À l'heure qu'il est, il doit être chez le bijoutier, pour régler la babiole qui servira de cadeau d'adieu.

Le vieil homme hocha la tête.

— Je vois... Espérons que la pauvre créature ne connaîtra pas le sort de la précédente.

Tobias s'apprêtait à ouvrir son journal. Il retint son geste.

— Que voulez-vous dire ?

— Avant celle-ci, Neville s'était entichée d'une autre jeune fille, qu'il a entretenue pendant près d'un an dans une petite maison de Curzon Street. Et puis, il s'est lassé de ses faveurs.

— Je ne vois pas ce qu'il y a d'étonnant. Un homme dans la position de Neville, avec sa fortune, a le droit d'avoir toutes les maîtresses qu'il veut.

— Certes. Mais il est rare que l'une d'elles se jette dans la Tamise, quelques jours après avoir été répudiée.

— Un suicide ?

— C'est ce qu'on a dit. Le cœur de cette pauvre fille avait paraît-il été brisé.

Tobias reposa son journal sur une table.

— Ça me paraît difficile à croire. Neville lui-même m'a toujours expliqué qu'il choisissait ses maîtresses dans les bordels. Il aime les professionnelles.

— Exact.

— Ces femmes sont généralement peu perméables aux sentiments. Je les vois mal tomber amoureuses de l'homme qui paie leurs factures.

— C'est aussi mon avis, répliqua Crackenburne en se replongeant dans le *Times*. Et pourtant, on a prétendu à l'époque que sa maîtresse s'était suicidée par désespoir amoureux.

9

Le lendemain après-midi, Tobias arriva au 7, Claremont Lane un peu avant deux heures.

— Nous avons de la chance, commenta Anthony, qui descendait de voiture juste après lui. La pluie s'est arrêtée.

Tobias ausculta le ciel plombé.

— Pas pour longtemps.

— T'ai-je déjà dit combien j'admire ton optimisme naturel ? Tu es le genre à transporter le soleil avec toi.

Tobias ne jugea pas utile de répondre. Il savait qu'il était d'une humeur exécrable. Et pas du tout à cause de l'humidité, qui réveillait pourtant ses douleurs à la jambe.

Depuis le saut du lit, il se sentait tout bizarre, et cette constatation l'énervait au plus haut point. Un homme de son âge et de son expérience aurait dû être capable de maîtriser ses sentiments. L'impatience qu'il avait de revoir Lavinia aurait davantage convenu à un jeune écervelé comme Anthony !

Mais en voyant l'autre attelage qui attendait devant la maison, le malaise de Tobias tourna carrément à l'aigre.

— Bon sang ! Qu'est-ce qui lui prend ?

Anthony esquissa un sourire.

— Il semblerait que ta nouvelle associée ait ses propres projets.

— Je lui ai envoyé un mot ce matin, pour lui annoncer que je viendrais chez elle à deux heures !

— Mme Lake n'aime peut-être pas qu'on lui impose son emploi du temps...

Tobias fit la grimace.

— Je sais qu'elle souhaitait visiter d'autres spécialistes de la cire. Mais si elle s'imagine le faire sans moi, elle se trompe lourdement.

La porte s'ouvrit juste au moment où il s'apprêtait à gravir le perron. Lavinia, vêtue d'un manteau de laine tout simple, s'encadra sur le seuil, tournant le dos à la rue tandis qu'elle parlait à sa nièce dans le hall :

— Fais attention, Emeline. C'est le plus fragile du lot.

Et, sans se retourner, elle commença à reculer sur le perron. Tobias s'aperçut alors qu'elle portait l'une des extrémités d'un grand paquet, enveloppé dans une couverture. Une seconde plus tard, Emeline émergeait à son tour, sa somptueuse chevelure de jais en partie masquée par un bonnet bleu clair. Elle portait l'autre extrémité du mystérieux paquet.

— C'est vraiment lourd, dit-elle. Nous devrions vendre autre chose, pour commencer.

Anthony retenait son souffle. Tobias ne bougeait pas. Ignorant que les deux hommes les observaient, Lavinia et sa nièce continuaient de sortir leur fardeau de la maison.

— Rien ne nous rapportera autant que ça, assura Lavinia à la jeune fille. Tredlow m'a assuré que plusieurs collectionneurs seraient prêts à payer un bon prix pour un Apollon en parfait état.

— Je persiste à penser que c'est dommage de le vendre, juste pour nous acheter de nouvelles robes.

— Considère ces toilettes comme un investissement, Emeline. Je te l'ai déjà expliqué plusieurs fois.

Aucun jeune homme ne te remarquera, si tu sors au théâtre dans de vieilles nippes.

— Et moi, je t'ai mille fois répété qu'un jeune homme incapable de voir ce qui se cache sous des vêtements, ne m'intéresse pas.

— En voilà une idée ! Tu sais très bien que ta réputation serait anéantie, si tu laissais un homme regarder sous tes vêtements avant d'être mariée.

Emeline éclata de rire.

— Elle est ravissante... murmura Anthony.

Tobias marmonna une vague réponse, comprenant que son beau-frère ne faisait pas allusion à Lavinia.

Alors que les deux jeunes femmes descendaient leur paquet dans l'escalier, il en profita pour mieux les comparer. Le contraste entre la tante et la nièce était saisissant. Emeline était grande, mince et gracieuse. Lavinia était beaucoup plus menue.

— Où allez-vous comme ça ? leur demanda-t-il brusquement.

Lavinia fut si surprise qu'elle faillit lâcher son fardeau. Anthony se précipita, à temps pour empêcher la statue de se briser sur les marches.

La jeune femme fusilla Tobias du regard.

— Regardez ce que vous m'avez fait faire ! Si j'avais cassé cette statue, ç'aurait été votre faute.

— Comme d'habitude.

Emeline se voulut plus conciliante. Elle tenta un sourire.

— Bonjour, monsieur March. Quelle joie de vous revoir...

— Le plaisir est pour moi, mademoiselle Emeline. Permettez-moi de vous présenter mon beau-frère, Anthony Sinclair. Anthony, voici Mlle Emeline et sa tante, Mme Lake.

— Enchanté, répondit Anthony, qui réussit à esquisser une courbette de politesse sans lâcher son bout de statue. Laissez-moi faire, mademoiselle

Emeline, ajouta-t-il avant de prendre la totalité du paquet dans ses bras.

— Vous avez de bons réflexes, monsieur, le remercia Emeline. Sans votre intervention, notre Apollon serait en morceaux.

— Je suis toujours heureux d'aider une lady, assura le jeune homme en la contemplant comme si elle occupait un piédestal.

Lavinia, pour sa part, n'avait toujours pas décoléré contre Tobias.

— On ne fait pas peur aux gens comme ça ! Vous avez failli provoquer une catastrophe.

— Mon intention n'était pas de vous faire peur. Je venais simplement vous rendre visite, ainsi que je vous l'ai annoncé ce matin. Vous avez reçu mon mot, au moins ?

— Oh, pour ça, oui, j'ai reçu votre ordre, monsieur March. Mais comme vous ne vous êtes pas soucié de savoir si l'heure de votre visite me convenait, je ne me suis pas souciée de vous répondre qu'elle ne me convenait pas.

Tobias fronça les sourcils.

— N'avions-nous pas décidé, madame, de ne plus mener nos investigations qu'ensemble ?

— Il s'agit bien de cela ! Pour l'instant, j'ai des soucis plus importants en tête.

— Et qu'est-ce donc qui pourrait être plus important que notre enquête ?

Elle redressa le menton.

— L'avenir de ma nièce est en jeu, monsieur.

Emeline écarquilla les yeux.

— C'est peut-être un peu exagéré...

Anthony regarda la jeune fille d'un air inquiet.

— Que se passe-t-il, mademoiselle Emeline ? Puis-je vous aider en quoi que ce soit ?

— Je ne pense pas, monsieur Sinclair. Apollon devra être sacrifié.

— Pourquoi donc ?

Emeline pouffa.

— Mais pour l'argent, bien sûr. La vérité est que je suis invitée au théâtre demain soir, par lady Wortham et sa fille. Tante Lavinia a décrété que c'était l'occasion idéale pour me faire parader devant quelques jeunes gens.

— Je vois, murmura Anthony, sombre.

— Ma tante est convaincue qu'une robe à la dernière mode est indispensable pour attirer les regards. Voilà pourquoi elle a décidé de sacrifier ce pauvre Apollon sur l'autel de l'élégance.

— Pardonnez ma franchise, mademoiselle Emeline, mais un homme qui ne serait pas capable de deviner que vos charmes n'ont pas besoin d'une belle robe pour s'épanouir serait le dernier des idiots.

Il y eut un drôle de silence. Tout le monde s'était tourné vers Anthony, qui piqua un fard.

— Je voulais dire que vos charmes... euh, votre charme saute aux yeux, que vous soyez ou non habillée...

Le silence, encore. Le jeune homme sentit qu'il s'enfonçait et tenta de sauver la situation :

— Vous seriez resplendissante même dans une robe de paysanne, mademoiselle Emeline.

— Merci, murmura la jeune fille, dont le regard semblait danser.

Anthony était toujours aussi cramoisi. On aurait dit qu'il aurait aimé disparaître sous terre. Tobias finit par prendre pitié de lui.

— Eh bien, si nous en avons terminé avec les charmes de Mlle Emeline, je suggère que nous en revenions au programme de l'après-midi. Je propose que Lavinia et sa nièce poursuivent leur plan de vendre Apollon. Pendant ce temps, Anthony m'accompagnera dans la tournée des spécialistes de la cire.

— D'accord, dit Anthony.

— Un moment ! protesta Lavinia, qui s'était placée en travers du chemin de Tobias. Je n'ai jamais dit que je ne voulais pas participer à ces interrogatoires.

Il lui sourit.

— Pardonnez-moi, madame Lake, mais j'ai cru comprendre que vous aviez plus important à faire.

— Il n'y a pas de raison pour que nous n'arrivions pas à tout faire, objecta Lavinia. Emeline avait prévu d'assister à une conférence sur les antiquités égyptiennes, avec son amie Priscilla Wortham. Je vais la déposer à l'Institut, puis je continuerai seule mon chemin jusqu'à la boutique de M. Tredlow, à qui je vendrai l'Apollon. Après quoi, je serai libre de vous suivre. Et quand nous aurons terminé, nous reviendrons à l'Institut chercher Emeline.

Les prunelles d'Anthony brillèrent soudain d'enthousiasme.

— Je serais enchanté de vous accompagner à cette conférence, mademoiselle Emeline. Les antiquités égyptiennes me passionnent depuis longtemps.

— Vraiment ? s'extasia Emeline en se dirigeant vers l'attelage. Auriez-vous lu, par hasard, le dernier article de M. Mayhew ?

— Oui, bien sûr, répondit Anthony, qui avait emboîté le pas à la jeune fille. Mais si vous voulez mon opinion, Mayhew se trompe dans l'interprétation des scènes qu'il a relevées sur les murs des temples récemment fouillés.

Elle ouvrit la porte de l'attelage, afin que le jeune homme puisse y glisser l'Apollon.

— C'est aussi mon avis, approuva-t-elle. Et je suis convaincue que la clé réside dans les hiéroglyphes. Tant que personne n'aura pu les décrypter, nous ne saurons pas interpréter la signification des fresques.

Anthony était monté dans le véhicule, installant le paquet par terre.

— Le déchiffrage de la pierre de Rosette est notre seule chance, reprit-il. J'ai entendu dire que plusieurs chercheurs travaillaient dessus...

Lavinia observait les deux jeunes gens, tandis qu'ils continuaient d'échanger des considérations sur l'Égypte ancienne.

— Hmm, marmonna-t-elle, l'air sombre.

— Je peux me porter garant de la moralité d'Anthony, lui chuchota Tobias. Votre nièce ne craint rien avec lui.

— Mais, euh...

Elle s'éclaircit la voix avant de hasarder :

— Peut-on espérer un héritage de son côté ?

— Tout juste un petit cottage dans le Dorset, répondit Tobias avec un grand sourire. Ses finances sont dans le même état que les miennes.

— Et qui est... ?

— Précaire, madame Lake. Comme vous, je dépends entièrement de ma clientèle pour ma subsistance. Et Anthony m'aide à l'occasion.

— Je vois.

— Bon, maintenant, si nous bougions ? Vous n'allez quand même pas rester au milieu de la rue tout l'après-midi, à me questionner sur mes finances ?

Lavinia n'avait pas détourné son regard d'Emeline, qui poursuivait sa discussion avec Anthony.

— Vos finances ne m'intéressent pas, monsieur. J'ai déjà assez de soucis avec les miennes.

— C'est un superbe Apollon, madame Lake, s'extasia Edmund Tredlow en caressant la sculpture sortie de son paquet. Très, très beau ! Je pense pouvoir vous en obtenir autant que pour la Vénus que vous m'avez apportée le mois dernier.

— Cet Apollon vaut beaucoup plus que la Vénus, monsieur Tredlow, objecta Lavinia. Comme vous pouvez le constater, il est en parfait état de conservation.

Tredlow était un petit homme au front dégarni, vêtu d'habits démodés, qui semblait presque aussi vieux et poussiéreux que les antiquités qu'il hébergeait dans sa boutique. Il hocha plusieurs fois la tête d'un air entendu, tout en continuant d'examiner la statue. Lavinia bouillait d'impatience, tellement cette vente avait d'importance pour elle.

— Je ne conteste pas l'état de la statue, admit-il finalement. Mais il se trouve qu'en ce moment, j'ai peu de demandes pour ce genre de choses. Il me faudra peut-être plusieurs mois avant de trouver un collectionneur désireux de l'acquérir.

Lavinia s'obligea à sourire, malgré son irritation. Tredlow avait le beau rôle : il savait qu'il avait tout à gagner à marchander. La jeune femme était obligée de se défaire de ses statues pour assurer son train de vie. Elle n'avait pas le choix.

Tobias observait la négociation depuis le seuil de la petite boutique. Il s'était négligemment adossé contre un piédestal de marbre et semblait profondément s'ennuyer, mais Lavinia était persuadée qu'il écoutait chaque mot avec intérêt.

— Je ne voudrais pas abuser de votre gentillesse et de votre générosité, dit-elle finalement à Tredlow. Si vous ne pensez pas pouvoir trouver d'acheteur, j'irai proposer mon Apollon à quelqu'un d'autre...

— Je n'ai jamais dit que je ne réussirais pas à le vendre, mais seulement que ça me prendrait du temps, rectifia Tredlow. Bien sûr, si vous préférez me le laisser en consigne...

— Non, je souhaite le vendre aujourd'hui, répliqua Lavinia en remettant ses gants, comme si elle s'apprêtait à partir. Et j'ai déjà perdu assez de temps ici. Je vais aller voir M. Pendergast. Sa clientèle sera peut-être plus intéressée...

Tredlow l'arrêta d'un geste de la main.

— Ne vous donnez pas cette peine, ma chère. Comme je vous l'ai dit, le marché n'est pas très bon, ces temps-ci. Mais vous m'êtes si précieuse que je vais tenter de m'arranger.

— Vraiment, monsieur, je ne voudrais pas vous causer de soucis inutiles...

Tredlow esquissa un sourire, qui laissa voir ses mâchoires édentées.

— Vous ne me causez aucun souci, ma chère. En souvenir des bonnes affaires que nous avons déjà conclues, je suis tout disposé à prendre une moindre commission sur cet Apollon.

— Oh, mais je m'en voudrais de vous obliger à rogner sur vos bénéfices ! protesta Lavinia avec l'accent de la plus parfaite sincérité.

Tredlow examina une nouvelle fois la statue, songeur.

— À la réflexion, je pense connaître un gentleman qui serait prêt à payer une bonne somme pour cette statue...

Lavinia dissimula son soulagement derrière un sourire poli.

— Je savais pouvoir compter sur vous, monsieur Tredlow. Vous êtes l'un des meilleurs experts de la place.

— Je possède quelque expérience, c'est vrai, reconnut-il modestement. Il ne nous reste plus qu'à convenir d'un prix, ma chère...

Cinq minutes plus tard, l'affaire était réglée, à la satisfaction des deux parties.

Tobias prit le bras de la jeune femme pour sortir de la boutique.

— Bien joué, dit-il.

— La somme que m'a donnée Tredlow devrait largement payer les robes que j'ai commandées à Mme Francesca.

— Vous marchandez à merveille.

— Figurez-vous que j'ai appris l'art de la négociation pendant mon séjour en Italie, répondit Lavinia, qui ne cherchait plus à cacher sa satisfaction.

— Les voyages sont toujours instructifs, c'est bien connu.

— Dieu merci, Emeline et moi avons pu sauver quelques-uns de nos plus précieux articles de votre rage destructrice... Mais je ne me consolerai jamais d'avoir dû abandonner cette si jolie urne.

Il réprima un sourire.

— Personnellement, je pense que vous avez fait le bon choix d'emporter l'Apollon à la place.

La scène représentait un coin de cimetière, la nuit. Quelques figures sombres étaient penchées au-dessus d'une tombe ouverte, dont elles sortaient un cercueil au moyen de cordes. Un attelage attendait dans l'ombre.

— Et voilà un autre cadavre qu'on dérobe pour l'envoyer dans une quelconque école de médecine, déclara Tobias, amusé. Rien ne peut entraver la marche de la science...

Lavinia, réprimant un frisson de dégoût, observa l'œuvre plus attentivement. Sa qualité ne valait guère mieux que les travaux qu'ils avaient déjà pu contempler dans les deux galeries précédentes. L'artiste avait usé d'artifices – des manteaux amples, des chapeaux... – pour masquer le peu de réalisme des visages, maladroitement gravés dans la cire. En revanche, son inspiration était beaucoup plus noire...

— Nous n'avions encore rien vu de si morbide, commenta-t-elle.

Elle s'aperçut qu'elle avait parlé tout bas, et s'en étonna. Ils étaient les seuls visiteurs de la galerie de M. Huggett, et personne ne risquait d'entendre leur conversation. Mais la pénombre des lieux et l'atmosphère inquiétante des œuvres exposées créaient un climat qui la mettait encore plus mal à l'aise que chez Mme Vaughn.

— Huggett est manifestement doué pour les mises en scène théâtrales, répliqua Tobias en s'arrêtant devant l'œuvre suivante, qui montrait un duel. Et il semble avoir du goût pour le sanguinolent.

— Il devrait être arrivé, non ? fit remarquer Lavinia. Le vendeur de tickets nous a dit qu'il devait revenir d'une minute à l'autre, et cela fait près d'une demi-heure que nous sommes là.

— Donnons-lui encore quelques minutes, proposa Tobias, avant de passer dans une autre pièce.

N'aimant pas l'idée de se retrouver seule au milieu de toutes ces choses macabres, la jeune femme s'empressa de le suivre.

Son compagnon s'était immobilisé devant une scène montrant un homme gisant dans un fauteuil, les bras ballants, devant une table de jeu. La tête de l'homme était penchée sur le côté, avec une inclinaison qui trahissait une mort violente. Du reste, on apercevait la silhouette de l'assassin dans l'ombre, un pistolet dans sa main de cire. Plusieurs cartes à jouer étaient éparpillées sur le plancher.

Lavinia lut le titre du tableau : *Une nuit, dans l'enfer du jeu*.

Elle ne put retenir un frisson. L'atmosphère de cette galerie ne lui convenait décidément pas...

— Je pense que nous perdons notre temps à attendre, dit-elle en s'efforçant de lui cacher son malaise.

Tobias s'était tourné vers une œuvre représentant un condamné à mort montant à l'échafaud.

— Maintenant que nous sommes là, autant en profiter pour poser quelques questions à Huggett.

— Pourquoi nous entêter ? Je pense vraiment que nous devrions nous en aller, Tobias.

Il la regarda d'un air bizarre, et Lavinia réalisa que c'était la première fois qu'elle l'appelait par son prénom. Cette constatation, curieusement, redonna le sourire à la jeune femme. Après tout, ils commençaient à partager une certaine intimité. Outre qu'ils étaient associés dans l'enquête, il y avait eu ce baiser hier – même si, depuis, elle s'était efforcée de ne plus y penser.

— Que vous arrive-t-il ? demanda Tobias, amusé. Je ne me serais pas douté que de simples gravures de cire pourraient vous mettre dans cet état. Je vous imaginais les nerfs plus solides.

Lavinia en fut si vexée qu'elle retrouva toute sa combativité.

— Mes nerfs sont en excellente condition, merci. Je ne suis pas sensible au point de me laisser influencer par cette exposition.

— Non, bien sûr.

— C'est juste que je ne vois pas l'utilité d'attendre M. Huggett, alors qu'il ne nous sera probablement d'aucune aide.

S'éloignant de Tobias, agacée, elle remarqua un petit escalier en colimaçon.

— Je me demande ce qu'il y a là-haut... chuchota-t-elle.

Juste au moment où elle s'approchait de l'escalier, une voix nasillarde résonna dans son dos :

— L'étage est réservé exclusivement aux messieurs.

Lavinia se retourna, intriguée. Un homme d'une maigreur squelettique et au teint blême venait d'entrer dans la salle. Ses yeux semblaient enfoncés dans leurs orbites.

— Je suis Huggett, le propriétaire de cette galerie. On m'a dit que vous souhaitiez me parler ?

Tobias prit la parole :

— Monsieur Huggett, je m'appelle Tobias March, et voici Mme Lavinia Lake. Nous aimerions, en effet, que vous nous consacriez un peu de votre temps.

— Qu'attendez-vous de moi ?

— Nous voudrions connaître votre avis sur une œuvre en cire.

— Nous essayons d'identifier l'artiste qui aurait pu produire ceci, précisa Lavinia en écartant le papier qui protégeait le paquet qu'elle portait, avant de le tendre à Huggett. Peut-être pourrez-vous nous donner des indications qui nous aideront à trouver son nom ?

Huggett contempla le contenu du paquet. Lavinia, qui l'observait, crut déceler dans ses yeux une lueur étrange, comme s'il reconnaissait l'objet, mais ce fut très furtif. Lorsqu'il redressa la tête, son visage n'exprimait rien de particulier.

— C'est un excellent travail, dit-il. Mais je ne vois pas qui a pu faire cela.

— Le sujet aurait pu avoir sa place dans votre exposition, remarqua Tobias.

Huggett pointa l'un de ses doigts décharnés vers les œuvres.

— Comme vous pouvez le constater, je ne montre que des scènes grandeur nature. Pas des miniatures.

— Si par hasard un nom vous revenait, plus tard, n'hésitez pas à me contacter à cette adresse, reprit Tobias en lui donnant sa carte. Soyez assuré que vous seriez dédommagé de votre peine.

Huggett hésita, avant d'accepter la carte.

— Qui serait disposé à payer pour ce genre de renseignement ?

— Quelqu'un qui désire fortement rencontrer l'artiste en question.

Huggett glissa la carte dans sa poche.

— Entendu. Je réfléchirai à la question, dit-il, puis il tourna les talons.

Lavinia voulut le retenir.

— Attendez, monsieur Huggett. Une dernière chose, s'il vous plaît... Vous n'avez pas fini de nous expliquer, pour l'étage. Qu'y montrez-vous ?

— Je vous ai dit que seuls les gentlemen sont autorisés à monter l'escalier. Les œuvres présentées là-haut ne peuvent convenir à une lady.

Huggett avait quitté la salle avant qu'elle ait pu lui poser une autre question.

— Que pensez-vous qu'il cache là-haut ? demanda-t-elle à Tobias, en regardant l'escalier.

Son compagnon lui prit le bras pour l'entraîner vers la sortie.

— J'ai l'intuition que, si vous grimpiez ces marches, vous vous retrouveriez nez à nez avec des statues de femmes nues, surprises dans des postures érotiques.

— Oh...

Lavinia eut un dernier regard pour l'escalier, puis elle laissa Tobias l'escorter jusqu'à la porte.

— Je suis sûre que Huggett sait quelque chose, chuchota-t-elle.

— Vous avez sans doute raison. J'ai trouvé sa réaction bizarre.

Lavinia respira en retrouvant l'air du dehors. Le fiacre qui les avait amenés à la galerie les attendait devant la porte.

— Je rends grâce au cocher d'avoir patienté, dit-elle. Je ne me voyais pas marcher sous la pluie.

— Moi non plus.

— L'après-midi aura été fructueux, vous ne trouvez pas ?

Il lui ouvrit la portière de la voiture.

— Je trouve surtout qu'il reste beaucoup trop de questions sans réponses.

— Ne soyez pas défaitiste. À en juger par la lueur qui a traversé les yeux de Huggett quand vous lui avez parlé de récompense, je ne serais pas surprise que nous ayons bientôt de ses nouvelles.

Tobias se retourna pour contempler une dernière fois la devanture de la galerie.

— Je ne suis pas certain que cette lueur que vous avez remarquée dans ses yeux traduisait son intérêt pour l'argent.

— Que pouvait-elle exprimer, alors ?

— De la peur.

10

La couverture en cuir était à moitié carbonisée, et la plupart des pages réduites en cendres. Mais les morceaux demeurés intacts étaient assez explicites pour que Tobias sût, sans l'ombre d'un doute, qu'il avait sous les yeux les restes du fameux journal intime qu'il cherchait depuis des semaines.

— Bon sang de bon sang...

Il remua les cendres au tisonnier. Elles étaient froides. Celui qui avait brûlé le journal avait pris la précaution d'attendre que les braises soient éteintes avant d'envoyer son message.

Tobias se retourna pour contempler la pièce. De toute évidence, personne n'habitait cette pauvre bicoque, mais des indices laissaient penser que l'endroit était fréquenté par des vagabonds. Il se demanda si le journal avait bien été brûlé ici, ou apporté déjà calciné et mélangé aux cendres du foyer.

Il ne savait pas davantage qui l'avait averti. Mais il doutait que ce fût l'un de ses informateurs habituels, car personne ne lui avait réclamé la récompense qu'il avait offerte en échange d'un indice pour localiser le journal.

Une chose était sûre : quelqu'un avait voulu qu'il découvre les restes du document.

Par chance, il se trouvait à son club quand la missive lui avait été délivrée, une demi-heure plus tôt. Il était sorti immédiatement, ravi que le temps de chien et l'heure tardive lui donnent une bonne excuse pour ne pas prévenir Lavinia. Elle serait probablement furieuse lorsqu'il lui apprendrait ce qu'il avait trouvé, mais elle conviendrait qu'il n'avait pas pu faire autrement.

Tobias chercha des yeux une boîte où il aurait pu mettre les restes du journal et finit par trouver un sac vide, par terre. Il glissa les cendres dedans.

Ensuite, il souffla la chandelle qu'il avait allumée en entrant et s'approcha de la fenêtre pour épier les alentours. A priori, il ne courait aucun danger. Après tout, un inconnu avait déployé de gros efforts pour le mettre sur la piste du journal. Mais d'autres que Tobias cherchaient le document, et la prudence commandait de prendre certaines précautions.

La pluie, qui n'avait cessé de tomber toute la soirée, avait parsemé les pavés de flaques d'eau. Excepté une fenêtre éclairée sur le trottoir d'en face, la ruelle était plongée dans la pénombre. Tobias attendit un moment, sans percevoir le moindre mouvement. Il en conclut que, si quelqu'un épiait la porte par laquelle il était entré, ce quelqu'un se trouvait en dehors de son angle de vision.

Il se défit de son manteau pour accrocher le sac à son épaule, avant de remettre le vêtement. De cette façon, les cendres resteraient à l'abri de l'humidité. Puis il quitta la pièce. Le palier était désert. Il descendit jusqu'à l'entrée et s'esquiva au-dehors.

Il se faufila le long des murs de la ruelle, aussi furtif qu'une ombre, prenant garde à ne pas glisser sur les pavés luisants. Avec un peu de chance, le cocher qui l'avait amené ici aurait eu la bonne volonté de l'attendre, au bout de la ruelle. Sinon, il serait obligé de marcher un moment. Il y avait peu d'espoir de trouver un fiacre dans le quartier, surtout à cette heure tardive.

Tobias avait parcouru la moitié du chemin quand il devina une présence, dans son dos. Il fit encore deux, trois pas... avant de se retourner brutalement.

La silhouette, vaguement familière, d'un homme vêtu d'un lourd manteau de laine et d'un chapeau se dessinait dans la pénombre. Tobias était à peu près certain d'avoir repéré cette silhouette un peu plus tôt dans la soirée, à la sortie de son club.

L'inconnu se figea en voyant qu'il était démasqué. Puis, rapide comme l'éclair, il tourna les talons et s'enfuit vers l'autre bout de la ruelle.

— Bon sang ! marmonna Tobias, qui s'était lancé à sa poursuite, en serrant les dents pour surmonter sa douleur à la cuisse.

Il perdait son temps, songea-t-il. À cause de sa jambe, il n'avait pas la moindre chance de rattraper l'inconnu. Tout ce qu'il risquait de gagner, c'était de s'étaler par terre. Ses bottes glissaient dangereusement sur les pavés.

Cependant, il parvint à garder son équilibre. Et contre toute attente, ce fut l'homme qui tomba. Dans sa chute, un objet qu'il portait heurta violemment le pavé avec un bruit de bris de verre. Tobias en déduisit qu'il s'agissait d'une lanterne.

L'homme tardait à se relever. Tobias eut le temps d'arriver à sa hauteur et de l'empoigner par le bras, juste au moment où l'autre tentait de prendre la fuite. Il voulut se défendre, mais Tobias lui décocha un solide coup de poing en pleine face, qui l'assomma à moitié.

— Tiens-toi tranquille, sinon je sors mon couteau et je te tranche la gorge, bluffa Tobias, qui ne portait aucune arme.

Mais, bien sûr, l'autre l'ignorait.

— Je ne faisais qu'exécuter les ordres, monsieur, se défendit-il d'une voix apeurée. Je vous le jure sur la tête de ma mère !

— Les ordres de qui ?
— De mon employeuse.
— Et qui est ton employeuse ?
— Mme Dove.

— J'ai reçu un étrange message, commença Joan Dove tandis qu'elle soulevait une délicate théière en porcelaine. J'ai envoyé Herbert voir de quoi il retournait. De toute évidence, il est arrivé au moment où vous-même quittiez la maison, monsieur March. Dans la pénombre, il n'a pas pu vous reconnaître et a voulu vous emboîter le pas. Vous connaissez la suite...

Lavinia était si furieuse qu'elle en restait muette. Elle regardait, médusée, Joan Dove servir le thé avec la grâce d'une lady recevant des invités pour le goûter. Mais au lieu d'être cinq heures de l'après-midi, il était trois heures du matin ! La jeune femme n'était pas venue avec Tobias pour échanger quelques ragots mondains, mais pour demander à Joan Dove de s'expliquer.

Pour l'instant, leur hôtesse avait pratiquement été la seule à parler. Tobias s'était installé dans un fauteuil, le visage fermé et les lèvres serrées. Lavinia s'inquiétait à son sujet. Il avait pris le temps de retourner chez lui enfiler des vêtements secs, avant de venir sonner à sa porte en pleine nuit, pour lui montrer ce qui restait du journal intime et lui conter sa mésaventure. Quoiqu'il parût serein maintenant, Lavinia se doutait qu'il avait dû beaucoup souffrir de sa jambe.

— Que disait ce message ? demanda-t-il, sortant de son mutisme.

Joan reposa la théière avec une légère hésitation.

— Ce n'était pas un mot écrit. Un jeune garçon a sonné à ma porte pour me dire que ce que je cherchais se trouvait au 18, Tartle Lane. J'ai envoyé Herbert à ma place.

— En voilà assez, madame Dove ! explosa Lavinia. Que vous refusiez de nous dire la vérité, soit. Mais arrêtez de nous mentir aussi effrontément !

Joan pinça les lèvres.

— Pourquoi doutez-vous de moi, madame Lake ?

— Il n'y a pas eu de message, ni de messager. Vous avez simplement demandé à Herbert de suivre M. March. Vrai ou faux ?

Joan soutint le regard de la jeune femme.

— Pourquoi aurais-je fait cela ?

— Parce que vous espériez que M. March retrouverait le journal intime et qu'ensuite, Herbert pourrait le lui voler. Voilà la vérité.

— Madame Lake, je n'ai pas l'habitude qu'on mette ma parole en doute...

Lavinia lui retourna un sourire glacial.

— Vraiment ? M. March pense que vous nous avez menti depuis le début. Pourtant, j'étais disposée à croire votre histoire, du moins en partie. Mais vous vous êtes servie de nous, et ceci est intolérable.

— Je ne comprends pas votre colère, répliqua Joan d'un ton de reproche. M. March n'a rien subi de grave, que je sache.

— Nous ne sommes pas des appâts à votre disposition, madame Dove. Nous sommes des professionnels.

— Oui, bien sûr...

— M. March a risqué de se rompre le cou dans cette ruelle trempée. Sans compter le danger qu'il courait à venir visiter cette maison inconnue. Et pourtant, il agissait pour votre bien. Mais je suis convaincue que Herbert n'aurait pas hésité à récupérer le journal par la force, s'il avait pu.

— Je vous assure que je ne souhaitais pas que M. March, ni personne d'autre, soit blessé, protesta Joan, dont la voix était moins assurée. J'avais simplement demandé à Herbert de le surveiller. C'est tout.

— J'en étais sûre ! Vous avez ordonné à votre domestique d'épier M. March.

Joan haussa les épaules.

— Cela me semblait une bonne précaution.

Lavinia secoua la tête.

— M. March a raison. Vous nous avez menti depuis le début. Mais cette fois, j'ai perdu toute patience. Nous avons rempli notre mission, madame. Le journal a été retrouvé. Il est illisible, comme vous pouvez le constater, mais au moins il ne provoquera plus de dégâts.

Joan contempla les restes du journal, posés sur un plateau.

— Vous ne pouvez pas arrêter votre enquête maintenant, dit-elle. Celui qui a brûlé ce journal l'aura forcément lu avant de le détruire.

— C'est plus que probable, convint Lavinia. Mais M. March et moi considérons que l'affaire est close. Nous soupçonnons le coupable d'avoir été une autre des victimes de Félix Holton. Comme vous et moi.

Tobias regarda à son tour le plateau.

— Je suppose que celui qui a voulu nous faire découvrir les restes du journal voulait par la même occasion nous convaincre qu'il n'y aurait plus aucun chantage. C'était aussi une manière de nous inciter à suspendre nos investigations.

— Oui, mais vous oubliez la menace de mort que j'ai reçue, objecta Joan.

— C'est votre problème, désormais, rétorqua Lavinia. En tout cas, il vous faudra chercher quelqu'un d'autre pour résoudre ce point.

— Lavinia... murmura Tobias.

La jeune femme ignora sa protestation.

— Considérant ce qui s'est passé ce soir, je ne peux permettre à M. March de prendre de nouveaux risques pour vous, madame Dove. Je suis sûre que vous comprendrez.

Joan s'était raidie.

— En fait, vous ne vous intéressiez qu'au journal intime, parce qu'il contenait également vos secrets, dit-elle. Maintenant qu'il a été retrouvé, vous n'avez plus qu'une hâte : vous faire payer et abandonner l'enquête.

Lavinia se leva d'un bond, rouge de colère.

— Gardez donc votre maudit argent ! Je n'en veux pas !

Malgré sa fureur, la jeune femme était consciente que Tobias ne semblait pas partager son avis. Elle vint se placer derrière son fauteuil et empoigna le dossier à deux mains.

— M. March a eu beaucoup de chance, ce soir, reprit-elle. Il aurait pu tomber dans un traquenard. Je refuse qu'il continue à prendre de tels risques pour une cliente qui nous ment.

— Comment osez-vous ? Je ne vous ai pas menti !

— En tout cas, vous ne nous avez pas dit l'exacte vérité.

Joan avait retrouvé son assurance.

— Je vous ai dit tout ce que j'ai jugé utile que vous sachiez.

— Mais vous avez demandé à quelqu'un de nous épier. Et vous vous êtes servie de M. March. Cela, je ne peux le tolérer. C'est une question de principe.

Puis, faisant face à Tobias, la jeune femme ajouta :

— Il est grand temps de nous en aller.

Tobias se leva obligeamment de son siège.

— C'est vrai qu'il se fait tard...

Lavinia ressortit la première dans le hall. Sans un mot, le majordome leur ouvrit la porte sur la nuit humide et froide.

Elle s'apprêtait à descendre le perron, quand elle constata que le fiacre qui les avait amenés n'était plus là. Un superbe attelage attendait à sa place.

— Madame a demandé, à votre arrivée, qu'on renvoie le fiacre, expliqua le majordome d'une voix atone. Elle souhaitait vous prêter sa propre voiture pour vous raccompagner chez vous.

Lavinia repensa à la conversation qu'ils venaient d'avoir dans le salon. À l'heure actuelle, Joan Dove n'était certainement plus dans d'aussi généreuses dispositions.

— Nous ne pouvons accepter une...

— Si, si, nous acceptons, la coupa Tobias en lui prenant le bras. Je crois que vous en avez assez dit pour ce soir, madame Lake. Libre à vous de préférer attendre sous la pluie qu'un fiacre passe dans la rue. Pour ma part, je préfère rentrer dans la confortable voiture de Mme Dove.

Lavinia se rappela l'épreuve qu'il avait traversée, et elle en éprouva aussitôt du remords.

— Oui, vous avez raison.

Elle descendit le perron presque en courant. S'ils se dépêchaient, ils avaient une chance d'être partis avant que Joan Dove ne change d'avis !

Un valet, taillé comme une armoire à glace, l'aida à monter dans le véhicule. L'intérieur était décoré de coussins en velours marron, et d'épaisses couvertures servaient à protéger du froid les voyageurs.

Elle attrapa une couverture en s'asseyant, et constata que celle-ci avait été chauffée avec une bouillotte.

Tobias s'assit à côté d'elle. La jeune femme, s'apercevant de la raideur de ses mouvements, prit pitié de lui. Au lieu d'arranger la couverture sur ses jambes, elle la posa sur celles de son compagnon.

— Merci, dit-il avec une gratitude perceptible, quoique bien dissimulée.

Lavinia fut soudain traversée par une idée.

— Avez-vous remarqué que Mme Dove est entourée de domestiques bien bâtis ?

Il hocha la tête.

— J'avais remarqué. C'est une vraie petite armée.

— Oui. Je me demande pourquoi elle juge nécessaire de...

Elle s'interrompit en voyant Tobias se gratter la jambe.

— Vous n'avez pas rouvert votre blessure en poursuivant Herbert ?

— Ne vous inquiétez pas pour ça.

— Vous ne pouvez quand même pas me reprocher de m'inquiéter à votre sujet...

— Vous avez eu votre lot de soucis pour ce soir, répliqua-t-il.

Lavinia prit une autre couverture pour elle, méditant les paroles de son compagnon.

— Vous avez raison. J'ai bien peur d'avoir perdu une cliente importante.

— En effet. Et comme si ça ne suffisait pas, vous avez refusé son argent pour le travail déjà accompli.

Il y eut un silence pesant, que Lavinia se décida finalement à rompre.

— Bon ! Mais nous n'avions pas le choix. Nous ne pouvions pas continuer à travailler pour quelqu'un qui nous ment et nous fait espionner.

— Et pourquoi pas ? rétorqua Tobias.

— Seriez-vous devenu fou ? Vous auriez pu très mal vous en sortir, ce soir. Je suis persuadée que Herbert n'aurait pas hésité à vous arracher le journal.

— C'est possible. Après tout, le principal souci de Joan est de garder son secret bien caché...

Elle hocha la tête.

— Je dirais même plus : le journal contenait quelque chose qu'elle ne voulait surtout pas ébruiter. Quelque chose de potentiellement beaucoup plus dangereux que la révélation d'une liaison vieille de vingt ans.

— Je vous avais prévenue : tous les clients mentent.

Lavinia s'installa plus à son aise sur les coussins pour réfléchir.

— Une chose me frappe, marmonna-t-elle finalement. Mme Dove n'a pas été la seule à jouer un double jeu, ce soir...

— Pardon ?

Elle le dévisagea.

— Pourquoi ne m'avez-vous pas prévenue dès que vous avez reçu ce message, à votre club ? Je vous aurais accompagnée là-bas. Auriez-vous oublié que nous devons tout faire ensemble ?

— Il fallait faire vite, Lavinia. J'étais si pressé que je n'ai pas davantage pris la peine d'alerter Anthony.

— Pourquoi Anthony ?

— D'ordinaire, c'est lui qui m'assiste dans ce genre d'entreprise. Mais il était au théâtre. Ça aurait pris trop de temps de le prévenir.

— Alors, vous y êtes allé seul...

— J'ai jugé que la situation requérait d'agir sans tarder.

— Bah ! C'est vous qui le dites.

Il soupira.

— J'aurais parié que vous me répondriez cela.

— Vous y êtes allé seul, tout bonnement parce que vous n'avez pas l'habitude de travailler en équipe.

— Bon sang, Lavinia, j'y suis allé seul parce qu'il n'y avait pas une minute à perdre ! J'ai fait ce qui me semblait le mieux, voilà tout.

Elle préféra ne rien répondre. Il y eut un long silence mais, au bout d'un moment, elle réalisa que Tobias se massait toujours la cuisse.

— Je suis sûre que vous vous êtes froissé un muscle, en poursuivant Herbert.

— C'est possible.

— Que puis-je faire pour vous ?

Il sourit.

— Il n'est pas question que je vous laisse m'hypnotiser, si telle est votre intention.

— Oh, très bien. Si vous avez décidé de rester obtus sur le sujet, libre à vous, répliqua Lavinia avant de se murer dans le silence.

Le trajet de retour s'annonçait interminable, car l'attelage avançait lentement. Sa progression n'était pas seulement ralentie par la pluie, mais par l'encombrement des rues. En effet, c'était l'heure où les bals et réceptions de la grande société se terminaient, et les rues étaient assaillies d'attelages ramenant les invités à leur domicile. Sans parler des gentlemen esseulés qui faisaient route vers Covent Garden, où ils s'achèteraient la compagnie d'une prostituée pour finir la nuit.

Tobias s'installa plus confortablement dans les coussins. Ce faisant, sa jambe frôla celle de la jeune femme. C'était purement accidentel, bien sûr, cependant ce léger contact suffit à enflammer les nerfs déjà chauffés à blanc de Lavinia.

Le souvenir de leur baiser la fit frissonner.

Elle se le rappelait comme un pur moment de folie. Pour elle, comme aussi sans doute pour lui... Ce qui lui fit se demander si Tobias était de ceux qui fréquentaient Covent Garden. Elle n'y croyait guère. Il devait se montrer plus sélectif. Mais cette considération la conduisit à se poser une autre question, beaucoup plus dérangeante : quel genre de femme préférait-il ?

Malgré le baiser qu'ils avaient échangé, Lavinia aurait été prête à parier qu'elle n'était pas son type. Ils s'étaient retrouvés dans les bras l'un de l'autre un peu par hasard. Ce n'était pas comme s'ils avaient succombé à une séduction mutuelle, après s'être remarqués lors d'un bal ou d'un dîner...

— Vous avez vraiment renoncé à votre cliente à cause de moi ? demanda-t-il soudain.

La jeune femme, tirée brusquement de sa rêverie, mit quelques secondes à rassembler ses esprits.

— Non, pas du tout. C'était une question de principe.

Tobias secoua la tête.

— Je n'en crois pas un mot. C'était à cause de moi.

— Vous a-t-on déjà dit que vous vous répétiez beaucoup ? C'est une détestable habitude, chez vous.

— Je dois avoir d'autres détestables habitudes... mais ce n'est pas le sujet.

— Quel est le sujet, alors ?

Il passa une main dans le cou de sa compagne et approcha ses lèvres des siennes.

— Je me demande quelle tête vous ferez à votre réveil, quand vous réaliserez que vous avez laissé échapper la juteuse récompense de Mme Dove, uniquement pour mes beaux yeux.

Ce n'était pas cette histoire d'argent qui l'obséderait, songea Lavinia. Mais plutôt la fin de son association avec Tobias. Ils avaient fait équipe pour retrouver le journal intime. Or, maintenant, ce journal n'existait plus. Tout à coup, elle se sentait triste.

Peut-être ne le reverrait-elle jamais...

Elle ne comprenait pas ce qui lui arrivait. Pourquoi s'affliger alors qu'elle aurait dû être ravie, au contraire, de savoir qu'il ne viendrait plus encombrer son existence ? Après tout, cet homme lui avait déjà valu assez d'ennuis comme cela.

Pourtant, elle ne pouvait s'empêcher de regretter de le perdre... Soudain, sans réfléchir à ce qu'elle faisait, elle noua fébrilement les bras à son cou.

— Tobias...

Il s'empara de ses lèvres.

Son premier baiser avait éveillé un feu qui se raviva instantanément. Aucune étreinte masculine n'avait jamais produit autant d'effet sur Lavinia. Ce qu'elle avait connu avec John, bien des années plus tôt, était presque éthéré. Tobias, au contraire, lui faisait découvrir le désir brut de la chair.

Il abandonna ses lèvres pour lui embrasser le cou et la naissance de la gorge. Elle se renversa sur les coussins, et son manteau s'entrouvrit de lui-même. Il en profita pour insinuer une main sous sa robe. La jeune femme ne fit rien pour le repousser.

— Nous nous connaissons à peine... se contenta-t-elle de murmurer.

— Au contraire, répliqua Tobias, dont la main remontait le long de sa cuisse. Je parierais que j'en ai plus appris sur ton compte à Rome, durant ces quelques semaines où je t'épiais, que la plupart des maris en savent sur leur épouse après des années de mariage.

— J'ai du mal à te croire.

— Eh bien, je vais te prouver que je dis vrai.

Lavinia l'embrassa avidement.

— Comment vas-tu t'y prendre ?

— Voyons, voyons... par où vais-je commencer ? murmura Tobias, en même temps qu'il passait une main dans le dos de la jeune femme, pour commencer à délacer sa robe. Par exemple, je sais que tu aimes beaucoup marcher. Je t'ai suivie pendant des kilomètres, à travers Rome.

— La santé avant tout. Les longues marches sont excellentes pour le corps.

Tobias avait fini de délacer le bustier, qui s'affaissa.

— Je sais que tu aimes aussi la poésie.

— Ce n'est pas difficile. Le soir où nous avons dû fuir, tu as vu les livres dans ma bibliothèque.

Il caressa le pendentif en argent que portait Lavinia, avant de poser un baiser sur l'un de ses seins.

— Je sais encore que tu n'as pas laissé Pomfrey faire de toi sa maîtresse.

Ces mots firent à la jeune femme l'effet d'une douche froide. Elle se raidit.

— Comment as-tu connu Pomfrey ?

— Tout le monde, à Rome, le connaissait. Il a séduit pratiquement toutes les jolies veuves. Sans parler des femmes mariées, précisa-t-il en embrassant la vallée de ses seins. Mais toi, tu t'es refusée à lui.

— Lord Pomfrey est marié, répliqua Lavinia, avant de songer que sa réponse était ridicule.

Tobias releva la tête.

— Il est aussi formidablement riche. Avec la réputation d'être très généreux envers ses maîtresses. Il aurait pu rendre ton existence beaucoup plus plaisante.

Elle haussa les épaules.

— Je ne voyais rien de plus déplaisant que de devenir sa maîtresse. Pomfrey boit trop. Et quand il est ivre, il perd le contrôle de lui-même.

— J'étais là, le jour où il t'a abordée en pleine rue. Je l'ai entendu essayer de te convaincre de le suivre dans un petit hôtel particulier.

Lavinia était mortifiée.

— Tu as surpris cette conversation embarrassante ?

— Il n'y avait pas grande indiscrétion de ma part à entendre ta réponse. Tu parlais fort, pour autant que je me souviens.

— J'étais furieuse et outragée. Où te trouvais-tu ?

— Devant une échoppe de primeurs, répondit Tobias, remontant son autre main un peu plus haut sur la cuisse de la jeune femme. Je mangeais tranquillement une orange.

— Tu te rappelles d'aussi petits détails ?

— Je me souviens de toute cette scène. Quand Pomfrey a dû partir sur un échec, l'orange que je mangeais m'a soudain paru délicieuse. La meilleure que j'aie mangée de toute ma vie.

Il posa soudain sa paume sur le cœur de sa féminité. Lavinia sentit une bouffée de chaleur lui incendier les veines. Et, à en juger par le regard satisfait de Tobias, elle comprit qu'il avait parfaitement deviné l'effet que ses caresses produisaient sur elle. Elle tenta de reprendre le contrôle de la situation.

— Je sais au moins quelque chose sur toi, moi aussi. Tu aimes les oranges.

— Je les adore. Mais les Italiens considèrent qu'aucun fruit n'équivaut, en saveur, à une figue mûre. Et je suis enclin à penser comme eux...

Lavinia faillit s'étrangler, mais elle n'aurait pu dire si elle était plus scandalisée qu'amusée, ou le contraire. Elle avait vécu assez longtemps en Italie pour savoir que là-bas, une « figue mûre » désignait le sexe féminin.

De toute façon, la jeune femme n'eut pas l'occasion de répliquer. Tobias s'était de nouveau emparé de ses lèvres, l'obligeant au silence. En même temps, il usait de sa main pour la rendre folle de désir. Quand elle ne fut plus qu'un brasier dans ses bras, pantelante et gémissante, il dégrafa son pantalon.

La seconde d'après, il l'avait pénétrée, se mouvant entre ses cuisses d'une manière à la fois douce et inflexible. Lavinia atteignit la jouissance avec une surprenante rapidité, toute la tension qui s'était accumulée en elle se libérant d'un seul coup, en étincelles de pure extase qu'aucun poète n'aurait su décrire.

— Tobias ?

Comme il ne répondait pas, elle le secoua par les épaules.

— Tobias...

Elle répéta plusieurs fois son nom, alors qu'il continuait de se mouvoir en elle. Puis il se raidit, et Lavinia comprit qu'il allait jouir à son tour. Instinctivement, elle voulut l'attirer à elle.

— Non... murmura-t-il.

À la surprise de la jeune femme, il se retira brusquement pour laisser exploser sa jouissance sur les coussins de la voiture.

11

Tobias reprit lentement ses esprits. Mais comme l'attelage roulait toujours, il en conclut qu'il avait un peu de temps devant lui.

— Tobias ?

— Hmm...

Elle se lova contre lui.

— Je pense que nous n'allons pas tarder à arriver chez moi.

Il posa une main sur l'un de ses seins. Sa forme était parfaite. Une vraie petite pomme d'amour.

— Tu crois ?

Lavinia se redressa pour le secouer.

— Oui, et dépêche-toi. Il faut nous rhabiller. Imagine que le valet de Mme Dove nous découvre dans cet état !

L'inquiétude de la jeune femme l'amusa.

— Du calme, Lavinia...

Il se redressa lentement, en prenant le temps de déposer un baiser sur son dos nu.

— Tobias !

— Je ne suis pas sourd, madame Lake. Le valet et le cocher non plus. Si tu ne baisses pas la voix, ils vont finir par t'entendre.

Elle se débattait avec sa robe.

— Vite ! Nous allons arriver d'un instant à l'autre. J'espère que nous n'avons pas sali les coussins de Mme Dove. Que penserait-elle de nous ?

— Je me moque bien de ce que peut penser Mme Dove, répliqua-t-il. N'oublie pas qu'elle n'est plus ta cliente.

— Oui, mais c'est une lady respectable, objecta Lavinia. Ça m'étonnerait beaucoup que sa voiture soit habituée à ce genre de traitement.

Tobias contemplait sa compagne avec admiration. La lumière du lanterneau irradiait sa chevelure d'étincelles flamboyantes. Mais c'était tout son corps qui semblait rayonner d'un halo irréel.

Cependant, elle semblait mal à l'aise.

— Tu as donc si peur que Mme Dove se fasse une mauvaise opinion de toi, si elle apprend ce qui s'est passé ?

La jeune femme n'avait toujours pas réussi à rajuster entièrement sa robe.

— Elle en conclurait que je ne vaux pas mieux que les femmes de mauvaise vie qui fréquentent Covent Garden, la nuit.

Il haussa les épaules.

— Pourquoi accordes-tu autant d'importance à ce que peut penser cette femme ?

— Je n'ai pas envie que mes clients me prennent pour ce que je ne suis pas.

— Je te rappelle qu'il s'agit d'une *ancienne* cliente.

Lavinia secoua la tête.

— Ne joue pas sur les mots. Une bonne réputation est essentielle, dans ce métier. Et Mme Dove pourrait me recommander à d'autres personnes. Je préfère qu'elle garde un bon souvenir de moi.

— Personnellement, je garderai de cette soirée un excellent souvenir. Est-ce que mon sentiment ne compte pas ?

— Ça n'a rien à voir. Arrête de me taquiner, Tobias. Tu sais très bien que je ne peux pas prendre le risque que Mme Dove raconte à ses amies que je ne suis qu'une...

— Tu ne l'es pas, la coupa-t-il. Nous le savons aussi bien l'un que l'autre. Alors pourquoi ergoter là-dessus ?

La jeune femme parut un instant déroutée par l'argument.

— Parce que j'en fais une question de principe.

Il hocha la tête.

— Tu m'as déjà répondu cela tout à l'heure, à propos de ton travail. Apparemment, tu tiens beaucoup aux principes. Mais que cela ne te fasse pas oublier le bon sens. Je ne voudrais pas que tu prennes l'habitude de jeter leur argent à la face de tes clients. Si Mme Dove décide de te payer quand même, malgré tes déclarations de cette nuit, je ne saurais trop te conseiller d'accepter.

Lavinia arrêta un instant dc relacer sa robe. Elle était médusée.

— Ne change pas de sujet, s'il te plaît !

Il se plaça derrière elle et l'aida à terminer de se rhabiller.

— Tu as pris cette affaire trop au sérieux...

— Au sérieux ? Il me semble pourtant qu'il est de mon devoir de veiller à ma réputation.

Il sourit.

— Je t'assure, Lavinia, que si quelqu'un s'avisait de mettre ton honneur en doute, je le provoquerais immédiatement en duel.

— Tu es décidé à te moquer de moi, si je comprends bien ?

— Les coussins sont propres, rassure-toi. Je les ai essuyés. De toute façon, je parie que le cocher vérifiera qu'il n'y a pas de tache, avant de laisser monter sa maîtresse demain. C'est aussi son travail, de garder l'intérieur du véhicule en parfait état.

Cependant, elle ne semblait pas convaincue, et ses inquiétudes commençaient d'affecter la bonne humeur de Tobias. Cette étreinte l'avait comblé. Et il aurait été prêt à jurer que sa compagne n'en avait également retiré que du plaisir. Il s'était même demandé, en l'entendant jouir, si ce n'était pas la première fois de sa vie qu'elle connaissait une telle extase.

Mais au lieu de s'émerveiller de cette parfaite communion charnelle, elle se focalisait stupidement sur une histoire de taches.

L'attelage ralentissait. Tobias tira le rideau de la portière et constata qu'ils étaient arrivés à Claremont Lane.

— Nous n'avons aucune raison d'être embarrassés, Lavinia. Ce n'est pas comme si nous sortions du collège et que c'était notre première fois.

La jeune femme regardait du côté de la portière.

— Oui, bien sûr, murmura-t-elle.

— J'avoue m'être un peu laissé emporter par mes sentiments. La prochaine fois, je te promets d'être plus prudent.

Le valet ouvrit la portière. Lavinia se précipita, comme si c'était l'issue de secours d'un immeuble en feu.

— Bonne nuit, Tobias.

Il la retint par le bras.

— Lavinia, tu es sûre que ça va ? Tu n'as pas l'air dans ton assiette.

— Ah bon ? fit-elle avec un sourire étrange.

— La soirée a été éprouvante. Tes nerfs ont été mis à rude épreuve...

Elle se mordit la lèvre.

— Oh, c'est beaucoup dire. J'ai juste perdu une grosse cliente. Et je vais être obligée de me soucier de problèmes *très intimes* pendant quelque temps.

Tobias croisa son regard.

— Tu ne peux quand même pas tout me mettre sur le dos...

— Si, répliqua la jeune femme, en donnant sa main au valet pour qu'il l'aide à descendre. Une fois de plus, tu es la cause de tous mes problèmes.

Vingt minutes plus tard, Tobias rentrait à son tour chez lui. Il alla s'enfermer dans son bureau et commença par se servir une bonne rasade de whisky.

Pourquoi tout était toujours si compliqué, quand il s'agissait de Lavinia ? se demanda-t-il en se laissant choir dans son fauteuil favori. Il resta un moment à contempler le feu mourant dans la cheminée, sans trouver de réponse.

Ce fut Anthony qui le tira de sa rêverie.

— Te voilà enfin ! s'exclama le jeune homme en faisant irruption dans la pièce, sa cravate desserrée et son col de chemise ouvert. Je suppose que la soirée a été bonne, pour que tu rentres si tard ?

— J'ai retrouvé le journal.

Anthony siffla entre ses dents.

— Félicitations ! J'imagine que tu as déchiré les pages compromettantes pour Mme Lake et votre cliente ?

— Ce n'était pas la peine. Quelqu'un avait brûlé le tout avant mon arrivée. Il restait juste assez de papier pour identifier l'objet, mais plus rien qui pourrait porter préjudice à qui que ce soit.

— Je vois, murmura Anthony en se passant une main dans les cheveux. Celui qui a fait ça voulait te faire comprendre qu'il est temps d'arrêter ton enquête ?

— C'est aussi mon avis, oui...

— Il y avait sans doute beaucoup de monde, cité dans ce journal. Des tas de gens avaient intérêt à ce qu'il disparaisse.

— Oui.

— Comment Neville a-t-il pris la nouvelle ?

— Je ne l'ai pas encore informé des derniers développements, répondit Tobias.

Son beau-frère ne put cacher sa curiosité.

— Parce qu'il y a eu autre chose ? Que s'est-il passé ensuite ?

— Ensuite ? Je vais au lit. Voilà ce qui va se passer ensuite.

— Les domestiques m'ont raconté que tu étais arrivé dans un luxueux attelage...

— Il appartient à la cliente de Lavinia, expliqua Tobias en avalant une gorgée de whisky. Ou plus exactement, désormais, à son ancienne cliente.

— Parce que le journal a été retrouvé ?

— Non. Parce que Lavinia l'a en quelque sorte congédiée. Et a refusé son argent.

Anthony vint se planter devant la cheminée.

— Je ne comprends pas... Pourquoi Mme Lake a-t-elle agi ainsi ?

Tobias termina son verre avant de répondre.

— À cause de moi.

— De toi ?

— C'était une question de principe, a-t-elle prétendu.

Anthony était de plus en plus interloqué.

— Excuse-moi, Tobias, mais tu n'éclaires vraiment pas ma lanterne. Combien de verres as-tu vidés, cette nuit ?

— Pas assez, répondit Tobias en tapotant son verre. Lavinia a congédié sa cliente, car elle accusait Mme Dove de m'avoir entraîné dans un traquenard.

— Explique-toi mieux, s'il te plaît.

Tobias s'exécuta. Quand il eut terminé son récit, Anthony l'observa un long moment sans rien dire.

— Bien, bien, bien... finit-il par lâcher.

— Lavinia a du caractère. Mme Dove l'a un peu trop poussée à bout.

— Ça me paraît évident.

Tobias tripotait son verre entre ses doigts.

— Mais je suis sûre qu'elle regrette déjà son geste...

Anthony haussa un sourcil.

— Qu'est-ce qui te fait dire ça ?

— Au moment de nous quitter, elle a déclaré que j'étais la source de tous ses ennuis.

Anthony hocha la tête d'un air compatissant.

— De sa part, c'est une conclusion plutôt raisonnable...

— Tu ne devrais pas être rentré chez toi à cette heure tardive, Anthony ?

— Tu es de mauvaise humeur, Tobias.

Celui-ci médita le commentaire, avant de finalement acquiescer.

— Oui, c'est possible.

Anthony l'étudia de la tête aux pieds, intrigué.

— Tout à l'heure, tu m'as bien raconté que tu étais revenu ici te changer, entre ta rencontre avec Herbert et ta visite chez Mme Dove ?

— Oui.

— Alors pourquoi es-tu tout débraillé ?

Tobias le fusilla du regard.

— Continue tes questions indiscrètes, si tu veux aggraver ma mauvaise humeur ! Mais je te préviens que tu risques d'en faire les frais...

Le jeune homme réprima un sourire.

— Autrement dit, j'ai touché un point sensible. Et probablement, le cœur du sujet. Tu as embrassé Mme Lake, et elle t'a giflé en retour. C'est ça ?

— Mme Lake ne m'a pas giflé. Au contraire.

Anthony le dévisagea, médusé.

— Nom d'un chien ! Ne me dis pas que tu as... avec Mme Lake ? Dans la voiture ? Mais... c'est une lady ! Comment as-tu pu ?

Tobias soutint son regard, et ce qu'Anthony y lut le dissuada de poursuivre sur ce sujet. Il détourna la tête et s'absorba dans la contemplation du foyer.

La pendule sonna cinq heures du matin.

Tobias s'enfonça un peu plus dans son fauteuil. Il trouvait très désagréable de se voir donner des leçons de conduite par un jeune homme qui n'avait pas encore eu de véritable liaison.

Au bout d'un moment, ce dernier s'éclaircit la voix.

— Tu sais qu'elle a prévu d'aller au théâtre, demain soir...

Après un regard pour l'horloge, il rectifia :

— Je veux dire, ce soir. Tu devrais venir aussi. Mme Lake et Emeline seront avec lady Wortham et sa fille. Ce serait bien de ta part d'aller les saluer dans leur loge.

Tobias ne répondit rien.

— Si tu veux, reprit Anthony, je t'accompagnerai, pour que tu ne sois pas seul.

— Ah, nous y voilà !

Anthony le regarda d'un air innocent.

— Pardon ?

— Tu proposes de m'accompagner au théâtre, car tu sais qu'Emeline y sera. Et tu cherches un prétexte pour faire une incursion dans la loge des Wortham !

Le jeune homme devint soudain morose.

— J'ai bien peur que Lavinia compte sur cette soirée pour lancer Emeline dans la course aux prétendants.

— D'où le sacrifice d'Apollon.

— Précisément. Emeline est si charmante que le plan de sa tante a toutes les chances de porter ses fruits.

Tobias fit la grimace. Anthony s'inquiéta aussitôt :

— Ta jambe te fait mal ?

— Non, ce n'est pas ma jambe qui m'a fait réagir. C'est l'allusion aux fruits...

Sa jambe, aussi extraordinaire que cela parût, ne lui faisait plus du tout mal, pour l'instant. L'effet du whisky, sans doute. Mais, à bien y réfléchir, il songea que la douleur avait disparu lorsqu'il se trouvait dans la voiture, avec Lavinia...

On avait bien raison de dire que rien ne valait mieux que faire l'amour, pour oublier ses soucis et ses peines !

Anthony écarquilla les yeux.

— Je ne comprends pas. Quelle est cette histoire de fruits ?

— Laisse tomber. À ta place, je ne m'inquiéterais pas des visées de Lavinia pour sa nièce. Emeline est certes une jeune fille charmante, capable d'attirer l'attention. Mais dès qu'on saura qu'elle n'est pas une héritière, les mères de la bonne société veilleront à ce que leurs rejetons ne regardent pas dans cette direction.

— Admettons. Mais que fais-tu des séducteurs professionnels ? Tu sais aussi bien que moi qu'aucune jeune lady n'est à l'abri de ce genre de prédateur. Ils se font une spécialité de séduire les innocentes.

— Lavinia saura la protéger, assura Tobias. Et, pour ce que je connais de la jeune fille, je serais même enclin à penser qu'elle sera capable de se protéger toute seule.

— Quoi qu'il en soit, je préfère ne pas courir de risque, objecta Anthony en s'appuyant contre le manteau de la cheminée. Dès mon réveil, j'irai acheter nos places de théâtre.

Le jeune homme partait déjà vers la porte, quand Tobias le rappela :

— Anthony ?

— Oui ?

— T'ai-je dit que Lavinia et ses parents étaient adeptes du mesmérisme ?

— Non, mais miss Emeline m'en a parlé. Quel est le problème ?

— Je sais que tu t'es intéressé à cette pratique, à une époque. Penses-tu qu'il soit possible de mettre quelqu'un sous hypnose sans qu'il s'en aperçoive ?

Anthony esquissa un sourire.

— Un esprit faible peut toujours se laisser influencer par un praticien avisé. Mais j'ai du mal à imaginer qu'un homme, en pleine possession de sa raison, puisse être hypnotisé sans son consentement.

— Tu en es sûr ?

— À moins, bien entendu, qu'il souhaite inconsciemment se laisser hypnotiser...

Là-dessus, Anthony quitta la pièce en refermant la porte derrière lui.

Mais Tobias l'entendit rire à gorge déployée jusque dans le hall.

12

— Qu'est-ce qui ne va pas ce matin, ma tante ? demanda Emeline en saisissant la cafetière. Tu es d'étrange humeur, franchement.

— J'ai de bonnes raisons pour cela, répliqua Lavinia, qui venait de se servir deux œufs au bacon.

Si elle s'était réveillée de méchante humeur, elle avait aussi très faim. La conséquence de son « exercice physique » dans la voiture de Mme Dove, probablement...

— Je te l'ai déjà expliqué, reprit-elle. Je n'ai plus de cliente.

— Tu as bien fait de rompre toute relation d'affaires avec cette Mme Dove, décréta Emeline tout en servant le café. Elle n'avait pas à demander à son domestique d'espionner M. March. Qui sait ce qu'elle avait exactement dans la tête ?

— Je suis sûre qu'elle souhaitait que Herbert récupère le journal intime par tous les moyens, y compris la force. Elle ne voulait pas que Tobias ou moi puissions lire les passages la concernant.

— Pourtant, elle vous avait raconté son secret, n'est-ce pas ?

Lavinia secoua la tête.

— Tobias a aussitôt suggéré qu'elle mentait. Au moins par omission. Elle ne nous a pas tout dit.

— De toute façon, là n'est plus la question, puisque le journal est détruit.

— J'ai peut-être été un peu inconsciente de lui renvoyer son argent à la figure, concéda Lavinia.

Les prunelles d'Emeline brillèrent d'une lueur taquine.

— C'était une question de principe, dit-elle, reprenant les mots de sa tante.

— Exactement. M. March n'est pas quelqu'un de facile, mais c'est mon associé dans cette affaire. Je ne peux pas permettre qu'une cliente le traite comme une cible. J'ai ma fierté.

— Était-ce ta fierté, ou celle de M. March qui était en jeu ?

— Ça n'a plus d'importance, de toute façon. Le résultat est que je me retrouve sans cliente.

— Ne t'inquiète pas. Une autre la remplacera.

Lavinia trouvait parfois l'optimisme d'Emeline désarmant.

— Je pense tout à coup que M. March, en revanche, a toujours un commanditaire, dit-elle. Et qu'il se fera probablement payer, lui ! Auquel cas, il devrait partager avec moi, tu ne crois pas ?

— Si, sans doute.

— Je lui en parlerai la prochaine fois que je le verrai, déclara Lavinia en remuant sa fourchette dans ses œufs d'un geste distrait. Pour tout t'avouer, M. March a beau être quelqu'un d'impossible, il ne s'est pas révélé inutile dans cette affaire. Après tout, c'est lui qui a retrouvé le journal.

Emeline dévisagea sa tante avec intérêt.

— Qu'as-tu derrière la tête, Lavinia ?

La jeune femme haussa les épaules avec une nonchalance affectée.

— Il me semble que ce serait bénéfique, et pour M. March et pour moi, de continuer à l'occasion notre collaboration, dans le futur.

— Bien, bien, bien... murmura Emeline avec une drôle d'expression dans le regard. Voilà une idée très intéressante.

En fait, l'idée de travailler à nouveau avec Tobias excitait Lavinia autant qu'elle l'effrayait. Elle préféra changer de sujet de conversation.

— Procédons par ordre. La préoccupation du jour, c'est ta sortie au théâtre.

— *Notre* sortie au théâtre.

— Tu as raison. C'est vraiment très gentil à lady Wortham de m'inviter également.

Emeline hocha la tête.

— J'ai cru comprendre qu'elle était assez curieuse à ton sujet.

Lavinia fronça les sourcils.

— J'espère que tu ne lui as pas raconté mes différentes carrières ?

— Bien sûr que non.

— Et que tu ne lui as rien dit non plus de mes nouvelles activités ?

— Non.

— Dieu merci, soupira Lavinia, soulagée. Je ne suis pas sûre que lady Wortham trouverait mon métier convenable.

— Dans son monde, *aucun* travail n'est convenable pour une lady, fit valoir Emeline.

— C'est vrai... Ce soir, je me débrouillerai pour laisser courir le bruit que tu peux compter sur un petit héritage.

— Mais ce sera un mensonge, ma tante !

— Ne chipote pas, répliqua Lavinia avec un geste de la main, comme pour balayer une miette sur la table. Rappelle-toi plutôt que nous avons, tout à l'heure, notre dernière séance d'essayage chez Mme Francesca.

— Je n'ai pas oublié, assura Emeline.

Et, après une hésitation, elle ajouta :

— Tante Lavinia, concernant ce soir... j'espère que

tu ne mettras pas la barre trop haut. J'ai peur de ne pas être à la hauteur.

— Ne dis pas de sottises. Tu seras ravissante, dans ta nouvelle robe.

Emeline fit la grimace.

— Pas aussi ravissante que Priscilla Wortham, et c'est d'ailleurs pour cela que sa mère se montre si aimable envers nous. Elle est persuadée que ma présence dans le voisinage de Priscilla profitera à sa fille.

— Je me moque des intentions de lady Wortham, rétorqua Lavinia. Peu importe qu'elle cherche à marier au mieux Priscilla. Après tout, c'est son devoir de mère. Sachons profiter de l'occasion de t'introduire dans le monde.

La porte de la salle à manger s'ouvrit sur ces entrefaites. Mme Chilton apparut, visiblement très excitée.

— Mme Dove est ici, madame, annonça-t-elle d'une voix forte.

— Mme *Dove* ?

Lavinia était au bord de la panique. Tobias s'était trompé : il restait bel et bien des taches sur les coussins de la voiture, et Mme Dove venait demander réparation des dommages causés à son bien ! Elle n'avait aucune idée de ce que pouvait coûter la réfection d'un attelage aussi luxueux, mais c'était probablement une fortune.

— Dois-je l'introduire dans le salon ou dans votre bureau, madame ? s'enquit la gouvernante.

— Que veut-elle ? demanda Lavinia.

Mme Chilton parut surprise.

— Je l'ignore, madame. Elle a simplement souhaité vous parler. Voulez-vous que je la renvoie ?

— Non, bien sûr que non...

La jeune femme prit une profonde inspiration pour se donner du courage. Après tout, elle en avait vu d'autres, dans sa vie.

— Je vais la recevoir, madame Chilton. Introduisez-la dans mon bureau.

— Bien, madame, répliqua la gouvernante avant de disparaître.

Emeline était songeuse.

— Je parierais que Mme Dove vient te payer ce qu'elle te doit.

Lavinia écarquilla les yeux.

— Tu crois ?

— Quelle autre raison aurait pu l'amener ici ?

— Eh bien...

— Elle veut peut-être s'excuser pour hier soir, aussi.

— J'en doute.

La jeune fille fronça les sourcils.

— Lavinia... qu'est-ce qui ne va pas ? J'aurais pensé que tu bondirais de joie à l'idée de récupérer ton argent.

Sa tante se leva de table, pour se diriger d'un pas lourd vers la porte.

— Eh bien, comme tu le vois, je bondis de joie... lentement.

Elle réussit à faire patienter Mme Dove quatre longues minutes, mais finalement, ne pouvant plus atermoyer, Lavinia entra dans le bureau d'un air le plus détaché possible. Comme une vraie femme du monde.

— Bonjour, madame Dove. Quelle surprise ! Je ne vous attendais pas.

Joan se tenait devant la bibliothèque. Elle portait une robe de soie gris sombre, qui mettait en valeur sa silhouette et son élégante chevelure blonde. La voilette de son chapeau retombait sur ses yeux qui demeuraient, comme d'habitude, indéchiffrables.

— Je vois que vous aimez la poésie, dit-elle.

Étonnée par cette remarque, Lavinia porta son regard sur les livres.

— Je n'ai pas beaucoup de titres, pour l'instant. J'ai malheureusement été obligée d'abandonner une grande partie de ma bibliothèque derrière moi, en quittant l'Italie. Il me faudra du temps pour reconstituer mon fonds.

— Pardonnez-moi de vous déranger de si bon matin... Mais je n'ai pas dormi de la nuit, et ma patience était à bout.

Lavinia s'approcha de son bureau.

— Asseyez-vous, je vous en prie.

— Merci.

Joan choisit la chaise face au bureau.

— Je vais être directe, madame Lake. Je souhaite m'excuser pour ce qui s'est passé hier soir. Pour tout vous avouer, je n'avais pas une entière confiance en M. March. Aussi ai-je jugé plus prudent de garder un œil sur lui.

— Je vois.

— Je suis venue ce matin pour vous payer ce que je vous dois. Et j'insiste pour que vous acceptiez, madame Lake. M. March et vous-même avez réussi, après tout. Ce n'est pas votre faute si le journal est détruit.

— Cela valait sans doute mieux, de toute façon...

— Vous avez raison. Cependant, il reste une question en suspens.

— Je suppose que vous souhaiteriez savoir qui vous a envoyé cette figurine menaçante ?

— Je ne trouverai pas le repos tant que je ne connaîtrai pas la réponse, avoua Joan. Aussi, j'aimerais que vous poursuiviez votre enquête à ce sujet.

Lavinia avait du mal à dissimuler son soulagement. C'était trois bonnes nouvelles d'un coup : Joan Dove n'était pas venue la voir pour lui réclamer le remboursement de ses coussins, mais au contraire pour lui payer ce qu'elle lui devait. Et lui demander, par-dessus le marché, de continuer à travailler pour elle.

Tout à coup, la jeune femme trouvait cette matinée merveilleuse, malgré la pluie. Elle arbora un air professionnel, destiné à masquer sa joie.

— Je vois, murmura-t-elle en posant les mains à plat sur le bureau.

— Je comprendrais très bien que vous augmentiez vos tarifs, pour compenser mon attitude peu loyale d'hier soir...

Lavinia s'éclaircit la voix.

— Tout dépendra des circonstances.

— Oui, bien sûr, approuva Joan. Vous fixerez vous-même votre prix.

Si elle avait eu un peu de bon sens, Lavinia se serait saisie de l'opportunité pour annoncer un chiffre énorme. Mais, en cet instant, elle se rappelait surtout ce qu'avait vécu Tobias hier soir.

— Si nous devons continuer à travailler ensemble, madame Dove, je veux qu'une chose soit bien claire : plus d'espionnage de votre part. Je refuse que vous fassiez suivre M. March comme s'il était un traître ou un voleur. C'est un professionnel, au même titre que moi.

Joan haussa délicatement un sourcil.

— M. March est très important pour vous, n'est-ce pas ?

Lavinia refusa de s'engager sur ce terrain.

— Disons que je me sens certaines obligations envers lui. Je vous rappelle qu'il est mon associé.

— Je vois. Vous réagissez par devoir, en quelque sorte...

— Exactement. Maintenant, madame Dove, puis-je avoir votre promesse que vous n'enverrez plus personne attendre dans l'ombre, pendant que M. March poursuit son enquête ?

Joan hésita un court instant, avant d'incliner la tête.

— Vous avez ma parole que je ne me mêlerai plus de rien.

— Parfait, approuva Lavinia avec un sourire. Je vais immédiatement le prévenir. S'il n'y a pas d'objection de sa part, j'accepte votre proposition.

— Quelque chose me dit que M. March acceptera de reprendre cette affaire. J'ai cru comprendre hier soir qu'il désapprouvait la virulence avec laquelle vous m'avez jeté mon argent à la figure.

— Je ne vous ai pas jeté votre argent à la figure, madame Dove. Du moins, pas littéralement.

Joan sourit, mais ne dit rien.

Lavinia s'adossa à son siège.

— Cela dit, je pense que vous avez raison de croire que M. March sera ravi de poursuivre cette enquête. Ce qui m'incite d'ailleurs à souhaiter vous poser quelques questions tout de suite. De cette manière, nous gagnerons du temps.

Joan hocha la tête.

— Oui, bien sûr.

— Nous devons supposer que celui qui a brûlé le journal a voulu nous signifier qu'il n'y aurait plus aucun chantage. J'en déduis que vous ne recevrez probablement plus de menaces.

— Vous avez sans doute raison. Découvrir que j'avais employé des professionnels pour enquêter sur le sujet aura alarmé notre homme. Cependant, je veux connaître son nom. J'espère que vous me comprenez.

Et, avec un pauvre sourire, Joan ajouta :

— Je ne peux pas supporter l'idée qu'un inconnu m'ait envoyé des menaces de mort.

— Je vous comprends. À votre place, je réagirais pareillement. Hier soir, avant de m'endormir, j'ai repensé à certains aspects de l'affaire, et j'en suis arrivée à la conclusion qu'il ne s'agissait pas d'un chantage ordinaire. N'en prenez pas ombrage, mais je souhaiterais vous demander quelque chose.

— Oui ?

— Avant de me répondre, réfléchissez soigneusement et soyez sincère. Est-ce que... Y aurait-il une *raison* pour que quelqu'un vous veuille du mal ?

Aucune émotion n'apparut sur le visage de Joan. Ni surprise, ni colère, ni peur. Elle se contenta de hocher la tête, comme si elle avait prévu cette question.

— Je ne vois pas ce que j'aurais pu faire qui aurait donné l'envie à quelqu'un de me tuer, répondit-elle.

— Vous êtes une femme très riche. N'auriez-vous pas conduit une transaction qui aurait provoqué la ruine de quelqu'un ?

Pour la première fois, un sentiment affleura dans le regard de Joan. Mais ce n'était qu'une sorte de tristesse, qui fut vite chassée.

— Pendant près de vingt ans, madame Lake, j'ai été mariée à un homme très sage et avisé, qui menait ses affaires avec brio. Il m'a tout appris dans ce domaine, cependant je pense ne jamais pouvoir l'égaler. Depuis la mort de Fielding, j'ai fait de mon mieux. Mais c'est très compliqué.

— Je comprends.

— Je n'ai pas encore terminé de débrouiller tout l'écheveau des biens qu'il m'a laissés, sous forme d'investissements immobiliers ou d'actions dans des entreprises. Toutefois, je suis à peu près certaine de n'avoir rien signé, depuis sa mort, qui aurait pu léser qui que ce soit.

— Pardonnez-moi d'insister, mais n'y aurait-il pas un aspect de votre vie privée qui aurait pu jouer ?

— J'étais très amoureuse de mon mari, madame Lake. Je lui ai été fidèle toute la durée de notre mariage, et je n'ai eu aucune liaison depuis sa mort. Je ne vois donc pas quelle raison d'ordre privé pourrait conduire quelqu'un à me haïr.

Lavinia la regarda droit dans les yeux.

— Il n'empêche qu'une menace de mort est une attaque personnelle. Beaucoup plus personnelle, à tout prendre, qu'un chantage.

— En effet, approuva Joan.

Elle se releva, et aussitôt les plis de sa robe s'ajustèrent avec grâce.

— C'est bien pourquoi je vous demande de poursuivre votre enquête, ajouta-t-elle.

Lavinia se redressa également et contourna son bureau.

— Je vais immédiatement prévenir M. March.

Joan partait déjà vers la porte.

— M. March et vous êtes très proches l'un de l'autre, n'est-ce pas ?

Lavinia, qui voulait raccompagner sa visiteuse, se prit les pieds dans le tapis. Elle réussit par miracle à se raccrocher à un fauteuil, sans quoi elle serait tombée.

— M. March est mon associé, répondit-elle, d'une voix hélas un peu forcée.

— Vous m'étonnez, madame Lake. À en juger par votre inquiétude à son sujet, hier soir, j'aurais juré que votre relation n'était pas que professionnelle.

Lavinia ouvrit la porte du bureau.

— Mon inquiétude n'était pourtant dictée que par le souci de ne pas voir maltraité mon associé.

— Je vois.

Joan franchit la porte, avant de s'immobiliser dans le couloir.

— Au fait, j'y pense... Ce matin, mon cocher a trouvé quelque chose, dans ma voiture.

La jeune femme sentit sa gorge se nouer. Sa main se crispa sur la poignée de la porte.

— Dans... dans votre voiture ? répéta-t-elle d'une voix blanche.

— Oui, et je pense que cela vous appartient, déclara Joan en tirant de son réticule un petit ruban de satin. En tout cas, ce n'est pas à moi.

Lavinia considéra le ruban. Elle le portait effectivement hier soir, mais ne s'était pas aperçue de sa disparition.

— Merci, dit-elle en le prenant. Je ne me souvenais pas de l'avoir perdu.

— Il faut toujours être prudent, en voiture, commenta Joan en remettant sa voilette. Surtout la nuit. On ne distingue pas tout, dans la pénombre. Il est très facile de perdre un objet de valeur...

Lavinia écrivit à Tobias aussitôt après le départ de Joan.

Cher associé,

Mon ex-ancienne cliente m'offre de continuer notre enquête. J'ai sa parole que cette fois elle ne se mêlera plus de rien. Souhaites-tu toujours que nous restions associés dans cette affaire ?

Bien à toi,

Lavinia

La réponse arriva moins d'une heure plus tard.

Chère associée,

Sois assurée que je serai enchanté de poursuivre avec toi ce que nous avons commencé.

Bien à toi,

Tobias

La jeune femme lut et relut cette courte missive, avant d'en arriver à la conclusion qu'il était inutile de vouloir y chercher quelque sous-entendu d'aucune sorte. Jusqu'ici, Tobias n'avait pas manifesté de subtilité particulière dans sa façon de s'exprimer.

Après tout, il n'était pas poète.

— Détruit, dites-vous ? s'étrangla Neville, stupéfait par la nouvelle. Complètement brûlé ?

— Si j'étais vous, je parlerais moins fort, suggéra Tobias en parcourant du regard la salle de leur club. On ne sait jamais qui peut écouter.

— Vous avez raison, je me suis un peu oublié... Mais c'est que la nouvelle est stupéfiante ! Il ne restait vraiment rien ?

— Tout juste quelques coins de pages. Juste de quoi identifier l'objet. Je suppose d'ailleurs que c'était fait à dessein.

— Mais tous les passages relatifs à la Chambre bleue étaient détruits ?

— J'ai soigneusement inspecté les cendres, répondit Tobias. Je n'ai rien trouvé d'exploitable.

— Bon sang... murmura Neville en serrant le poing. Ça veut dire que l'affaire est terminée, n'est-ce pas ?

— Eh bien...

— C'est très frustrant, bien sûr. J'aurais voulu connaître l'identité du dernier chef de la Chambre bleue.

— Je comprends.

— Maintenant que le journal est détruit, nous ne saurons jamais son nom. Pas plus que nous ne saurons qui était Azur.

— Dans la mesure où il est mort depuis près d'un an, ça a beaucoup moins d'importance.

Neville s'empara de la bouteille de vin posée devant lui.

— Vous avez sans doute raison. J'aurais donné cher pour mettre la main sur ce damné journal, mais l'important est évidemment que la Chambre bleue n'existe plus comme organisation criminelle.

Tobias joignit les mains d'un air pensif.

— Il reste un dernier petit problème...

Son compagnon, qui s'apprêtait à se servir un verre de vin, suspendit son geste.

— Quel petit problème ?

— Celui qui a détruit le journal l'aura probablement lu, avant de le brûler.

Neville parut surpris.

— Lu ? Oui, bien sûr... Je n'y avais pas pensé.

— Et donc, ce quelqu'un sait désormais qui était Azur. De même qu'il connaît l'identité du dernier responsable de la Chambre bleue.

Neville avait pâli.

— Bon sang, vous avez raison !

— Toutefois, il n'a sans doute aucune intention de révéler ces secrets. Du reste, je suis persuadé qu'il a voulu nous le faire comprendre, en me mettant sur la piste du journal. Il n'empêche qu'il connaît les réponses à nos questions. Ce qui le rend très dangereux.

Neville remplit enfin son verre, avant de reposer précautionneusement la bouteille.

— Eh bien, March, que proposez-vous ?

— Je suis disposé à continuer mon enquête, répondit Tobias, avant d'ajouter avec un sourire : Si vous êtes disposé à continuer de me payer...

13

Priscilla Wortham était indéniablement une jeune fille très séduisante. Ce soir, toutefois, Lavinia jugeait qu'elle en avait fait un peu trop, avec son extravagante robe de mousseline rose.

Fréquenter l'atelier de Mme Francesca avait changé le regard de Lavinia sur la mode. La couturière lui avait appris que l'élégance d'une toilette se jugeait davantage à la pureté des lignes et à la perfection de la coupe, qu'aux ornementations inutiles. Le bas de la robe de Priscilla, par exemple, était beaucoup trop festonné.

Pour couronner le tout, le chignon de la jeune fille était parsemé de fleurs en satin de la même couleur que la robe. Et ses gants aussi étaient roses.

Ainsi parée, elle ressemblait à une pâtisserie d'anniversaire !

En comparaison, Emeline offrait un contraste étonnant. Assise à la gauche de Priscilla, celle-ci portait – sur les conseils de Mme Francesca – une robe toute simple, taillée dans un satin vert égyptien. Ses gants étaient un ton plus foncé que la robe, et sa coiffure se limitait à une cascade de boucles naturelles, qui mettaient en valeur la finesse de son visage.

Le sacrifice de l'Apollon n'avait pas été vain, songeait Lavinia avec fierté, alors que les lumières se rallumaient pour l'entracte.

Leur loge avait attiré nombre de regards, depuis le début de la soirée. Lady Wortham, qui devait s'imaginer que la robe d'Emeline n'avait aucune chance d'éclipser celle de sa fille, pensait certainement que seule Priscilla était l'objet de cette admiration. Mais Lavinia était certaine qu'Emeline avait eu également sa part de regards.

— Belle pièce, vous ne trouvez pas ? demanda-t-elle à lady Wortham.

— Convenable, admit sa compagne avant de baisser la voix pour qu'Emeline et Priscilla, assises côte à côte, ne puissent entendre ce qui allait suivre : Je dois vous avertir que la robe de votre nièce est beaucoup trop austère pour une jeune fille. Et ce vert ! Complètement démodé. Faites-moi penser à vous donner les coordonnées de ma couturière.

Lavinia tressaillit.

— C'est très gentil de votre part. Mais nous sommes contentes de la nôtre.

Lady Wortham jeta un regard apitoyé à la robe de Lavinia.

— C'est dommage. J'ai toujours pensé qu'une bonne couturière était le plus précieux des atouts...

— C'est aussi mon avis, rétorqua Lavinia en déployant son éventail d'un coup sec.

— Je suis sûre que la mienne vous aurait déconseillé de porter ce satin bordeaux. Pas avec vos cheveux roux.

Lavinia fut heureusement dispensée de répondre. La porte de leur loge venait de s'ouvrir.

Anthony apparut, très élégant dans son smoking noir.

— J'espère que je ne vous dérange pas ? dit-il en saluant avec grâce. Je souhaitais présenter mes respects aux ravissantes dames de cette loge.

Emeline resplendissait de bonheur.

— Oh, Anthony... je veux dire, monsieur Sinclair. Comme c'est gentil à vous...

Lady Wortham hocha poliment la tête. Son regard semblait traduire une certaine satisfaction.

— Je vous en prie, monsieur Sinclair. Asseyez-vous.

Il prit une chaise et s'installa entre Emeline et Priscilla. Les trois jeunes gens s'engagèrent aussitôt dans une discussion animée sur la pièce, tandis que plusieurs têtes dans les loges voisines se tournaient vers eux.

Lavinia échangea un regard entendu avec lady Wortham. Même si les deux femmes ne seraient jamais vraiment amies, elles étaient unies pour l'occasion. Car l'une et l'autre savaient pertinemment que pour une jeune fille, dans la course au mariage, rien ne valait d'être courtisée par un jeune homme bien mis, au vu de toute la bonne société. Anthony représentait donc un atout pour leur loge.

— Où est M. March ? demanda Emeline, profitant d'une pause dans leur conversation.

— Il nous rejoindra tout à l'heure, répondit Anthony en se tournant vers Lavinia. Il voulait d'abord dire un mot à Neville.

La jeune femme n'avait jamais rencontré le client de Tobias. Sa curiosité fut alertée.

— Lord Neville est ici ce soir ?

— Dans cette loge, en face, répliqua Anthony en désignant l'autre côté du balcon. Il est assis à côté de sa femme, et Tobias les a rejoints. Je suppose qu'il viendra directement ici quand il en aura terminé.

Lavinia prit ses jumelles de théâtre et regarda dans la direction indiquée. Dès que Tobias apparut dans son champ de vision, elle retint son souffle. C'était la première fois qu'elle le revoyait, depuis la scène dans l'attelage de Mme Dove...

Tobias venait juste d'entrer dans la loge des Neville, apparemment, car il baisait la main d'une femme en robe bleue.

Lady Neville devait avoir dans la quarantaine. Lavinia l'observa un moment, avant de conclure qu'il s'agissait indéniablement d'une très belle femme. Elle avait gardé la minceur de la jeunesse, et la maturité lui avait apporté cette grâce et cette prestance tellement caractéristiques des femmes de la haute aristocratie. Sa robe était si parfaitement coupée qu'on aurait dit une création de Mme Francesca. Et, même à cette distance, les bijoux qu'elle portait à son cou et à ses oreilles resplendissaient.

L'homme qui se trouvait à son côté semblait, en revanche, avoir connu une évolution contraire. À en juger par sa stature, lord Neville avait dû être un jeune homme sportif et athlétique. Mais l'âge avait bouffi ses traits, et son visage arborait les stigmates de la débauche.

— Connaîtriez-vous lord et lady Neville ? demanda lady Wortham avec un intérêt visible.

— Non. Je n'ai pas ce plaisir.

— Je vois...

Sentant qu'elle était descendue d'un cran dans l'estime de son hôtesse, Lavinia tenta, pour le bien d'Emeline, de regagner un peu de terrain.

— En revanche, je connais très bien M. March, précisa-t-elle.

Puis elle songea qu'elle avait sans doute commis une erreur : Tobias ne faisait pas partie de la bonne société.

— Hmm, murmura lady Wortham en se saisissant à son tour de ses jumelles de spectacle. M. March est-il le gentleman qui parle avec lord Neville ?

— Oui.

— Je ne l'ai jamais rencontré, mais pour qu'il soit aussi familier avec lord Neville, il doit être tout à fait respectable.

— Hmm, fit à son tour Lavinia, qui se demandait ce que penserait son interlocutrice si elle apprenait ce que Tobias avait fait dans l'attelage de Mme Dove. Connaissez-vous les Neville, lady Wortham ?

— Mon mari et moi avons souvent reçu des invitations pour des bals ou des réceptions que fréquentaient également lord et lady Neville, répondit lady Wortham d'un ton vague. Nous évoluons dans les mêmes milieux.

Lavinia n'était pas dupe. Être invités aux mêmes soirées ne voulait pas dire qu'ils avaient été présentés.

— Donc, vous ne connaissez pas vraiment les Neville... insista-t-elle.

Lady Wortham grimaça.

— Constance et moi nous sommes mariées la même année. C'était une jeune femme assez ordinaire, en fait. Si elle n'avait pas hérité d'une immense fortune, elle aurait pu finir vieille fille.

— Lord Neville l'aurait épousée pour son argent ? s'enquit Lavinia.

— Bien sûr. Tout le monde sait ça. Sinon, pourquoi se serait-il intéressé à Constance ? Elle ne savait même pas s'habiller.

— Il semblerait, depuis, qu'elle ait fait de gros progrès.

Lady Wortham braqua à nouveau ses jumelles sur la loge d'en face.

— Les diamants arrangent toujours une femme, marmonna-t-elle avant de baisser ses jumelles pour ajouter, ravie : Votre M. March vient de quitter leur loge.

Lavinia devinait que lady Wortham se réjouissait à l'idée qu'un second gentleman se retrouverait bientôt dans le voisinage immédiat de Priscilla.

Une minute plus tard, la porte de la loge s'ouvrit. Mais, au lieu de voir entrer Tobias, Lavinia reconnut lord Pomfrey.

— Madame Lake ! s'exclama-t-il. Il me semblait bien vous avoir aperçue, depuis ma loge. Quelle chance de vous revoir ! Je n'ai cessé de penser à vous depuis l'Italie.

Sa voix était pâteuse et il paraissait avoir du mal à se tenir droit, comme s'il était soûl.

La jeune femme était si médusée par cette rencontre inattendue qu'elle demeura un moment sans voix. Du reste, elle n'était pas la seule à être surprise par l'apparition de Richard Pomfrey. Lady Wortham s'était figée sur son siège.

Elle en conclut que son hôtesse connaissait la réputation de débauché de Pomfrey, et qu'elle ne souhaitait pas la présence d'un tel invité au côté de sa fille. Lavinia ne pouvait l'en blâmer. Elle-même ne tenait pas du tout à ce que Pomfrey soit vu en compagnie d'Emeline !

Ce fut Anthony qui vola à la rescousse des dames. Après avoir échangé un regard avec Lavinia, il se leva pour se planter devant Pomfrey.

— Je ne pense pas vous avoir déjà rencontré, dit-il.

Pomfrey le toisa.

— Je m'appelle Pomfrey et je suis un très bon ami de Mme Lake, rétorqua-t-il, avant de se tourner vers Lavinia pour la gratifier d'un sourire assassin. On pourrait même dire, un ami *intime*. Nous nous sommes connus en Italie, n'est-ce pas, ma chère ?

Lady Wortham suffoquait. Lavinia décida qu'il était grand temps de reprendre le contrôle de la situation.

— Vous vous trompez, monsieur, dit-elle brutalement. Nous n'étions pas amis. Pour autant que je me souviens, vous n'étiez qu'une relation de Mme Underwood.

— C'est en effet elle qui nous a présentés, acquiesça Pomfrey d'un ton plein de sous-entendus. Je lui en suis grandement reconnaissant, d'ailleurs. Avez-vous eu des nouvelles d'elle, depuis sa fuite avec le comte ?

— Non.

Lavinia afficha un sourire glacial et ajouta :

— Je crois me souvenir que vous êtes marié, monsieur... Comment se porte votre femme ?

Pomfrey n'était pas du genre à se laisser démonter par une allusion à son épouse.

— Elle est partie à la campagne, expliqua-t-il, tout en dévisageant Emeline et Priscilla. Seriez-vous assez aimable pour me présenter à ces ravissantes demoiselles ?

— Non, répondit Lavinia.

— Non, renchérit Anthony, qui fit un pas en avant. Comme vous pouvez le constater, monsieur, cette loge est déjà pleine. Veuillez nous laisser.

Pomfrey manifesta son irritation.

— J'ignore qui vous êtes, jeune homme, mais vous êtes en travers de mon chemin.

— Il se trouve que je n'ai pas l'intention de changer de place.

Quelques têtes, dans les loges voisines, s'étaient tournées pour observer la scène. D'autres spectateurs, plus éloignés, épiaient carrément avec leurs jumelles de spectacle. Lavinia savait que personne ne pouvait entendre leur conversation, mais de toute évidence la tension qui régnait dans la loge des Wortham s'était communiquée à tout le théâtre.

Lady Wortham en était la première consciente, et son visage trahissait son horreur à l'idée qu'un scandale pût éclater dans l'entourage de la ravissante Priscilla.

— Écartez-vous, ordonna Pomfrey à Anthony.

— Non, répliqua le jeune homme d'une voix calme. Je vous ai demandé de partir, monsieur.

Les prunelles de Pomfrey brillaient de colère. Lavinia prit peur. La scène risquait de dégénérer en duel. Il fallait qu'elle intervienne.

— Allez-vous-en, Pomfrey. Immédiatement.

— Je ne partirai pas tant que vous ne m'aurez pas invité à vous rendre visite chez vous, rétorqua l'autre.

Demain après-midi m'irait très bien. Il ne vous reste plus qu'à me donner votre adresse, madame.

— Demain ne me convient pas.

— Eh bien, après-demain, dans ce cas...

Lady Wortham fit une vaillante tentative pour rétablir l'ordre.

— Nous attendons un autre invité, monsieur Pomfrey. Et j'ai peur que nous ne manquions de place pour vous garder. J'imagine que vous comprendrez...

Pomfrey contempla à nouveau les deux jeunes filles, avant de s'incliner devant lady Wortham.

— Je serais profondément désolé de vous quitter sans avoir présenté mes hommages à ces exquises demoiselles. Permettez-moi d'insister. Qui sait ? Nous serons peut-être amenés à nous revoir, dans une soirée ou lors d'un bal ?

La perspective de devoir présenter ce débauché à Priscilla avait fait blêmir lady Wortham.

— Je crains que ce ne soit impossible, dit-elle.

Anthony serra les poings.

— Partez, monsieur. Je vous le demande pour la dernière fois.

Pomfrey se tourna vers le jeune homme.

— Savez-vous que vous commencez à m'échauffer, mon garçon ? Si vous ne vous écartez pas de mon chemin, je vais être obligé de vous donner une correction.

Lavinia avait pâli à son tour. La situation risquait d'échapper à tout contrôle.

— Franchement, Pomfrey, je ne comprends pas pourquoi vous êtes si désagréable...

La jeune femme regretta aussitôt ces paroles. Elle était allée trop loin. Quand Pomfrey avait bu, ses réactions étaient souvent imprévisibles, mais la violence ne lui avait jamais fait peur.

Il s'apprêtait, les yeux brillants de colère, à répondre à Lavinia, quand la porte de la loge s'ouvrit à nouveau. Cette fois, c'était Tobias.

— Mme Lake est en dessous de la vérité, déclara-t-il. Vous n'êtes pas seulement désagréable, vous êtes odieux et méprisable.

Pomfrey sursauta devant cette attaque inattendue, avant de se reprendre bien vite.

— March ! Que diable faites-vous ici ? Cette affaire ne vous concerne pas.

— Au contraire, répliqua Tobias en le regardant droit dans les yeux. Elle me concerne au premier chef, si vous voyez ce que je veux dire...

Pomfrey était médusé.

— Quoi ? Vous et Mme Lake ? Je n'ai jamais entendu parler d'une liaison entre vous.

Tobias le gratifia d'un sourire glacial.

— Eh bien, maintenant, vous êtes au courant.

— J'ai connu Mme Lake en Italie, se justifia Pomfrey.

— Vous l'avez peu connue, de toute évidence. Sinon, vous sauriez qu'elle vous considère comme un crétin, doublé d'un goujat. À présent, si vous ne quittez pas immédiatement cette loge, je me ferai un plaisir de vous en expulser.

— Serait-ce une menace ?

Tobias feignit de réfléchir un court instant, avant d'incliner la tête, amusé.

— Je pense que oui.

L'autre s'était empourpré.

— Comment osez-vous, monsieur ?

Tobias haussa les épaules.

— Ça me semble tout naturel, en fait.

— Vous allez me payer cela, March !

Tobias esquissa un sourire.

— Je pense en avoir les moyens.

Pomfrey s'empourpra de plus belle. Lavinia commençait à redouter le pire. Elle se redressa sur sa chaise.

— Non, Pomfrey, attendez ! Ne faites pas cela !

Mais celui-ci ne lui prêtait même pas attention. Il n'avait d'yeux que pour Tobias. Cependant, au lieu de le provoquer en duel pour le lendemain à l'aube, il surprit tout le monde en décochant à son interlocuteur un coup de poing en plein ventre.

Tobias avait dû s'attendre à cette attaque, car il recula instinctivement et réussit à esquiver le coup. Mais ce fut au prix de son équilibre. Lavinia vit sa jambe gauche se dérober sous lui, et il eut tout juste le temps de se raccrocher à un des rideaux de velours qui encadraient la loge pour éviter de tomber. Hélas, le rideau ne résista pas longtemps : une partie des anneaux qui le soutenaient se décrochèrent.

Il bascula par terre.

Priscilla laissa échapper un cri. Emeline bondit sur ses pieds. Anthony voulut s'interposer, pour faire bouclier de son corps.

Trop tard. Pomfrey s'était jeté sur Tobias, toujours à terre. Mais celui-ci réussit une nouvelle fois à esquiver, et Pomfrey poussa un cri de douleur en écrasant son poing contre le mur de la loge.

Il y eut une sorte de rugissement, et Lavinia finit par comprendre que la salle commentait et applaudissait, comme pour un match de boxe. À en juger par leurs cris d'encouragement, les spectateurs semblaient prendre beaucoup plus de plaisir à cette attraction qu'à la pièce jouée sur la scène.

Tout à coup, lady Wortham, au comble de la suffocation, s'écroula de sa chaise.

— Maman ! s'écria Priscilla en s'agenouillant près d'elle. Mon Dieu, j'espère que tu as pensé à prendre tes sels ?

— Dans mon réticule, murmura lady Wortham d'une voix faible. Vite !

Tobias s'était finalement relevé.

— Si nous poursuivions dans un endroit plus approprié ? proposa-t-il. Le foyer me semble davantage indiqué pour un pugilat.

Son adversaire le dévisageait d'un air bizarre. Il paraissait seulement s'apercevoir des cris de la foule, et la fureur, dans ses yeux, avait cédé la place à une sorte de stupeur. Plusieurs hommes lui crièrent de continuer le combat, mais Pomfrey en oubliait sa rage à mesure qu'il réalisait qu'il se donnait en spectacle.

Finalement, la honte finit par l'emporter.

— Nous reprendrons cela une autre fois, March, gronda-t-il, avant de tourner les talons et de quitter la loge.

La foule signifia aussitôt sa déception par un concert de sifflets.

Lady Wortham, toujours allongée, laissa échapper un gémissement.

— Maman ? s'inquiéta Priscilla en agitant le flacon de sels sous ses narines. Ça va ?

— Je n'ai jamais été aussi humiliée de ma vie, se lamenta lady Wortham. Nous ne pourrons plus nous montrer en public pour le reste de la saison. Mme Lake a ruiné notre réputation.

— Juste Ciel... murmura Lavinia, épouvantée.

Tout était sa faute, songea Tobias. Une fois de plus.

Un silence d'enterrement régnait dans le fiacre où ils avaient pris place tous les quatre, Anthony et Emeline s'étant assis en face de Tobias et de Lavinia. Personne n'avait dit mot depuis qu'ils avaient quitté le théâtre. De temps à autre, quelqu'un regardait Lavinia, avant de détourner prestement les yeux, faute d'avoir trouvé des paroles de réconfort.

La jeune femme se tenait raide sur son siège et contemplait, à travers la vitre de la portière, les rues plongées dans la nuit.

Tobias s'obligea à rompre la glace.

— Je m'excuse d'avoir gâché ta soirée, Lavinia...

Elle émit un son inarticulé, puis sortit un mouchoir de son réticule, pour s'en tamponner les yeux.

— Bon sang, Lavinia, *tu pleures* ?

Pour toute réponse, elle se tamponna les yeux de plus belle.

— Tu peux être content de toi ! s'exclama Anthony à l'adresse de son beau-frère. Madame Lake, je vous assure que Tobias et moi regrettons sincèrement ce qui s'est passé. Et je vous jure que nous n'avions nullement l'intention de vous porter préjudice.

Lavinia avait baissé la tête, et un tremblement agita ses épaules, comme si elle se retenait d'éclater en sanglots.

Emeline tenta à son tour de réconforter sa tante.

— Pomfrey est une véritable crapule, dit-elle. Nous le savions depuis longtemps. C'est vraiment de la malchance qu'il se soit montré ce soir. Mais, compte tenu de la situation, je ne vois pas ce qu'Anthony et M. March auraient pu faire d'autre.

Lavinia secoua la tête, sans un mot.

— Je sais que tu espérais attirer l'attention sur moi... ajouta Emeline.

— Eh bien, nous aurons au moins réussi cela, commenta Tobias avec son ironie habituelle.

Lavinia renifla bruyamment dans son mouchoir.

Anthony fusilla son beau-frère du regard.

— Ce n'est pas le moment de faire de l'humour ! Mme Lake a le sentiment d'avoir essuyé un désastre, et elle n'a pas totalement tort. J'ai bien peur que le petit spectacle donné dans la loge de lady Wortham ne devienne le principal sujet de conversation en ville.

— Je suis désolé, murmura Tobias, qui ne savait pas quoi dire d'autre.

Il avait connu Lavinia de différentes humeurs, mais elle avait toujours semblé s'accommoder de l'adversité. C'était la première fois qu'il la voyait pleurer.

— En ce qui me concerne, ce n'est nullement un désastre, assura Emeline.

Sa tante marmonna quelque chose d'incompréhensible.

La jeune fille soupira.

— Je sais que tu avais déployé beaucoup d'efforts pour convaincre lady Wortham de m'inviter au théâtre, et que tu as sacrifié l'Apollon pour confectionner nos toilettes. Je déplore que la soirée ne se soit pas passée telle que tu l'espérais, mais je te répète que, pour ma part, je ne me sens pas très affectée.

— Hmmpf... fit Lavinia dans son mouchoir.

— M. March n'est pas responsable de ce qui s'est passé, poursuivit Emeline. Franchement, ce n'est pas gentil de ta part de lui en vouloir, ni d'en vouloir à Anthony.

— Ne pleurez plus, madame Lake, renchérit Anthony. Je suis sûr que les commérages se tairont vite. Ce n'est pas comme si lady Wortham avait occupé une position très élevée dans le monde. Croyez-moi, toute cette affaire sera bientôt oubliée.

Lavinia hoquetait dans son mouchoir, à présent.

— Les larmes ne servent à rien, insista Emeline. Et ça ne te ressemble pas de pleurer pour ce genre de sottises, Lavinia.

— Ses nerfs ont été beaucoup éprouvés, ces derniers temps, lui rappela le jeune homme.

— Ne pleure plus, Lavinia, intervint à son tour Tobias. Tu nous fais de la peine à tous...

La jeune femme redressa la tête, révélant des yeux rougis.

— C'est plus fort que moi, dit-elle. Je revois encore l'expression de lady Wortham, lorsque nous l'avons quittée. Une vraie tête de mort !

Et, sur ces mots, Lavinia ne put se retenir plus longtemps : elle partit d'un énorme éclat de rire.

Ils se regardèrent tous, médusés, avant de réaliser que ce qu'ils avaient pris pour des larmes de chagrin étaient en fait des sanglots de joie. Et à leur tour, ils éclatèrent de rire.

Tobias ne fut pas le dernier à se joindre à ce joyeux concert. Il éprouvait un soulagement qui le surprenait lui-même !

— Ah, vous voilà, March.

Crackenburne abaissa son journal, pour regarder Tobias par-dessus les verres de ses lunettes.

— Je me suis laissé dire que vous aviez mis un peu d'animation au théâtre, hier soir...

Tobias se laissa choir dans un fauteuil.

— Vous aurez entendu de vilains ragots.

Crackenburne gloussa.

— N'essayez pas de nier. Il y avait des centaines de témoins. Pomfrey doit méchamment vous en vouloir.

— Bah ! Il ne m'inquiète pas vraiment.

— Oh, il y a peu de chances qu'il vous provoque en duel. Pomfrey n'a le cran de se battre que lorsqu'il est ivre. C'est un imbécile, doublé d'un lâche.

Tobias haussa les épaules.

— N'en parlons plus.

Crackenburne replia son journal et le dévisagea avec gravité.

— Quand même, si j'étais vous, je prendrais des précautions. Pomfrey a la rancune tenace. Ne vous promenez pas tout seul en pleine nuit. Et évitez les ruelles désertes.

14

Lavinia gardait la capuche de son manteau rabattue sur sa tête, de façon à dissimuler ses traits. De gros bas de laine et des souliers ordinaires complétaient le déguisement. Le tout avait été emprunté à Mme Chilton.

— Vous êtes sûre que M. Huggett est absent pour l'après-midi ? demanda-t-elle à la femme assise près du feu et qui disait s'appeler Peg.

— Oui. Huggett va se faire soigner ses rhumatismes tous les jeudis après-midi.

Lavinia souleva d'une main le seau d'eau savonneuse posé à ses pieds et prit la serpillière dans son autre main.

— Dans ce cas, j'y vais. Rien ne cloche, Peg ?

Peg la regarda des pieds à la tête, avec un sourire amusé.

— C'est parfait. Si je ne savais pas que vous êtes une lady, je parierais que vous voulez me voler ma place.

— Ne craignez rien, Peg, je ne brigue pas votre poste. Comme je vous l'ai expliqué, je ne cherche qu'à gagner le pari fait avec mon ami.

— Et vous allez gagner gros ?

— Assez pour vous payer de quoi me laisser jouer cette petite comédie, répliqua Lavinia, qui avait ouvert la porte donnant sur la rue. Je vous rapporte vos affaires d'ici une heure.

Peg étira ses jambes devant elle.

— Prenez votre temps. Vous n'êtes pas la première à m'emprunter mon seau et ma serpillière, mais je n'avais encore jamais entendu parler d'un pari.

La jeune femme se retourna sur le seuil, intriguée.

— Quelqu'un vous a déjà demandé de prendre votre place ?

— Sûr, répliqua Peg avec un gloussement. J'ai conclu un arrangement avec plusieurs filles qui sont ravies de me remplacer. Elles font le travail pour moi et, en plus, ça met du beurre dans mes épinards.

— Je ne comprends pas. Pourquoi vous paieraient-elles pour récurer le parquet à votre place ?

Peg haussa les épaules.

— Souvent, les gentlemen qui visitent la salle du haut sont émoustillés par ce qu'ils y voient. Il suffit qu'une fille consentante se trouve dans les parages pour qu'ils lui glissent quelques pièces en échange d'un peu de sport, si vous voyez ce que je veux dire...

— Je vois, répliqua Lavinia. Vous n'avez pas besoin de me donner plus de détails. Je n'ai pas emprunté votre matériel pour me livrer à ce genre de commerce.

— Non, bien sûr. Vous êtes une lady, vous. Ma serpillière vous intéresse pour gagner votre pari. C'est pas comme si votre prochain repas en dépendait...

Lavinia ne sut quoi répondre à cela, aussi disparut-elle dans la rue.

Il ne lui fallut pas longtemps pour couvrir les quelques mètres qui séparaient le logement de Peg de la galerie de Huggett. Elle passa par-derrière. La porte de service était ouverte, comme prévu.

La jeune femme prit son courage à deux mains et entra. Elle se retrouva dans un couloir mal éclairé. La porte de gauche, avait expliqué Peg, ouvrait sur le bureau de Huggett. Celle-ci était fermée et verrouillée.

Elle se détendit. C'était bien la preuve que le propriétaire des lieux était absent.

Elle pénétra dans la salle d'exposition et s'empressa de la traverser pour atteindre le petit escalier en colimaçon.

Pour la première fois depuis qu'elle avait formé le projet, ce matin, de visiter la mystérieuse pièce de cette galerie, Lavinia hésita. D'où elle se tenait, elle ne pouvait apercevoir la porte qui donnait sur le palier, en haut de l'escalier. Cependant, ce n'était pas le moment de flancher. Du reste, quel danger courait-elle ? Elle souhaitait simplement jeter un coup d'œil dans la pièce interdite.

S'armant de courage, la jeune femme gravit l'escalier. Arrivée sur le palier, elle trouva la solide porte en chêne décrite par Peg. Elle était fermée, mais Lavinia tira de la poche de son manteau la petite clé, remise par la femme de ménage, et l'introduisit dans la serrure.

La porte s'ouvrit en grinçant sur ses gonds.

Elle pénétra dans la pièce d'un pas mal assuré, tandis que la porte se refermait d'elle-même dans son dos.

La pièce n'était pas éclairée, mais la lumière dispensée par les maigres ouvertures lui permettait d'y voir assez pour déchiffrer le panneau placé devant elle :

SCÈNES DE BORDEL

Tout autour de la pièce, plusieurs œuvres de cire illustraient le programme annoncé. Lavinia posa sa serpillière et son seau, et s'avança vers la première scène.

Celle-ci figurait un homme, le dos nu, pratiquant l'acte sexuel avec une femme partiellement déshabillée. Mais plutôt que du plaisir, la scène dégageait une atmosphère de violence. L'homme avait des traits sauvages, la femme hurlait sa souffrance. De toute évidence, la scène représentait un viol.

Plus encore que l'horreur de ce tableau, ce qui frappait Lavinia, c'était le soin apporté aux détails et la finesse du travail de la cire. L'auteur de cette scène avait autrement plus de talent que celui qui avait sculpté les œuvres morbides exposées en bas.

En fait, cet artiste était du niveau de Mme Vaughn, songea-t-elle, soudain très excitée. Et il aurait très bien pu sculpter la figurine adressée à Joan Dove... Ce qui expliquait l'étrange réaction de Huggett lorsqu'il s'était trouvé confronté à celle-ci.

Cependant, Lavinia s'interdit de conclure trop rapidement qu'elle tenait le coupable. Il lui fallait trouver une preuve tangible, établissant sans conteste un lien entre le paquet envoyé à Joan et les scènes qu'elle avait devant les yeux.

Elle se dirigea vers le tableau suivant. Cette fois, une femme à moitié nue était agenouillée devant un homme entièrement nu.

Elle détourna le regard des parties intimes de l'homme, représentées avec un réalisme stupéfiant, pour chercher des indices susceptibles d'étayer ses soupçons. Mais ce n'était pas facile, notamment en raison de la différence d'échelle. La figurine envoyée à Joan n'était qu'une miniature, comparée à ces personnages de taille réelle. Cependant, quelque chose dans l'attitude de la femme lui rappelait la créature en robe verte représentée morte.

J'aurais dû amener Mme Vaughn avec moi, regretta Lavinia. Avec son œil exercé, l'artiste aurait tout de suite trouvé les similitudes entre les deux œuvres.

À supposer, bien sûr, qu'il y eût de telles similitudes...

Elle passa au tableau suivant. Elle voulait être sûre de ses déductions avant d'en parler à Tobias.

Tout à coup, un bruit de pas résonna depuis le palier. Lavinia, paniquée, pivota vers la porte.

— Il n'y a pas de mal à voir si c'est ouvert, dit une voix d'homme, de l'autre côté du battant. Personne ne saura que nous sommes venus...

La jeune femme se précipita vers son seau et sa serpillière, juste au moment où l'homme tournait la poignée.

— Waouh ! Nous avons de la chance. Ce n'était pas verrouillé.

La porte s'ouvrit sur deux hommes, un grand, un petit. Lavinia se figea dans l'ombre.

Le petit s'approcha de la première scène.

— C'est un peu sombre, grommela-t-il.

Son compagnon referma la porte et inspecta les alentours.

— Je crois savoir qu'il y a une lampe pour chaque tableau.

L'autre trouva effectivement un chandelier.

— Voilà.

Il alluma la mèche, et aussitôt une flamme dansante se refléta sur le seau de Lavinia. Elle voulut s'enfoncer davantage dans l'ombre. Trop tard.

— Regarde un peu ce que nous avons là, Danner... dit le plus grand en désignant Lavinia. Une figure de cire qui vient de s'éveiller à la vie, juste pour nous !

Le petit la reluqua d'un œil intéressé.

— J'avoue que je ne te croyais pas, quand tu disais qu'on pouvait trouver des créatures obligeantes dans cette galerie... Mais je me demande à quoi elle ressemble, sous ses nippes.

— Nous n'avons qu'à la persuader de les retirer, suggéra l'autre.

Et, faisant sauter quelques pièces dans sa main, il s'adressa à Lavinia :

— Alors, chérie, quel est ton prix ?

— Excusez-moi, mes bons messieurs, mais il me faut partir, maintenant, répondit-elle en prenant un accent faubourien. J'ai fini de récurer le plancher, comme vous voyez.

Le grand agita sa monnaie avec plus d'insistance, comme s'il considérait que c'était un argument imparable.

— Inutile de te presser, joli cœur. Mon ami et moi pouvons t'offrir un travail plus amusant et plus lucratif...

— Non merci, répliqua Lavinia, qui s'était saisie de sa serpillière et la brandissait devant elle comme s'il s'agissait d'une épée. Ces choses-là, c'est pas mon truc.

— Je ne pense pas que nous puissions te laisser partir si vite, objecta Danner d'une voix menaçante. Mon ami m'a expliqué que les œuvres de cette salle s'apprécient mieux avec une fille à disposition.

— Montre-nous ton visage, petite garce. Enlève cette capuche.

— Qu'est-ce qu'elle a besoin d'être mignonne ? rétorqua l'autre. Il suffit qu'elle retrousse ses jupes.

Lavinia se précipita vers la porte.

— Ne me touchez pas !

Danner la rattrapa au moment où elle agrippait la poignée.

— Tu ne sortiras pas d'ici tant que nous n'aurons pas goûté à tes charmes.

Son compagnon lança une pièce en direction de la jeune femme.

— N'aie pas peur, va. Tu en auras pour ton argent.

Elle crispa les doigts sur la poignée de la porte.

— Je crois qu'elle veut quand même s'enfuir, reprit le plus grand. Il doit y avoir quelque chose chez toi, Danner, qui affecte sa sensibilité...

— Les miséreuses n'ont pas de sensibilité, objecta Danner. Je vais lui apprendre les bonnes manières, moi !

Il voulut enlacer Lavinia, mais elle lui assena un violent coup de serpillière dans le bas-ventre.

Danner se recula avec un cri de douleur.

— Stupide garce ! Comment oses-tu t'en prendre à des gentlemen ?

— Que t'arrive-t-il, petite ? renchérit son compagnon, d'une voix qui laissait entendre qu'il commençait à perdre patience. N'oublie pas que nous sommes disposés à payer tes services.

La jeune femme ne répondit rien. D'une main, elle faisait des moulinets avec sa serpillière, tandis que de l'autre elle tournait la poignée de la porte.

Danner tenta un pas vers elle, en avisant prudemment la serpillière.

— Allons, reviens ici, idiote...

Lavinia lui décocha un nouveau coup de serpillière, au même endroit, qui le fit instantanément se plier en deux.

— Bon sang ! éructa l'autre, qui toutefois ne faisait pas un geste pour intervenir.

Profitant de l'occasion, Lavinia lâcha la serpillière et se précipita vers l'escalier, qu'elle dévala le plus rapidement possible, en se cramponnant à la rampe.

Au-dessus d'elle, Danner vociférait sur le palier :

— Garce ! Pour qui te prends-tu ?

— Laisse-la filer, lui conseilla son ami. Le quartier ne manque pas de catins plus obligeantes que celle-ci. On en trouvera une à ton goût, rassure-toi. Mais d'abord, admirons les figures de cire...

Lavinia ne s'arrêta pas dans sa fuite. Une fois au bas de l'escalier, elle traversa la galerie à toute allure, ressortit par la porte de service, et continua de courir dans la rue.

Il commençait juste de pleuvoir, au moment où Lavinia arriva chez elle. Elle se servit de sa clé pour entrer, sans déranger Mme Chilton. Mais à peine eut-elle pénétré dans le hall qu'un violent parfum de roses la suffoqua presque.

— Juste Ciel ! Que se passe-t-il ici ? s'exclama-t-elle en découvrant, tout autour d'elle, des vases remplis de roses fraîchement coupées et des paniers de roses disposés un peu partout.

Mme Chilton accourut, en s'essuyant les mains sur son tablier.

— Elles ont commencé d'arriver juste après votre départ, madame. Il semblerait qu'après tout, votre soirée au théâtre ne se soit pas si mal passée. Mlle Emeline a visiblement suscité beaucoup d'intérêt.

Lavinia en avait déjà oublié sa fuite éperdue, quelques minutes plus tôt.

— Comment ! Toutes ces roses auraient été envoyées par des admirateurs de ma nièce ?

— Oui.

— Mais c'est merveilleux !

— Mlle Emeline n'a pas l'air impressionnée, fit valoir Mme Chilton. Le seul gentleman dont elle parle est M. Sinclair.

— Oui, bon, mais ça n'est pas grave, répliqua la jeune femme avec un geste de la main, comme pour chasser ce souci de son esprit. L'essentiel est que le scandale survenu dans la loge de lady Wortham n'ait finalement pas anéanti mes plans.

— Visiblement non, approuva Mme Chilton, avant de contempler la tenue de sa maîtresse d'un œil désapprobateur. J'espère que personne ne vous a vue entrer par le perron dans cet état, madame.

Lavinia se mordilla la lèvre inférieure, comme une enfant prise en faute.

— J'aurais dû passer par la porte de derrière, c'est vrai. Mais j'ai eu un après-midi éprouvant et, pour couronner le tout, la pluie s'est mise à tomber. Je n'avais plus qu'une hâte : me mettre au chaud et savourer un petit verre de cognac.

La domestique écarquilla les yeux de surprise.

— Vous devriez commencer par vous changer, madame.

— Non, ce ne sera pas nécessaire. Mon manteau est à peine mouillé. Et le reste est sec.

— Mais, madame...

À cet instant, des pas se firent entendre à l'étage.

— Lavinia ! s'exclama Emeline depuis la balustrade du palier. Dieu soit loué, te voilà rentrée. Ton stratagème a marché ?

— Oui et non, répondit sa tante en pendant son manteau à la patère. Sais-tu d'où viennent toutes ces fleurs ?

La jeune fille fit la grimace.

— Il semblerait que Priscilla et moi soyons lancées. Lady Wortham m'a adressé un mot, tout à l'heure, pour m'inviter au concert ce soir.

— Voilà d'excellentes nouvelles ! se félicita Lavinia, avant de devenir soudain soucieuse. Il faut que nous réfléchissions tout de suite à la robe que tu vas mettre.

Sa nièce descendit les marches.

— Je te rappelle que je n'ai pas tellement le choix. Mme Francesca ne m'a dessiné qu'une robe du soir... Mais oublions ces histoires de toilettes. Raconte-moi plutôt tes aventures à la galerie.

Dès qu'Emeline fut au bas de l'escalier, Lavinia lui prit le bras.

— Je veux bien tout te dire, mais promets-moi de ne pas en répéter un mot à M. March.

Emeline blêmit.

— Oh, mon Dieu ! Il t'est arrivé quelque chose ?

La jeune femme entraînait déjà sa nièce vers son bureau.

— Disons que tout ne s'est pas exactement passé tel que je l'avais prévu.

Mme Chilton, alarmée, les rattrapa devant la porte du bureau.

— Madame... vous devriez vous changer avant d'entrer dans votre bureau.

— J'ai davantage besoin d'un remontant que de vêtements secs, madame Chilton.

— Mais...

— Mme Chilton a raison, intervint Emeline. Tu devrais d'abord te changer, Lavinia...

— Je déplore que ma tenue vous offense toutes les deux, mais je suis ici chez moi et jusqu'à preuve du contraire, j'ai le droit de m'habiller comme cela me chante. Veux-tu ou non entendre mon récit, Emeline ?

— Bien sûr que je veux l'entendre. Mais tu es certaine d'aller bien ?

— Oui, ça va. J'ai réussi à revenir indemne, c'est l'essentiel.

— *Indemne* ? répéta Emeline d'une voix horrifiée. Bonté divine, que s'est-il passé ?

— Il s'est présenté un problème imprévu.

La jeune femme entra la première dans le bureau et se dirigea droit vers le cabinet à liqueurs.

— Mais, reprit-elle, j'insiste pour que tu n'en touches pas un mot à M. March.

Tobias leva le nez du livre qu'il lisait près de la fenêtre.

— Cette recommandation laisse présager une histoire très intéressante...

Lavinia sursauta.

— Que diable fais-tu ici ?

— Je t'attendais, répondit-il en refermant son livre. Je suis arrivé il y a une vingtaine de minutes, et on m'a simplement expliqué que tu étais sortie.

Elle ouvrit le cabinet à liqueurs, s'empara de la carafe de cognac et s'en servit une belle dose.

— Précisément. J'étais sortie.

Il considéra son déguisement avec un air amusé.

— Tu t'es rendue à un bal masqué, je suppose ?

Lavinia, qui avait déjà goûté son cognac, faillit s'étrangler.

— Bien sûr que non.

— Dans ce cas, aurais-tu décidé d'arrondir tes fins de mois en devenant femme de ménage ?

Elle but une autre rasade d'alcool.

— Ça ne rapporte pas assez. À moins d'accepter d'astiquer autre chose qu'un plancher...

Emeline regarda sa tante, étonnée.

— S'il te plaît, Lavinia, ne fais pas durer le mystère. Que s'est-il passé dans la galerie de M. Huggett ?

Tobias croisa les bras sur sa poitrine.

— Alors, comme ça, tu es retournée chez Huggett ? Dans cet étrange costume ?

— Oui.

Lavinia prit son verre pour aller s'installer dans un fauteuil. Elle étira ses jambes devant elle et contempla ses gros bas de laine.

— J'ai pensé qu'il serait intéressant de découvrir quelles œuvres étaient reléguées dans la petite pièce de l'étage. M. Huggett était trop discret à leur sujet.

— Il était discret à cause du thème érotique de l'exposition, objecta Tobias avec une certaine impatience. De toute évidence, il ne souhaitait pas entrer dans les détails devant une lady.

Emeline semblait de plus en plus intriguée.

— Une exposition érotique ?

Tobias se tourna vers elle.

— Pardonnez-moi, mademoiselle. Je n'aurais pas dû dire cela devant vous. Ce n'est pas le genre de sujet qu'on aborde devant des jeunes filles.

— Oubliez cela, répliqua-t-elle. Lavinia et moi avons appris beaucoup de choses durant notre séjour à Rome. Il était difficile de vivre sous le même toit que Mme Underwood sans rien voir.

— Effectivement, acquiesça Tobias sur le mode badin. Tout le monde, à Rome, connaissait son existence... débridée.

— Nous nous écartons du sujet, remarqua Lavinia d'un ton pincé. Ce n'est pas uniquement la « discrétion » de Huggett à propos de la salle du haut qui m'avait intriguée. Si tu te rappelles bien, Tobias, il avait réagi bizarrement quand nous lui avions montré le paquet reçu par Joan. Ce matin, en me réveillant, je me suis demandé s'il ne possédait pas d'œuvres ressemblant à cette figurine dans sa galerie.

Il écarquilla les yeux.

— Et tu t'es introduite chez lui ?

Lavinia hocha la tête.

— Oui. J'ai payé sa femme de ménage pour qu'elle me prête ses clés, et j'y suis allée dans ce déguisement.

— Et alors ? Qu'as-tu découvert ?

— Pour être tout à fait honnête, je n'en sais trop rien...

— En d'autres termes, cette mascarade a été inutile, résuma Tobias en secouant la tête. Si seulement tu avais pris la peine de m'avertir de ton plan, j'aurais pu te dire que tu te fatiguais pour rien.

— Je n'ai pas dit que j'étais revenue bredouille, objecta-t-elle en croisant son regard. Les sculptures de la salle du haut sont de taille réelle. La différence d'échelle rend la comparaison plus difficile. Pourtant, j'ai cru déceler certaines similitudes avec celle de Joan Dove.

Tobias la dévisagea, sa curiosité éveillée.

— C'est vrai ?

— En tout cas, assez de similitudes pour me laisser penser qu'il ne serait pas inutile de demander son avis à Mme Vaughn.

— Je vois.

Tobias vint se percher sur le bord du bureau, et commença à se gratter distraitement la cuisse.

— Malheureusement, reprit-il, une telle entrevue ne sera pas facile à arranger. Huggett ne laissera pas monter une lady dans sa pièce secrète. Même si c'est une artiste.

Lavinia cala sa nuque sur le dossier, en repensant à Peg.

— La femme de ménage est habituée à vendre ses clés, les jours où Huggett va faire soigner ses rhumatismes.

— Je ne comprends pas, intervint Emeline. Pourquoi des gens chercheraient-ils à s'introduire en cachette dans la galerie, alors qu'il suffit d'acheter un ticket pour y pénétrer ?

— Le petit commerce de la femme de ménage n'est pas destiné à tous les visiteurs, expliqua sa tante. Elle vend ses clés à des femmes qui s'attirent les faveurs des gentlemen venus admirer les sculptures.

Emeline fronça les sourcils.

— Des prostituées, tu veux dire ?

Lavinia évita de croiser le regard de Tobias.

— Selon Peg, les hommes qui visitent la salle du haut sont assez émoustillés par ce qu'ils ont vu, pour souhaiter s'offrir tout de suite les faveurs d'une courtisane.

Tobias leva les yeux pour contempler le plafond, mais il demeura muet.

— Je vois, murmura Emeline avec une petite moue. Tu as eu de la chance que la galerie ait été vide, quand tu t'y es rendue. Sinon, on aurait pu te prendre pour une prostituée, toi aussi.

— Hmm, marmonna Lavinia, qui ne voulait pas faire de commentaire.

— La situation aurait été très gênante, reprit Emeline.

Lavinia but une gorgée de cognac.

— Hmm.

Tobias se tourna vers elle, intrigué.

— Lavinia ?

— Hmm ?

— Je suppose qu'il n'y avait pas de visiteurs lorsque tu es entrée dans la salle ?

— En effet. La pièce était vide, à mon arrivée.

— Quelqu'un est-il entré pendant que tu étais là ?

Elle soupira.

— Emeline, je pense que tu devrais nous laisser...

— Pourquoi ? s'étonna la jeune fille.

— Parce que la suite de cette conversation n'est pas destinée à tes oreilles innocentes.

— Franchement, ma tante, je ne vois pas ce qui pourrait être plus indécent, après avoir parlé de sculptures érotiques.

— M. March ne surveille pas toujours son langage, quand il perd contenance.

Emeline écarquilla les yeux.

— Mais M. March est parfaitement calme...

Lavinia finit son verre et le reposa d'un coup sec sur le bureau.

— Pour l'instant.

15

Tobias n'avait pas décoléré quand il revint chez lui, une heure plus tard. Anthony l'attendait, assis derrière son bureau. Dès qu'il vit son expression, le jeune homme secoua la tête d'un air navré.

— Tu t'es encore disputé avec Mme Lake, n'est-ce pas ?

— Là n'est pas la question. C'est mon bureau, ici, et si ça ne te dérange pas, je voudrais pouvoir travailler tranquille !

Anthony abandonna prestement son siège.

— Bonté divine ! Cette fois, c'était du sérieux, apparemment... Fais attention, Tobias. Un de ces jours, tu iras trop loin et Lavinia rompra votre association.

Tobias s'empara aussitôt du siège laissé par le jeune homme.

— Pourquoi ferait-elle cela ? Elle sait très bien qu'elle a besoin de moi.

— Comme toi-même, tu as besoin d'elle, fit valoir Anthony, qui était allé se planter devant le globe terrestre occupant un coin de la pièce. Mais si tu continues dans cette voie, elle finira par se dire qu'elle préfère encore se passer de toi.

Bizarrement, Tobias trouva cette perspective très désagréable. Il la chassa de son esprit.

— Lavinia est impulsive, mais elle a un minimum de cervelle.

Anthony pointa un doigt vers lui.

— Crois-moi, Tobias. Si tu ne lui témoignes pas plus de respect, tôt ou tard, elle perdra patience.

— Tu penses que je devrais la traiter comme une lady ?

— Évidemment ! *C'est* une lady.

— Alors laisse-moi te dire deux ou trois choses sur le comportement des vraies ladies, grommela Tobias. Une *lady* n'emprunte pas le costume d'une femme de ménage pour s'introduire dans une pièce remplie de sculptures licencieuses, que seuls les hommes sont autorisés à voir. Une *lady* ne se met jamais délibérément en situation d'être confondue avec une catin. Et une *lady* ne prend pas de risques inconscients, qui l'obligent à défendre sa vertu avec une serpillière !

Anthony le considéra, médusé.

— Juste Ciel ! Es-tu en train de me dire que Mme Lake a couru un danger aujourd'hui ? C'est ce qui te met de si mauvaise humeur ?

— Précisément.

— Bon sang, c'est affreux... Elle va bien ?

— Oui, concéda Tobias en serrant les dents. Merci à la serpillière ! Elle a réussi à échapper à deux hommes qui l'ont prise pour une catin.

— Avec une serpillière ? répéta Anthony, amusé. Avoue que cette femme a de la ressource.

— Là n'est pas la question. Lavinia n'aurait jamais dû se mettre dans une situation aussi délicate.

— Sans doute. Mais tu as déjà pu constater, par le passé, que Mme Lake a un caractère très indépendant.

— Indépendant ? Le mot est faible ! Elle est proprement ingouvernable. Elle ignore les conseils. C'est une tête de mule imprévisible. Impossible de savoir ce qu'elle mijote. Quand elle m'en avertit, il est généralement trop tard pour l'arrêter.

— De son point de vue, tu dois posséder à peu près les mêmes qualités. Entêté, imprévisible, ingouvernable... Ces épithètes te conviennent assez bien. Et tu n'es pas non plus du genre à divulguer tes plans avant de les avoir mis en œuvre.

Tobias serra les poings.

— Ne mélange pas tout. Pourquoi avertirais-je Lavinia de mes faits et gestes ? Telle que je la connais, elle voudrait m'accompagner partout, et c'est impossible. Je ne peux pas l'emmener dans un pub comme le Griffon, où j'ai l'habitude de rencontrer mes informateurs. Et elle ne serait pas admise à mon club.

— En d'autres termes, résuma Anthony, tu ne la préviens pas plus de tes projets qu'elle ne le fait elle-même. Vous êtes quittes.

Tobias s'empara d'un porte-plume, qu'il tritura nerveusement entre ses doigts. Curieusement, il se sentait obligé de se justifier.

— Mme Lake l'a échappé belle, cet après-midi. J'ai toutes les raisons d'être furieux.

Anthony l'observa un long moment, avant de hocher la tête.

— La peur produit parfois cet effet, dit-il. Je ne vais pas te reprocher de t'être inquiété pour elle...

Tobias ne répondit rien. Anthony avait raison.

Lavinia leva les yeux de ses notes, quand Mme Chilton introduisit Anthony dans son bureau.

— Bonjour, monsieur Sinclair.

Le jeune homme s'inclina respectueusement.

— Merci de me recevoir, madame Lake.

Lavinia esquissa un sourire poli. Elle ne voulait surtout pas montrer son appréhension.

— Vous êtes toujours le bienvenu. Je vous en prie, asseyez-vous donc.

— Si ça ne vous gêne pas, j'aimerais autant rester debout, objecta Anthony, dont le visage trahissait une ferme résolution. Cet exercice est un peu difficile pour moi. En fait, c'est la première fois de ma vie...

Les craintes de Lavinia commençaient à se confirmer. La jeune femme réprima un soupir, poussa ses notes de côté et s'attendit à recevoir une demande de mariage en bonne et due forme pour Emeline.

— Avant que vous ne commenciez, monsieur Sinclair, laissez-moi vous dire que je vous considère comme un gentleman parfaitement honorable.

Le jeune homme parut surpris.

— C'est très aimable à vous, madame, de penser cela.

— Vous venez d'avoir vingt et un ans, je crois ?

Il fronça les sourcils.

— Je ne vois pas ce que mon âge vient faire là-dedans...

Elle s'éclaircit la voix.

— Parfois, certaines personnes sont en avance sur leur âge. C'est le cas d'Emeline.

Le regard d'Anthony brilla soudain d'admiration.

— Oui. Mlle Emeline est d'une grande maturité.

— Pourtant, elle a à peine dix-huit ans.

— C'est vrai.

Lavinia songea que la conversation menaçait de s'enliser. Elle essaya de se montrer plus directe.

— Voyez-vous, monsieur Sinclair, je ne voudrais pas qu'Emeline se précipite dans le mariage...

Anthony rayonnait, à présent.

— Je suis entièrement de votre avis, madame Lake. Mlle Emeline doit prendre son temps. Il ne faudrait pas qu'elle commette l'erreur de s'engager trop rapidement. Un esprit éveillé comme le sien supporterait mal les contraintes du mariage.

— Je constate que nous sommes d'accord.

— Rien ne presse. Mlle Emeline saura se montrer patiente.

— Je l'espère.

Anthony carra les épaules.

— Mais, autant j'admire Mlle Emeline, autant je souhaite me consacrer à son bonheur...

— Ah ? ironisa Lavinia. Je ne m'en étais pas rendu compte.

— C'est la vérité, assura-t-il fièrement, insensible à son humour. Cependant, comme j'avais commencé à vous le dire, je ne suis pas venu aujourd'hui vous parler de l'avenir de mademoiselle votre nièce.

Lavinia se sentit immensément soulagée. Elle se détendit et lui sourit.

— Dans ce cas, monsieur Sinclair, de quel sujet souhaitiez-vous m'entretenir ?

— De Tobias.

Le soulagement de la jeune femme fit long feu.

— De Tobias ? Mais... pourquoi ?

— Je sais que vous vous êtes disputés, cet après-midi.

Elle eut un geste vague de la main.

— Il s'est énervé. Mais ça n'avait rien d'extraordinaire. Ce n'était pas la première fois.

Anthony hocha la tête.

— Tobias a toujours été un peu brusque. Et il n'a aucune patience pour les comportements inconscients.

— Je ne me considère pas comme quelqu'un d'inconscient, monsieur Sinclair.

Anthony se mordit la lèvre.

— Je ne voulais pas dire une chose pareille, madame Lake.

— Merci.

— J'essayais simplement de vous faire comprendre que son association avec vous l'a rendu plus nerveux que d'ordinaire.

— Si vous êtes venu me demander de ne plus l'irriter, vous perdez votre temps, monsieur Sinclair. Voyez-vous, je ne fais rien délibérément pour l'énerver. Mais, comme vous l'avez vous-même remarqué, notre association semble le rendre extrêmement susceptible.

Anthony se mit à faire les cent pas devant le bureau.

— C'est pour le moins exact, en effet. Mais je ne voudrais pas que vous le jugiez trop durement, madame Lake...

Lavinia n'était pas sûre d'avoir bien entendu.

— Je vous demande pardon ?

— Je vous assure que sous ses dehors un peu rudes, Tobias est un homme merveilleux. Et personne ne le connaît mieux que moi.

— Je suis consciente de la tendresse qui vous lie.

Il haussa les épaules.

— Je n'ai pas toujours été aussi indulgent envers lui. Et même au début, lorsqu'il a épousé ma sœur, je crois bien que je le haïssais franchement.

La jeune femme sursauta.

— Pourquoi donc ?

— Parce que je savais qu'Ann avait été forcée de l'épouser.

— Ah... lâcha Lavinia d'un ton neutre.

— Elle l'a épousée pour mon bien, et aussi pour le sien propre, voyez-vous. Et j'étais très triste qu'elle se soit sentie contrainte de se sacrifier. Pendant longtemps, j'ai attribué le mauvais rôle à Tobias.

— J'ai peur de ne pas comprendre...

— Après la mort de nos parents, ma sœur et moi sommes partis vivre chez le frère de notre père. Tante Elizabeth n'était guère heureuse de nous avoir chez elle. Quant à oncle Dalton, c'était le genre d'homme à trousser toutes les soubrettes de la maison.

— Je vois.

— Ce bâtard a même essayé de séduire Ann ! Elle a refusé ses avances, bien sûr, mais il se montrait de plus en plus insistant. Elle réussissait à l'éviter en venant, la nuit, se réfugier dans ma chambre. Pendant quatre mois, nous avons barré la porte chaque soir. Tante Elizabeth devait être au courant de la situation, parce qu'elle s'est mis en tête de marier Ann au plus vite. Et un jour, Tobias est venu rendre visite à mon oncle, pour une histoire de terrains.

— M. March connaissait votre oncle ?

— À cette époque, Tobias était le fondé de pouvoir d'un petit nombre de gens, dont mon oncle. Tante Elizabeth a pris prétexte de la visite de Tobias pour inviter d'autres personnes à dîner ce soir-là. Des voisins, pour l'essentiel. Nous vivions alors à la campagne. Après le repas, tante Elizabeth a insisté pour que tout le monde reste dormir à la maison, plutôt que de braver les routes en pleine nuit. Ann en a conclu qu'elle ne risquerait rien, avec autant de monde dans les parages. Et, cette nuit-là, elle est retournée dormir dans sa chambre.

La curiosité de Lavinia était à son comble.

— Que s'est-il passé ?

— Pour faire court, disons que tante Elizabeth s'est arrangée pour que ma sœur soit retrouvée dans une position compromettante avec Tobias.

— Juste Ciel ! Comment s'y est-elle prise ?

Anthony, planté devant la fenêtre, contemplait le petit jardin.

— Tante Elizabeth avait donné à Tobias la chambre contiguë à celle de ma sœur. Il y avait une porte de communication – verrouillée, bien sûr. Mais le lendemain matin, à l'aube, tante Elizabeth est entrée dans la chambre d'Ann et a retiré le loquet. Puis elle a commencé à faire une scène et à raconter à toute la maisonnée que Tobias était entré dans la chambre de ma sœur pendant la nuit, pour abuser d'elle.

Lavinia n'en croyait pas ses oreilles.

— Quelle histoire invraisemblable !

Il sourit amèrement.

— N'est-ce pas ? Ann avait sa réputation entachée. Et tante Elizabeth réclamait à cor et à cri que le scandale soit réparé par un mariage. J'espérais que Tobias refuserait pareil arrangement. Je n'étais qu'un gamin, à l'époque, mais il était déjà clair pour moi qu'il n'était pas le genre d'homme à se laisser dicter sa conduite. Pourtant, à mon grand étonnement, il a ordonné à Ann de préparer ses bagages.

— Vous avez raison, monsieur Sinclair. Tobias n'aurait pas accédé à la requête de votre tante, s'il n'avait pas été pleinement consentant.

— Le plus étonnant, c'est qu'il m'a demandé, à moi aussi, de faire mes bagages. Ce jour-là, il nous a sauvés tous les deux. Mais ça, je ne l'ai compris que bien plus tard...

Lavinia essayait de se représenter les craintes d'un petit garçon emmené par un étranger.

— Vous deviez être terrifié.

Anthony secoua la tête.

— Pas tellement pour moi. Rien ne pouvait me sembler pire, de toute façon, que de rester chez notre oncle. Mais je redoutais ce que pourrait faire subir Tobias à ma sœur, une fois qu'elle serait en son pouvoir.

— Ann avait-elle peur de lui ?

— Non. Elle n'a jamais eu peur de lui, répondit Anthony sans la moindre hésitation. Tobias était son chevalier servant. Je crois bien qu'elle en est tombée amoureuse dès que nous avons quitté la maison.

Lavinia hocha la tête.

— C'est peut-être aussi pour cela que vous n'avez pas aimé Tobias tout de suite. Car auparavant, vous étiez le seul dépositaire de l'affection de votre sœur.

Anthony parut surpris par cette hypothèse, qu'il médita un instant.

— Vous avez peut-être raison. Je n'y avais pas pensé sous cet angle.

— Quand M. March a-t-il épousé votre sœur ?

— Dans le mois qui a suivi. Je pense que lui aussi était tombé amoureux. Et comment aurait-il pu faire autrement ? Ann était belle au-dehors comme au-dedans. Elle était gracieuse, aimable avec tout le monde, douce, le cœur pur... C'était plus un ange qu'un être de chair et de sang. Elle était sans doute trop bonne pour notre monde terrestre.

En résumé, tout l'opposé de moi, songea Lavinia avec une pointe d'amertume.

— Mais Tobias craignait que les sentiments de ma sœur à son égard ne soient dictés uniquement par la gratitude, et qu'ils ne dureraient pas, poursuivit Anthony.

— Je vois.

— Il lui a donc expliqué qu'elle ne devait pas se sentir obligée de coucher avec lui. Et qu'il s'occuperait de toute façon de veiller sur nous.

— Pourtant, Ann l'aimait vraiment ?

— Bien sûr.

Il contempla un long moment les motifs du tapis, avant de relever la tête avec un sourire triste.

— Ils ont vécu un peu moins de cinq ans de bonheur, avant qu'une mauvaise fièvre emporte le même jour Ann et le bébé qu'elle venait de mettre au monde. Tobias s'est retrouvé seul avec moi. J'avais treize ans, à l'époque.

— Ça a dû être très dur de perdre votre sœur...

— Tobias s'est montré d'une patience admirable. La mort d'Ann m'avait secoué. Pour tout vous avouer, j'en faisais porter la responsabilité sur lui.

— Je comprends votre réaction.

— En y repensant, c'est vraiment extraordinaire qu'il ne m'ait pas renvoyé chez mon oncle aussitôt après les funérailles. Ou expédié dans un pensionnat. J'étais vraiment odieux avec lui, à ce moment-là. Mais il m'a raconté ensuite qu'il n'a jamais songé à se débarrasser de moi. Il m'avait adopté comme son petit frère.

Il tourna de nouveau son regard vers le jardin et ne dit plus rien, perdu dans ses souvenirs.

Lavinia cligna plusieurs fois des paupières, gagnée par l'émotion. Elle s'empara finalement de son mouchoir pour se tamponner les yeux, en reniflant.

Quand elle se fut recomposé un visage, la jeune femme croisa les mains sur le bureau et attendit. Mais Anthony semblait ne plus vouloir poursuivre son récit.

— Puis-je vous demander quelque chose ? dit-elle au bout d'un moment.

— Oui ?

— Je me pose beaucoup de questions sur la douleur à la jambe de M. March. Quand je l'ai rencontré, à Rome, je ne me souviens pas de l'avoir vu marcher avec difficulté.

Stupéfait, Anthony la regarda.

— Il ne vous a pas dit ce qui lui est arrivé ?

Puis, secouant la tête, il ajouta :

— Non, bien sûr. Connaissant Tobias, il aura gardé ça pour lui... Carlisle lui a logé une balle dans la cuisse, le soir où il a fait intrusion dans votre boutique. La bagarre a été sévère, et Tobias s'en est sorti de justesse. Sa convalescence a duré plusieurs semaines, et je suppose qu'il conservera ce boitillement jusqu'à la fin de ses jours.

Lavinia était médusée.

— Merci, Anthony. Je ne me doutais de rien...

Il y eut un autre silence, qu'elle finit par rompre :

— Pourquoi m'avez-vous raconté tout cela ?

Anthony pivota vers elle.

— Je voulais que vous compreniez.

— Comprendre quoi ?

— Tobias. Il n'est pas comme les autres hommes.

— Croyez bien que j'en ai conscience.

— C'est parce qu'il a été obligé très tôt de se débrouiller seul dans la vie, précisa Anthony. Il n'a pas appris à arrondir les angles.

Lavinia ne put réprimer un sourire.

— Mon petit doigt me dit que ce n'est pas un peu de culture et de bonnes manières qui changeraient grand-chose au caractère de M. March.

— En fait, ce que j'essayais de vous dire, c'est que, même s'il ne sait pas toujours bien se comporter avec une lady, c'est un homme plein de qualités. Je ne voudrais pas que vous le jugiez uniquement sur ses côtés directifs ou ses accès de mauvaise humeur.

Elle plaqua les paumes sur le bureau et se releva.

— Monsieur Sinclair, je puis vous assurer que je m'accommode parfaitement du caractère de M. March et de ses manières d'ours.

— C'est vrai ?

— Tout à fait vrai, certifia la jeune femme en raccompagnant son visiteur vers la porte. Comment pourrait-il en être autrement ? J'ai à peu près les mêmes défauts que lui. Demandez donc à ceux qui me connaissent.

16

Elle avait espéré qu'il changerait d'avis, même si c'était peu probable. Elle savait, par expérience, que lorsqu'un gentleman rompait avec sa maîtresse, c'était définitif et sans retour. Les nobles et les riches étaient tellement blasés qu'il leur fallait toujours de la nouveauté.

Et cependant, lui, il avait peut-être changé d'avis...

Un sourire de satisfaction aux lèvres, Sally enfouit le ticket dans la poche intérieure de son manteau. Un beau manteau. Offert par lui. D'ailleurs, il s'était toujours montré très généreux envers elle. Il l'avait installée dans une ravissante maison, l'avait couverte de bijoux et de belles toilettes. Son dernier cadeau, le plus précieux, Sally le tenait enfermé dans le tiroir de sa chambre de nuit. Pour l'instant, elle se refusait à vendre le collier pour s'acquitter du loyer de la maison. Mais elle n'avait pas non plus l'intention de retourner dans le bordel où il l'avait trouvée.

En fait, elle était persuadée que l'avenir lui sourirait. Il lui restait assez de charmes pour séduire les riches et leur soutirer des cadeaux. Elle avait encore quelques belles années devant elle. Plus tard, quand sa jeunesse se serait envolée, elle se déferait du collier pour s'assurer une retraite confortable.

Sally était fière d'en être arrivée là. Elle s'était battue

pour ne pas travailler sur le trottoir : trop dangereux et trop sordide à son goût. Elle avait préféré profiter de la sécurité d'un bordel et, maintenant, elle appartenait au petit monde des courtisanes les plus prisées. L'avenir s'annonçait sous les meilleurs auspices. Un jour, peut-être, elle disposerait de sa propre loge à l'opéra, comme les plus illustres représentantes de sa profession.

Ces derniers temps, elle avait discrètement commencé à se chercher un nouveau protecteur, espérant trouver quelqu'un avant que le terme du loyer n'arrive à échéance. Toutefois, elle s'était juré de ne pas se précipiter sur n'importe qui. Elle avait connu trop de courtisanes qui avaient commis l'erreur de fixer leur choix sur le premier venu pour ne pas se retrouver à court d'argent. Dans leur désespoir, elles étaient tombées sous la coupe d'hommes violents et dépravés.

Sally traversa la salle plongée dans la pénombre, sans vraiment prêter attention aux œuvres exposées. Elle était ici pour le travail. De toute façon, même si elle avait été d'humeur à visiter un musée de cire, elle en aurait choisi un autre. Les scènes représentées étaient beaucoup trop lugubres.

Au bout de la galerie, elle trouva le petit escalier en colimaçon qu'on lui avait indiqué. Elle ramassa ses jupes et commença à le gravir.

La porte, sur le palier, était entrebâillée. Elle grinça sur ses gonds quand Sally la poussa pour s'introduire dans la salle. Bien qu'elle ne goûtât pas les œuvres représentées en bas, la jeune femme était curieuse de découvrir ce qui se cachait ici. Elle avait souvent entendu parler de cette salle, où Huggett avait rassemblé une collection strictement réservée aux hommes.

Un panneau, devant elle, attira son attention. Elle s'approcha pour déchiffrer les lettres peintes en bleu et or.

Elle se planta devant la première scène et contempla l'homme imposant sa volonté à la femme avec une violence bestiale. Le corps de celle-ci avait été sculpté dans une posture qui ne pouvait qu'éveiller le désir masculin. La générosité de sa poitrine participait du même dessein. Mais c'est surtout son visage qui retint l'attention de Sally. Elle lui trouva un petit air familier.

La jeune femme allait s'approcher pour mieux voir, lorsqu'elle entendit un bruit dans son dos. Elle se retourna instinctivement.

— Qui est là ?

Personne ne répondit, ni ne bougea dans la pénombre. Le cœur de Sally s'emballa dans sa poitrine, et un frisson glacé lui parcourut l'échine. Son instinct l'avertissait d'un danger.

Cependant, elle voyait mal un inconnu s'en prendre à elle dans cette galerie. S'il y avait quelqu'un, ce ne pouvait être que son ancien protecteur, puisque c'était lui-même qui avait proposé de la retrouver ici. Il n'y avait donc aucune raison de s'inquiéter.

Malgré tout, Sally n'en menait pas large. Elle se rappelait, tout à coup, l'étrange rumeur qui avait circulé, dans le bordel, sur le suicide de la précédente maîtresse de son protecteur. Les plus romantiques de ses compagnes s'étaient émues de la tragédie, assurant que le cœur de la jeune femme avait sans doute été brisé. Mais les autres – la majorité – s'étaient étonnées qu'Alice ait pu se laisser ainsi gouverner par sa sensibilité.

Sally s'était elle-même posé la question. Elle avait un peu connu Alice : ce n'était pas le genre de courtisane à commettre l'erreur de tomber amoureuse de son client...

Le souvenir de cette pauvre Alice venait s'ajouter à la désagréable atmosphère créée par les œuvres présentées dans la pièce. Tout cela contribuait à rendre Sally mal à l'aise. Mais elle se répétait qu'elle n'avait pas de raison de s'alarmer. Son protecteur ne faisait que jouer avec ses nerfs.

— Je sais que vous êtes là, mon ardent chevalier, dit-elle en se forçant à sourire. J'ai eu votre message, comme vous voyez. Vous m'avez manqué.

Toujours pas de réponse.

— M'avez-vous donné rendez-vous ici pour que nous imitions l'une de ces œuvres ? suggéra Sally en gloussant. C'est très vilain de votre part ! Mais vous savez que je ne vous refuse jamais rien...

Le silence, obstinément.

Sally alla se planter devant une autre œuvre, représentant une femme agenouillée devant un homme que l'artiste avait doté d'une nature très généreuse. La jeune femme fit mine de contempler gravement le tableau.

— Si vous voulez mon avis, votre membre est encore plus gros que celui-là, dit-elle.

C'était un mensonge, évidemment. Mais, dans sa profession, elle avait appris qu'il était toujours préférable de mentir aux clients sur certains sujets.

— Bien sûr, reprit-elle, j'ai un peu oublié ses dimensions exactes. Mais je serais ravie d'en reprendre les mesures. Qu'en dites-vous, mon bel étalon ?

Le silence, encore le silence.

Cette fois, Sally commença vraiment à s'inquiéter. Quelque chose ne tournait pas rond. Son instinct lui commandait de fuir. Peu lui importait, maintenant, de savoir si son protecteur souhaitait ou non reprendre leur liaison. Elle voulait à tout prix s'échapper de cette pièce.

La jeune femme pivota vers la porte. Elle n'avait pas fait deux pas qu'elle sentit une chose bouger sur sa droite. Sa première pensée, un peu folle, fut qu'une des œuvres s'animait.

Puis elle vit l'éclair du tisonnier.

Un cri monta dans sa gorge. Elle avait compris qu'elle n'atteindrait jamais la porte. L'assassin brandissait déjà son arme au-dessus d'elle. Sally leva la main, dans le vain espoir d'esquiver le coup. Au même instant, dans une fulgurance, elle réalisa pourquoi la première figure de cire lui avait paru familière.

Elle avait le visage d'Alice.

17

Le Griffon était chauffé et offrait un toit pour se protéger de la pluie. C'était bien les seules qualités qu'on pouvait trouver à cette taverne enfumée et cependant, ce soir, alors qu'il pleuvait encore à verse, Tobias décida de s'en contenter.

La flambée, dans l'immense cheminée, illuminait l'établissement en lançant sur les murs des éclairs diaboliques. Les servantes étaient toutes grandes et bien en chair. Leur ressemblance ne devait d'ailleurs rien au hasard : Jack, le patron, les aimait comme ça.

Tobias s'était changé pour venir ici. Vêtu d'un pantalon de docker et d'un vieux manteau élimé, il ne risquait pas d'attirer l'attention sur lui au milieu de la clientèle d'ouvriers qui fréquentaient l'endroit. Son boitillement s'accordait très bien avec ce déguisement et, même, le complétait. Il n'était pas rare, en effet, de croiser dans la salle des estropiés de toute sorte. Chez ces manœuvres à la vie rude, les doigts manquants, les cicatrices ou les jambes de bois étaient monnaie courante.

Une serveuse vint se planter devant lui.

— Alors, beau gosse ? Je te sers quoi, ce soir ?

— Je viens voir Jack, répliqua Tobias dans un marmonnement.

Il s'efforçait toujours de parler le moins possible avec les employés ou les clients du Griffon. L'accent de docker qu'il prenait pour échanger les quelques mots indispensables n'aurait pas résisté à une conversation en bonne et due forme.

— Jack est dans son bureau, répondit la servante, qui désigna un rideau à l'arrière de la salle. Frappe, avant d'entrer.

Et elle continua son chemin, son plateau couvert de chopes de bière tenu à bout de bras.

Tobias poussa le rideau, qui ouvrait sur un étroit corridor, au bout duquel se trouvait la petite pièce que Jack appelait son bureau. Il s'arrêta devant la porte. Un rire féminin lui parvint à travers le battant. Il frappa fort.

— Allez-vous-en, qui que vous soyez ! hurla Jack. Je suis occupé.

Tobias, nullement impressionné, tourna la poignée. Le battant s'ouvrit.

Le propriétaire du Griffon trônait derrière un vieux bureau en chêne, une créature plantureuse assise à califourchon sur ses cuisses. Les jupes de la fille étaient remontées, dévoilant ses fesses.

— J'ai eu ton message, dit Tobias.

Jack pencha la tête de côté.

— C'est toi, Tobias ? Tu ne serais pas en avance, par hasard ?

— Non.

Jack soupira, avant de donner une tape affectueuse sur les reins de sa compagne.

— J'arrête, chérie. Je sens que mon ami n'est pas patient, ce soir.

La fille gloussa.

— T'inquiète pas pour moi, Jack. Je vais attendre ici que vous ayez terminé vos affaires.

— J'ai peur que ce ne soit pas possible, chérie.

Avec un autre soupir, il fit descendre la fille de ses genoux et ajouta :

— Je ne pourrai pas me concentrer si tu restes dans les parages.

La fille gloussa encore, avant de remettre sa jupe en état, puis elle sourit à Tobias et prit son temps pour quitter la pièce, avec un déhanchement qui captiva le regard des deux hommes.

— Une nouvelle serveuse, expliqua Jack en refermant son pantalon. Je crois qu'elle va faire merveille.

— Elle semble en tout cas avoir de bonnes dispositions, convint Tobias, qui avait abandonné son accent faubourien.

Lui et Jack se connaissaient depuis longtemps.

— Pour sûr, approuva ce dernier.

Il désigna les deux fauteuils placés devant la cheminée :

— Assieds-toi, vieux. La soirée est humide. Je vais nous servir un peu de mon meilleur cognac pour nous réchauffer les os.

Tobias choisit l'un des deux sièges dépareillés et se laissa choir dedans.

— Un cognac sera le bienvenu, en effet. Quelles nouvelles as-tu pour moi ?

Jack remplit deux verres.

— Plusieurs choses qui pourraient t'intéresser. D'abord, tu m'avais demandé de chercher du côté des anciennes maîtresses de Neville. J'ai trouvé des pistes intéressantes.

— Je t'écoute.

Jack lui tendit un verre, avant de s'asseoir à son tour, avec le sien.

— Tu avais raison : Neville préfère choisir ses maîtresses dans les bordels, plutôt que dans les rangs des demi-mondaines.

— Et alors ?

— J'ignore pourquoi il a ces goûts, mais je sais une chose : quand on retrouve une ancienne pensionnaire de bordel noyée dans le fleuve, personne – et surtout pas la police – ne se donne la peine d'enquêter. Certains pensent même « bon débarras ».

Tobias crispa les doigts sur son verre.

— Es-tu en train de m'expliquer que plus d'une maîtresse de Neville aurait fini dans la Tamise ?

— Je ne saurais pas te dire combien de ses anciennes liaisons se sont noyées après qu'il les a répudiées, mais deux, au moins, semblent ne pas avoir eu la force de surmonter leur chagrin. Une jeune femme nommée Lizzy Prather s'est tuée voici un an et demi. Quelques mois plus tard, une dénommée Alice a été retirée du fleuve. Et je me suis laissé dire que trois autres se seraient également donné la mort.

Tobias avala une gorgée de cognac.

— Il me paraît difficile de croire qu'autant de jeunes femmes aient sombré dans la dépression.

— Ouais, approuva Jack, dont le fauteuil grinçait sous son poids. Cela dit, ça peut arriver. Il y a toujours des filles assez stupides pour s'amouracher d'un richard et s'imaginer payées de retour. Mais la plupart des poules savent à quoi s'en tenir, quand elles rencontrent des hommes comme Neville. Une fois que leur protecteur n'est plus disposé à payer leurs factures, elles s'en cherchent un autre.

— C'est le genre d'arrangement qui convient aux deux parties.

— Ouais, répéta Jack.

Il but une rasade de cognac, reposa son verre et s'essuya les lèvres d'un revers de main.

— Écoute-moi bien, maintenant. Parce que j'arrive au plus intéressant...

— C'est-à-dire ?

— Sally, la dernière maîtresse en date de Neville, a elle aussi disparu. Personne ne l'a vue depuis hier.

Tobias le dévisagea.

— Le fleuve ?

— Trop tôt pour le dire. Si elle s'est noyée, son corps ne réapparaîtra pas avant quelques jours. Tout ce que je sais, c'est qu'elle a disparu.

— Bon sang... murmura Tobias en se grattant la cuisse.

Jack le laissa méditer cette nouvelle information, avant de poursuivre :

— Il y a encore autre chose.

— Au sujet de Sally ?

— Non, répondit Jack, qui avait baissé la voix bien qu'il n'y eût personne d'autre dans la pièce. Au sujet de la Chambre bleue. Certains bruits circulent.

Tobias secoua la tête.

— Je t'ai déjà expliqué que la Chambre bleue n'existait plus. Azur et Carlisle sont morts. Le troisième homme se fait discret pour l'instant, mais je finirai bien par l'avoir.

— Tu as sans doute raison jusque-là. Mais d'après ce que j'ai pu entendre, une petite guerre a lieu.

— Entre qui et qui ?

Jack haussa les épaules d'un air d'impuissance.

— Ça, je n'en sais rien. Mais le vainqueur brigue le contrôle de ce qu'il reste de la Chambre bleue. Avec l'intention, paraît-il, de lui redonner sa splendeur passée.

Tobias contempla longuement le feu, en silence.

— Merci, murmura-t-il enfin. Ces informations me seront très utiles. Je te dois une fière chandelle.

Jack hocha la tête avec un sourire.

— Je crois bien, oui... Mais je ne m'inquiète pas. Tu paies toujours tes dettes.

Le brouillard s'était épaissi pendant qu'il se trouvait au Griffon. Tobias attendit un instant sur le seuil de la taverne, pour s'assurer que la brume ne lui cachait pas une présence inopportune, puis il reprit son chemin.

Malgré le froid et l'humidité, il résista à l'envie de relever le col de son manteau – ce qui aurait eu pour effet de le réchauffer, mais aussi de diminuer son angle de vision. Dans ces parages, la prudence recommandait de toujours se tenir sur ses gardes. Surtout la nuit.

Il parcourut quelques mètres sans croiser âme qui vive. Ce n'était guère étonnant, avec ce temps. Mais soudain un bruit de pas, dans son dos, l'alerta. Plutôt que de se retourner – ce qui aurait été une erreur, s'il s'agissait bien d'une attaque –, Tobias bifurqua sans prévenir sur sa droite, dans une ruelle sombre que le brouillard rendait tout à fait opaque.

— Bon sang, je l'ai perdu ! marmonna une voix, preuve que la manœuvre avait réussi.

— Allume la lanterne, dit une autre voix. Sinon, nous ne le retrouverons jamais, dans cette purée de pois.

Ses agresseurs étaient donc deux, conclut Tobias. Il tira son pistolet de sa poche et attendit.

Le premier assaillant se débattait avec sa lanterne, en jurant. Quand il réussit enfin à l'allumer, Tobias s'en servit comme d'une cible. Il visa et tira.

Le bruit de la détonation résonna entre les murs de la ruelle. La balle ricocha sur l'armature de la lanterne et l'homme, effrayé, la laissa tomber en poussant un cri. L'huile enflammée se répandit sur le pavé.

— Ce salaud est armé ! s'exclama son compagnon.

L'autre, qui s'était déjà remis de sa frayeur, vint se placer devant les flammes, afin de montrer son visage.

— Vous n'avez pas besoin de vous cacher, monsieur ! Nous sommes venus vous porter un message.

— Ah, oui ? ironisa Tobias. Et il est où, ce message ? Je ne vois rien dans vos mains.

— Ce n'est pas un message écrit. Approchez-vous, nous allons vous le délivrer oralement...

À cet instant, un attelage se présenta à l'autre bout de la ruelle. Tobias pria le Ciel pour que ce fût celui qu'il attendait. Il s'enveloppa dans son manteau et se dépêcha de courir vers le véhicule, aussi vite que le lui permettait sa jambe.

— Bon Dieu ! Il s'enfuit ! glapit un de ses agresseurs.

Avant qu'ils puissent se lancer à sa poursuite, Tobias s'était hissé à bord du chariot découvert.

— Tu n'aurais pas pu trouver un équipage plus confortable ? râla-t-il en rejoignant le cocher sur sa banquette.

— Désolé, répondit Anthony, qui fouetta les chevaux pour les lancer au galop. Quand j'ai reçu ton message de venir te chercher à la sortie du Griffon, il était trop tard pour trouver un fiacre. À cette heure-ci et par un temps pareil, ils sont presque tous réservés.

Pendant ce temps, les agresseurs de Tobias n'avaient pas abandonné. Ils débouchèrent en courant de la ruelle.

— Ne le laissons pas s'enfuir ! cria l'un d'eux. Sinon, nous ne serons pas payés.

Une détonation retentit, et Tobias sentit une balle lui siffler à l'oreille. Un autre coup de feu suivit, mais cette fois l'attelage était hors de portée.

— Merci, en tout cas, d'être arrivé à temps, reprit Tobias d'une voix parfaitement calme.

— Le quartier n'est vraiment pas sûr. Songe à ce qui te serait arrivé, si tu ne m'avais pas prévenu... Que faisons-nous, maintenant ?

— Pour commencer, nous allons rendre ce superbe équipage à son propriétaire et le dédommager de nous l'avoir prêté. Puis nous rentrerons à la maison.

— Il n'est pas si tard. Tu ne veux pas aller à ton club ?

— Le portier ne me laissera jamais entrer. Au cas où tu ne l'aurais pas remarqué, je ne suis pas habillé pour aller au club.

Anthony éclata de rire.

— C'est vrai ! J'avais oublié.

Une heure plus tard, Tobias sortait de son bain. Il se sécha lui-même à l'aide d'une serviette étendue près du feu et enfila son peignoir. Puis il redescendit au rez-de-chaussée retrouver Anthony.

— Eh bien ? demanda le jeune homme, confortablement installé dans un fauteuil, les jambes allongées devant l'âtre. As-tu une idée de qui étaient ces types ? De vulgaires voleurs de bourses ?

Tobias plongea les mains dans les poches de son peignoir.

— Je ne crois pas. L'un d'eux a évoqué la perspective d'être payé pour me « délivrer un message ».

— Tu crois que quelqu'un voulait t'adresser un avertissement ?

— Ça m'en a tout l'air.

— Quelqu'un, sans doute, qui souhaite te voir arrêter ton enquête ?

— Ce n'est pas impossible. Mais je pense aussi à un autre suspect...

Anthony acquiesça.

— Pomfrey ?

— Crackenburne m'avait mis en garde qu'il pourrait chercher à se venger de la scène du théâtre.

Le jeune homme hocha la tête.

— C'est plausible, en effet. Pomfrey n'a pas beaucoup d'honneur. Il aurait très bien pu orchestrer le guet-apens de ce soir... Comptes-tu prévenir Mme Lake de ce qui s'est passé ?

— Me prendrais-tu pour un fou ? Bien sûr que non. Je ne vais rien lui dire.

Anthony hocha de nouveau la tête.

— Je savais que tu me répondrais cela. Tu préfères la laisser dans l'ignorance pour qu'elle ne s'inquiète pas à ton sujet. C'est bien naturel.

— Ça n'a rien à voir avec ça, rectifia Tobias. Je ne vais rien lui dire, parce que je n'ai surtout aucune envie qu'elle me fasse la leçon !

Anthony éclata de rire.

— Comme tu lui as fait la leçon, quand tu as appris qu'elle s'était déguisée en femme de ménage pour pénétrer chez Huggett !

Tobias serra les dents.

— Exactement. Je ne tiens pas à ce qu'elle me rende la monnaie de ma pièce.

Lavinia venait d'entamer son petit déjeuner quand elle entendit la voix de Tobias dans le hall.

— Ne vous donnez pas cette peine, disait-il à Mme Chilton. Je connais la maison, à présent. Je vais m'annoncer moi-même.

Emeline, qui tartinait un toast de marmelade, esquissa un sourire.

— Je crois que nous avons un visiteur matinal.

— Que peut-il bien nous vouloir, à cette heure ? marmonna Lavinia entre deux bouchées d'œufs mollets. S'il vient encore m'ordonner de ne pas bouger sans l'avertir, il peut repartir tout de suite.

— Calme-toi, Lavinia.

— C'est impossible de garder son calme avec lui. Tobias a le don de vous pousser à bout.

Puis, s'arrêtant de manger, elle s'exclama :

— Mon Dieu ! Et s'il était arrivé quelque chose ?

— Je ne crois pas, objecta Emeline. Il aurait paru plus préoccupé avec Mme Chilton.

Lavinia n'eut pas le temps de répondre. La porte s'ouvrait déjà. Tobias entra dans la salle à manger, occupant soudain tout l'espace de sa masculine présence. Elle contempla son assiette en essayant d'ignorer le frisson qui lui parcourait l'échine.

Ce n'était pas la première fois qu'elle réagissait ainsi en le voyant, et cela l'intriguait. Pourtant, Tobias n'était pas particulièrement bel homme. Il n'avait pas non plus les manières d'un gentleman. Et il ne savait pas s'habiller.

Mais, par-dessus tout, il ne semblait pas particulièrement apprécier son associée. Avoir envie d'elle, peut-être. Mais tenir à elle, sûrement pas ! En fait, leur relation était un mélange étonnant de professionnalisme mâtiné d'un peu de désir. Étonnant, du moins pour Lavinia. Mais peut-être Tobias trouvait-il cela normal.

— Qu'est-ce qui vous amène de si bon matin, cher monsieur March ? lança-t-elle.

Il rit de cette entrée en matière un peu glaciale.

— Pour commencer, bonjour, Lavinia.

Emeline fit la grimace.

— Ne faites pas attention à ma tante, monsieur March. Elle a mal dormi, cette nuit. Asseyez-vous donc. Désirez-vous du café ?

— Merci, mademoiselle Emeline. J'apprécierais en effet une tasse de café.

Lavinia le vit s'asseoir avec beaucoup de précautions.

— Ta jambe te fait mal ?

Tobias prit la tasse qu'Emeline lui tendait et la remercia d'un sourire.

— J'ai un peu trop tiré dessus hier soir. Mais tu n'as pas besoin de t'inquiéter.

— Je ne m'inquiétais pas, répliqua Lavinia. C'était juste de la curiosité. Ce que tu fais avec ta jambe ne regarde que toi.

Il sourit.

— C'est aussi mon avis, figure-toi...

Tout à coup, le souvenir de leur étreinte passionnée traversa l'esprit de Lavinia. Elle croisa le regard de Tobias et réalisa, mortifiée, qu'il pensait à la même chose.

Devinant qu'elle piquait un fard, la jeune femme plongea prestement le nez dans son assiette, pour continuer à manger ses œufs.

Emeline, qui ne s'était rendu compte de rien, sourit chaleureusement à Tobias.

— Avez-vous dansé, hier soir ?

— Non, répondit-il. Ma jambe ne m'autorise pas ce genre de divertissement, hélas. Je me suis livré à un autre exercice.

Lavinia crispa les doigts sur sa fourchette, en se demandant soudain s'il n'avait pas passé la nuit avec une femme.

— J'ai du travail qui m'attend, dit-elle brusquement. Sois assez aimable de nous expliquer ce qui t'amène ici de si bonne heure.

— Il se trouve que j'ai prévu aussi des choses pour aujourd'hui. Peut-être devrions-nous comparer nos emplois du temps ?

— Pour ma part, j'ai l'intention de retourner voir Mme Vaughn. Je voudrais lui demander si elle accepterait de me donner son avis sur les sculptures que Huggett cache à l'étage.

— Ah oui ? répliqua-t-il avec un sourire discrètement ironique. Et supposons qu'elle accepte. Comment t'y prendras-tu pour lui faire examiner les œuvres ? En la déguisant, elle aussi, en femme de ménage ?

Son attitude condescendante exaspérait Lavinia au plus haut point.

— Eh bien, figure-toi que non. Nous entrerons tout bonnement par la grande porte. Je pense qu'il ne sera pas difficile de corrompre le jeune homme qui vend les tickets.

— Parles-tu sérieusement ?

Elle sourit.

— Bien entendu.

Tobias reposa brutalement sa tasse dans sa soucoupe.

— Bon sang, Lavinia ! Je t'ai déjà dit que je ne voulais pas que tu retournes dans cette galerie toute seule !

— Je ne serai pas seule, puisque j'accompagnerai Mme Vaughn, fit valoir la jeune femme, avant d'ajouter avec un autre sourire : Et tu seras le bienvenu, si tu souhaites te joindre à nous.

— Merci, répondit-il sèchement. J'accepte.

Il y eut un silence. Tobias en profita pour s'emparer d'un toast, qu'il mordit à pleines dents.

— Tu n'as toujours pas dit pourquoi tu étais là ce matin, lui rappela Lavinia.

Il mâcha son toast d'un air songeur.

— Je suis passé voir si tu voulais me suivre, pour enquêter sur une jeune femme du nom de Sally Johnson.

— Qui est Sally Johnson ?

— La dernière maîtresse en date de Neville. Elle a disparu avant-hier.

— Je ne comprends pas, avoua Lavinia, piquée par la curiosité. Penses-tu qu'il y ait un rapport avec notre enquête ?

Tobias fit la moue.

— Je ne peux pas encore l'affirmer. Mais j'ai comme l'intuition que tout est lié.

Elle hocha la tête.

— C'est gentil de ta part de me proposer de t'accompagner.

Il haussa les épaules avec nonchalance.

— Une association est une association. Mais peut-être ne la pratiquons-nous pas de la même façon ? Toi, tu m'as caché hier que tu allais chez Huggett, moi je joue cartes sur table.

Elle tapota la pointe de sa fourchette sur le rebord de son assiette.

— Ne me raconte pas d'histoires, Tobias. Il y a autre chose. Pourquoi souhaites-tu me voir venir avec toi ?

Il termina tranquillement son toast, avant de fixer Lavinia droit dans les yeux.

— Parce que, si j'ai la chance de retrouver Sally, j'aurai quelques questions à lui poser. Mais je pense qu'elle parlera plus volontiers à une femme qu'à un homme.

— Je le savais ! répliqua Lavinia, qui ne pouvait s'empêcher d'éprouver une espèce d'amertume. Tu n'es pas venu me chercher parce que nous sommes associés, mais parce que tu as besoin de moi pour conduire ton enquête. Qu'attends-tu de moi ? Que j'hypnotise Sally pour qu'elle vide son sac ?

— Passeras-tu toujours ton temps à t'interroger sur mes motivations ?

— C'est juste de la prudence. Avec toi, je suis toujours prudente.

Il sourit.

— Pas toujours, Lavinia. Je pourrais citer un ou deux exemples, où tu ne t'es pas montrée particulièrement prudente...

18

La maison était minuscule, avec juste la cuisine au rez-de-chaussée, le salon à l'étage et la chambre encore au-dessus. Et le voisinage n'était pas des plus huppés.

Il n'avait pas fallu longtemps pour s'apercevoir que Sally n'était pas chez elle. De toute façon, Tobias s'attendait à cette éventualité. Aussi s'était-il muni d'un pied-de-biche, dont il se servit afin d'ouvrir la porte de la rue.

— Neville n'est pas d'une générosité folle, remarqua Lavinia en le regardant faire. Il aurait pu offrir une plus belle maison à sa protégée.

Le battant commençait à s'entrouvrir.

— Quand on songe qu'il l'a tirée d'un bordel, elle a dû trouver que cette maison était un palais.

— Oui, tu as sans doute raison...

La porte s'ouvrit d'un coup.

Lavinia resserra son manteau et jeta un coup d'œil inquiet à l'intérieur.

— J'espère qu'on ne va pas buter sur un cadavre. J'ai eu ma dose.

Tobias pénétra le premier dans la maison.

— Si Sally a connu le même sort que ses consœurs qui l'ont précédée, on retrouvera son corps dans le fleuve, mais pas ici.

Elle ne put réprimer un frisson en suivant son compagnon dans le couloir qui menait à la cuisine.

— Cette histoire est quand même bizarre. Pourquoi ton client assassinerait-il ses maîtresses ?

— À mon avis, c'est le genre de question qui ne peut pas avoir de réponse sensée.

— Même à supposer qu'il ait tué ces femmes, quel rapport y aurait-il avec la menace adressée à Joan Dove, ou avec la Chambre bleue ?

— Je n'en sais rien. Peut-être aucun. Mais peut-être que tout s'expliquera d'un coup...

Lavinia se planta au milieu de la cuisine.

— Réalises-tu ce que tu insinues ? Que ton client pourrait être un menteur et un criminel ?

— Je te l'ai déjà dit : tous les clients mentent.

Tobias inspecta un panier rempli de légumes, avant d'ajouter :

— C'est d'ailleurs pour cela qu'on doit toujours demander une avance, quand on accepte une mission.

Lavinia, de son côté, fouillait les tiroirs.

— Je saurai m'en souvenir. Mais pourquoi Neville tuerait-il ses maîtresses ? Tu dois quand même avoir une petite idée, non ?

— Il n'est pas impossible qu'il soit fou.

La jeune femme frissonna à nouveau.

— Certes...

— Mais il y a une autre possibilité, reprit Tobias en se tournant vers elle. Un homme qui installe sa maîtresse dans une maison comme celle-ci, a probablement l'intention de passer beaucoup de temps avec elle.

Lavinia fit la grimace.

— Plus de temps, en tout cas, qu'avec son épouse légitime.

— Précisément, confirma-t-il d'un air énigmatique. Sachant que la plupart des mariages, dans la bonne société, sont arrangés pour des raisons d'argent et de relations, il n'est pas rare que certains gentlemen partagent plus d'intimité avec leur maîtresse qu'avec leur femme.

Lavinia crut avoir compris.

— Penses-tu que Neville se débarrasserait de ses maîtresses parce qu'elles finissent par savoir trop de choses ? Mais quels secrets pourrait-il cacher qui l'auraient conduit à les tuer ?

Tobias referma un dernier tiroir et prit le chemin de l'escalier.

— Je vais être franc avec toi. Pour l'instant, je n'en ai pas la moindre idée. Je sais simplement qu'au moins deux, peut-être trois jeunes femmes ayant fréquenté Neville, sont mortes. Soi-disant par suicide.

Lavinia, qui ne voulait pas rester seule en bas, s'empressa de le suivre.

— En tout cas, pour l'instant, nous ne savons pas si Sally Johnson a rejoint les autres dans le fleuve.

— Compte tenu des circonstances, je m'attends au pire, répliqua Tobias, qui venait d'atteindre le palier et s'engouffra dans le salon.

Elle continua l'escalier jusqu'au deuxième étage. Un simple coup d'œil à la chambre de Sally lui fit prendre conscience que son compagnon se trompait, au moins sur un point. Elle revint sur le palier.

— Tobias !

Il apparut juste en dessous d'elle.

— Qu'y a-t-il ?

— Je ne sais pas ce qui est arrivé à Sally, mais elle a fait ses malles avant de partir. La penderie est grande ouverte et vide.

Tobias monta la rejoindre.

— Tu as raison... Mais il n'est pas impossible que quelqu'un la connaissant et qui savait qu'elle avait disparu soit venu voler ses affaires. Ça ne me surprendrait pas d'apprendre que les amies de Sally ne sont que des profiteuses.

Elle secoua la tête.

— Si un voleur était venu ici, il ou elle aurait laissé la chambre sens dessus dessous. Or, tout est en ordre. Si ce n'est pas Sally qui a emporté ses affaires, c'est du moins quelqu'un qui connaissait très bien les lieux.

Il contempla la pièce d'un air songeur.

— Neville était un habitué. Peut-être souhaitait-il faire disparaître une preuve de son crime...

Lavinia s'approcha de la table de toilette.

— Si c'était le cas, il se serait débarrassé de ce linge ensanglanté et de l'eau rougie du lavabo...

— Quoi ? s'étrangla Tobias.

En deux enjambées, il rejoignit la jeune femme et vit à son tour le linge taché de sang et l'eau trouble du lavabo.

— L'aurait-il tuée ici et aurait-il essayé ensuite de se laver les mains ?

— Il n'y a aucune trace de lutte dans la pièce, fit valoir Lavinia, qui ajouta après réflexion : Mais il y a une autre possibilité, Tobias...

— Laquelle ?

— On a peut-être essayé de tuer Sally, mais elle s'en est sortie. Elle sera rentrée chez elle pour laver sa blessure, se changer, puis elle aura prestement fait ses malles avant de disparaître.

— Tu veux dire qu'elle serait partie se cacher ?

— Oui.

Il contempla de nouveau la pièce.

— Tu as raison sur un point. Tout est en ordre et personne ne semble s'être battu ici.

— Ce qui laisserait effectivement supposer qu'elle a été attaquée en dehors de chez elle.

Lavinia courut vers l'escalier.

— Allons interroger les voisins, proposa-t-elle. Avec un peu de chance, l'un d'eux aura aperçu Sally revenir, puis repartir.

Tobias secoua la tête.

— À mon avis, nous perdrons notre temps. Mon informateur m'a assuré que personne ne l'avait revue depuis sa disparition.

— Ton informateur n'a peut-être pas parlé à tout le quartier. Il faut être sérieux, avant d'affirmer quelque chose.

— Jack est quelqu'un de très sérieux.

Elle commença à descendre les marches.

— Je sais que tu trouveras cela difficile à admettre, Tobias, mais les hommes ne pensent pas toujours à tout.

À la grande surprise de la jeune femme, il ne lui chercha pas querelle sur ce point. Il se contenta de la suivre, et ils ressortirent de la demeure.

Lavinia s'arrêta sur le trottoir, pour contempler les deux rangées de maisons qui bordaient la chaussée. Le quartier était calme, à cette heure. La seule personne en vue était une vieille femme habillée d'un gros manteau, qui portait un panier de fleurs. Elle conversait avec un partenaire imaginaire.

— Les roses sont trop rouges, marmonnait-elle. Rouges comme du sang, je vous le dis. Je peux pas vendre des roses aussi rouges. Ça énerve les gens...

Lavinia se dit que cette pauvre vieille était folle. Mais elles étaient des centaines comme elle, dans les rues de Londres.

— Encore une candidate pour l'asile, murmura Tobias quand la vendeuse de fleurs se fut éloignée.

— Peut-être. Mais ce n'est pas elle qui va tuer des innocents.

— C'est vrai.

— Neville est sans doute aussi fou qu'elle. La différence, c'est qu'il est mieux capable de le cacher que cette vieille femme.

Tobias hocha la tête.

— Je dois reconnaître que Neville m'a toujours paru sain d'esprit.

— Ça le rend d'autant plus redoutable.

— Certes. Mais je constate que nous parlons de lui comme si nous étions désormais certains de sa culpabilité. Or, nous ne possédons aucune preuve.

— Tu as raison. Nous allons un peu vite en besogne, admit Lavinia.

Puis, après avoir observé de nouveau les maisons, elle ajouta :

— Les domestiques seront notre meilleure source d'information. J'espère que tu as quelques pièces dans tes poches ?

— Pourquoi est-ce toujours moi qui devrais payer quand nous enquêtons ?

Elle marcha vers la première maison.

— Tu n'auras qu'à donner la note à ton client.

— Si, comme nous le pensons, mon client se trouve impliqué dans cette affaire, je crains de ne pouvoir rentrer dans mes frais. Je suggère plutôt de faire supporter la dépense par *ta* cliente.

Lavinia montait le perron de la maison.

— Ne discute pas inutilement, Tobias, tu me distrais.

Il la rejoignit et lui prit le bras.

— Une précision, avant que tu ne frappes à la porte. Ne laisse pas entendre que tu es prête à payer pour obtenir des renseignements, tant que tu ne seras pas sûre de pouvoir glaner quelque chose. Sinon, nous allons débourser tout notre argent.

— N'oublie pas que j'ai une certaine expérience du marchandage, répliqua la jeune femme, qui frappa.

Une soubrette leur ouvrit. Elle déclara que sa voisine recevait souvent un gentleman, le soir. Mais elle ne l'avait pas vue depuis deux jours.

Lavinia obtint le même résultat à la maison suivante, et à celle d'après.

— C'est raté, lâcha-t-elle finalement, une demi-heure plus tard, après avoir atteint le bout de la rue.

Personne n'a vu Sally. Et pourtant, je suis convaincue qu'elle est revenue chercher ses affaires.

Tobias prit la jeune femme par le bras, tandis qu'ils retournaient vers la petite maison de Sally.

— Peut-être n'est-elle pas revenue ? Neville aura emporté ses vêtements pour faire croire qu'elle est partie en voyage.

— Ça n'a pas de sens, objecta Lavinia. Si c'était le cas, il aurait pris soin de vider la cuisine de ses légumes. Aucune femme sensée ne part en voyage en laissant des denrées périssables chez elle.

— Neville est un gentleman fortuné. Il a toujours été entouré de domestiques. Je parie qu'il n'est pas entré dans une cuisine depuis des années.

— Tu as raison sur ce point. Mais je reste con vaincue que Sally est venue elle-même.

Tobias lui serra un peu plus le bras.

— Ne cherches-tu pas à t'en persuader, parce que tu refuses l'idée que Sally ait pu être assassinée ?

— C'est probable, oui...

— Pourtant, tu ne sais même pas qui elle est, remarqua-t-il. Ce n'est qu'une courtisane, sortie du bordel pour se faire entretenir par Neville.

— Je ne vois pas le rapport.

Il sourit.

— Tu as raison, Lavinia. Il n'y en a aucun.

Tout en marchant, la jeune femme observait distraitement la marchande de fleurs. Celle-ci s'était arrêtée devant la maison de Sally, et son monologue était de plus en plus enflammé :

— Je vous dis, moi, que je peux pas vendre ces roses rouges ! Elles sont comme le sang. Personne n'en veut et...

Lavinia stoppa brutalement, forçant son compagnon à l'imiter.

— La vendeuse de fleurs, murmura-t-elle.

Il suivit son regard.

— Eh bien quoi ? Qu'a-t-elle ?

— Regarde son manteau. Il est beau, n'est-ce pas ? Pourtant, c'est une pauvre femme.

Tobias haussa les épaules.

— Quelqu'un aura eu pitié d'elle et lui aura donné ce manteau.

Elle libéra son bras.

— Attends-moi ici. Je vais lui parler.

— À quoi cela te mènera ? marmonna-t-il dans son dos. Elle est folle à lier.

Lavinia l'ignora. Elle s'approcha doucement de la vendeuse de roses, pour ne pas l'effrayer.

— Bonjour, dit-elle avec chaleur.

La vieille femme se retourna et la fusilla du regard, comme si elle lui reprochait d'avoir interrompu son monologue.

— Je n'ai que des roses sanglantes à vendre, aujourd'hui. Personne n'en veut.

— Avez-vous déjà vendu des roses à la dame qui habite cette maison ?

— Personne ne veut des roses aussi rouges.

Comment arriver à converser avec une folle ? se demandait Lavinia. Cependant, la marchande avait pu échapper à l'asile pour continuer à vendre ses fleurs. Ce qui voulait dire qu'elle devait posséder quelques traces de raison. Lavinia décida de jouer cette carte, en faisant sauter dans sa main les pièces que Tobias lui avait données.

— J'aimerais acheter vos roses, dit-elle.

La vieille femme serra son panier contre son cœur.

— Non ! Personne ne les veut.

Lavinia fit miroiter les pièces.

— Moi, je les veux.

La marchande la considéra soudain d'un air matois.

— C'est pas mes fleurs, que vous voulez.

— Ah non ?

— C'est mon manteau, hein, qui vous intéresse ? Vous voulez pas les roses. Elles sont trop rouges. Mais le manteau, lui, il vous plaît...

— C'est vrai qu'il est très joli, votre manteau...

La vieille femme se rengorgea.

— Et il est à peine taché. Juste un peu de sang sur la capuche.

Mon Dieu, reste calme ! s'adjura Lavinia. Ne l'égare pas en lui posant trop de questions. Reste sur cette histoire de manteau.

— Le mien n'est pas du tout taché. Et si nous échangions ?

— Vous voulez échanger ? s'étonna la femme. C'est drôle. Elle, elle n'en voulait plus à cause du sang. C'est comme pour les roses. Personne n'en veut.

— Pourtant elles me plaisent, à moi...

— Elle aimait bien mes roses, elle aussi, reprit la vieille en contemplant son panier. Mais l'autre soir, elle n'en a pas voulu. C'était à cause du rouge. Elle m'a expliqué qu'elle avait failli mourir.

La jeune femme sentit son cœur s'emballer dans sa poitrine.

— Elle a pu s'échapper ?

La marchande hocha la tête.

— Oui. Mais elle a peur, maintenant. Elle se cache. Elle voulait mon vieux manteau. Parce qu'il n'y avait pas de sang dessus.

Lavinia se défit de son propre manteau et le tendit à la vieille femme, avec les pièces.

— Je vous donne mon manteau et ces pièces en échange du vôtre.

L'autre étudia le vêtement.

— Il a pas l'air neuf.

— Je vous assure qu'il est en excellent état. Et il n'est pas taché de sang.

La vieille femme prit le manteau des mains de Lavinia pour l'observer plus en détail.

— Alors, insista celle-ci. Vous êtes intéressée, oui ou non ?

Le visage de la marchande s'éclaira d'une grimace narquoise.

— Tu crois que je suis folle peut-être, ma fille ? Le manteau que je porte vaut beaucoup plus que celui que tu m'offres. N'essaie pas de m'attraper.

Lavinia s'obligea à cacher sa déception.

— Que voulez-vous d'autre ?

— Ton manteau, l'argent et tes belles bottines.

— Mes bottines ? s'exclama Lavinia. Mais... j'en aurai besoin pour rentrer chez moi !

— T'inquiète pas, ma fille. Je te donnerai mes souliers en échange.

— J'ai révisé mon jugement, se moqua Tobias, tandis qu'il aidait sa compagne à monter dans un fiacre. Cette vieille n'est pas complètement folle. Je crois même que tu t'es fait joliment rouler dans la farine.

Lavinia s'installa sur la banquette et contempla d'un œil morose les chaussures élimées et trouées qu'elle portait à présent.

— Je suis ravie de voir que ça t'amuse. Mes bottines étaient pratiquement neuves.

— Tu n'es pas la seule à avoir perdu au change, pointa Tobias en la rejoignant sur la banquette. Était-il vraiment nécessaire de lui donner le restant de ma monnaie ?

Elle sourit.

— J'ai pensé que, puisque je sacrifiais mon manteau et mes bottines, tu pouvais bien participer.

— J'espère au moins que tu es satisfaite de ton acquisition. Que comptes-tu apprendre de ce vêtement ?

— Je ne sais pas, admit-elle. Mais regarde, il y a une tache bizarre, sur la capuche. Vraisemblablement du sang. Ça pourrait faire penser à une blessure à la tête...

Tobias plissa les paupières pour mieux voir.

— Oui, c'est possible...

— Ce qui conforte ma théorie. Du reste, la vieille m'a bien dit que Sally se cachait, parce qu'elle avait été attaquée et qu'elle avait peur.

— Et on peut supposer que Sally sera partie se réfugier dans les faubourgs dont elle est originaire. D'où son idée de se débarrasser d'un manteau trop voyant, et de l'échanger avec celui de la vendeuse de fleurs.

— Oui, Tobias. Je suis sûre que nous tenons une bonne piste.

Tout en parlant, Lavinia avait plongé ses mains dans les poches du manteau. Elle sentit un morceau de papier lui chatouiller les doigts.

— Nous savons seulement que la dernière maîtresse de Neville a sans doute échappé au sort des autres, rectifia Tobias. Mais cela ne nous avance pas beaucoup. Nous ne savons pas où chercher.

Lavinia contempla le bout de papier qu'elle venait de tirer de la poche du manteau. C'était un ticket d'entrée.

— Au contraire, murmura-t-elle en tendant le papier à son compagnon. Ceci nous ramène tout droit à la galerie de M. Huggett.

19

— Violence et souffrance, commenta Mme Vaughn. Douleur et colère... C'est un mélange étonnant.

C'était dit d'une voix si douce que Lavinia dut tendre l'oreille. Elle se tourna vers Tobias, qui suivait les deux femmes dans leur visite, mais il ne broncha pas. Son attention était fixée sur Mme Vaughn.

Huggett attendait fébrilement près de la porte. On aurait dit un fantôme impatient de retourner dans les ténèbres.

— C'est très désagréable, marmonna-t-il. Ces œuvres n'étaient pas destinées à être vues par des dames. Je vous ai expliqué que la pièce entière est réservée uniquement aux gentlemen.

Tous l'ignorèrent. Mme Vaughn s'approcha de la scène suivante.

— Je ne reconnais pas ces visages, dit-elle, mais je suis sûre d'une chose : ils ont été modelés à même la peau. Vivante... ou morte.

— Vous pensez à des masques mortuaires ? intervint Tobias.

— Je ne peux pas dire. Mais il n'existe que trois façons de travailler la cire. La première, celle que j'utilise, est de modeler la cire comme on sculpterait du bois ou de la pierre. La seconde exige de prendre une empreinte sur une personne vivante et de s'en servir ensuite pour achever l'œuvre. Et la troisième, effectivement, consiste à façonner un masque mortuaire.

Lavinia observa plus en détail le visage de la femme représentée dans la composition.

— Les traits d'un masque mortuaire ne seraient-ils pas plus figés ? On a vraiment l'impression que cette femme est vivante.

— Un artiste maîtrisant parfaitement la cire n'aura aucune difficulté à recréer l'illusion de la vie.

— Ce n'est pas convenable, gémit Huggett depuis sa place. Des ladies ne devraient pas venir ici...

Personne ne lui accorda un regard.

— Et les hommes ? demanda Tobias à Mme Vaughn. Pensez-vous qu'ils aient pu être modelés d'après des cadavres ?

L'artiste haussa les sourcils.

— N'avez-vous pas remarqué que les hommes sont tous inspirés du même modèle ?

Tobias considéra l'un des visages masculins.

— Non, avoua-t-il. Je ne l'avais pas remarqué.

— Moi non plus, renchérit Lavinia, médusée. Mais vous avez raison. Quand on y fait attention, cela saute aux yeux.

— Je pense que les messieurs qui viennent dans cette pièce ne s'intéressent guère aux modèles masculins, observa Mme Vaughn avec humour. Leur attention est occupée ailleurs...

— En revanche, les visages des femmes sont tous différents, dit Lavinia.

— Oui, convint Mme Vaughn. Je suis d'accord.

La jeune femme se tourna vers Tobias avec un regard interrogateur.

— La réponse est non, dit-il. Je ne reconnais aucun de ces visages.

— Et l'homme ?

Il secoua la tête.

— Je ne le connais pas non plus, répliqua-t-il avant de s'adresser à Huggett : Qui vous a confié ces œuvres ?

L'autre sursauta. Il semblait terriblement mal à l'aise.

— Personne, personne... dit-il d'une voix paniquée.

— Vous les avez bien eues de quelqu'un, insista Tobias en faisant un pas vers lui. À moins que vous n'en soyez l'auteur ?

Huggett déglutit péniblement. On sentait qu'il luttait pour garder son calme.

— Non, je ne suis pas un artiste. Je n'aurais pas pu réaliser ces sculptures.

— Alors comment s'appelle celui qui les a faites ?

— Je ne le sais pas, monsieur, je vous jure.

Tobias vint se planter devant lui.

— Dans ce cas, comment les avez-vous obtenues ?

— C'est un arrangement. Quand une œuvre est terminée, je reçois un message qui m'indique de me rendre à une certaine adresse pour en prendre livraison.

— Quelle adresse ?

— Ce n'est jamais la même. En général, un entrepôt près du fleuve. Mais jamais le même entrepôt.

— Combien les payez-vous ?

— Je ne les paie pas, monsieur, c'est ce que j'essaie de vous expliquer. C'est un arrangement : je les obtiens gratuitement, à charge pour moi de les montrer au public.

Tobias désigna la collection d'un geste ample du bras.

— Laquelle de ces œuvres vous a été délivrée en dernier ?

— Celle-là, répondit Huggett en pointant un doigt. Je l'ai eue il y a quatre mois.

Lavinia frissonna en contemplant le visage d'une femme, figé par une espèce d'horreur extatique.

— Et vous n'avez aucune idée de l'identité de l'artiste ? insista Tobias.

— Non, monsieur. Pas la moindre.

Tobias le regarda droit dans les yeux.

— Au prochain message que vous recevrez, avertissez-moi immédiatement. C'est un ordre, compris ?

— Oui, oui, s'empressa d'acquiescer Huggett. Immédiatement.

— Je vous préviens qu'il y a derrière tout cela une histoire de meurtres.

— Je ne veux pas être le complice d'un criminel, assura Huggett. Je ne suis qu'un commerçant.

Lavinia échangea un regard avec Mme Vaughn.

— Je suppose que cela ne vous étonne pas qu'un tel artiste souhaite exposer ?

Mme Vaughn hocha la tête.

— C'est un désir naturel. Mais l'artiste en question doit disposer de revenus qui lui permettent de créer sans se soucier d'avoir à vendre ses œuvres.

— Autrement dit, nous cherchons quelqu'un de relativement fortuné, résuma Tobias.

— C'est évident, approuva Mme Vaughn d'un air songeur. D'autant que des sculptures de cette taille coûtent cher, en matière première.

— J'aurais encore une question à vous poser, madame Vaughn, reprit Lavinia.

— N'hésitez pas, ma chère. Ça ne me dérange pas du tout. Au contraire, je trouve cette expérience très instructive.

— Pensez-vous que l'artiste qui a créé ces œuvres pourrait être celui qui a modelé la figurine que nous vous avons montrée ?

Mme Vaughn n'hésita qu'un court instant avant de répondre.

— Oui, murmura-t-elle. Cela me semble très probable, en effet.

Tobias s'adossa à l'une des colonnes de la ruine d'inspiration gothique, pour contempler la pelouse.

Cette ruine avait été construite une dizaine d'années plus tôt, par un paysagiste qui devait s'imaginer qu'elle donnerait un cachet supplémentaire à cette partie de Hyde Park. Mais la ruine n'avait jamais eu les faveurs du public et les mauvaises herbes s'étaient peu à peu emparées du lieu, lui donnant finalement un air d'authenticité assez amusant.

Tobias aimait cet endroit, il y venait souvent quand il avait besoin de réfléchir et de faire le point. Mais c'était la première fois qu'il laissait quelqu'un l'accompagner dans cette retraite très privée...

La pluie avait cessé depuis peu, et les feuilles des arbres n'avaient pas fini de s'égoutter. Le fiacre qu'il avait hélé en sortant de chez Huggett les attendait un peu plus loin, dans l'allée. Du moins, Tobias l'espérait. Il ne se voyait pas rentrer à pied jusque chez Lavinia. Sa jambe le faisait souffrir, aujourd'hui.

— Nous avons collecté en peu de temps plusieurs indices qui devraient nous aider, dit-il. D'abord, la disparition ou la mort mystérieuse des maîtresses de Neville. Ensuite, ces sculptures de cire. Et aussi la rumeur qu'il existerait une guerre de succession pour reprendre le commandement de la Chambre bleue. Quelque chose me dit que tout est lié.

— C'est aussi mon avis, acquiesça Lavinia, qui s'était adossée au pilier d'à côté, les bras croisés sur la poitrine. Et le lien me semble assez évident.

— Nos clients ?

— L'un et l'autre nous ont menti depuis le début de cette affaire.

Tobias hocha la tête.

— C'est exact.

— L'un et l'autre se servent de nous à des fins qu'ils nous ont soigneusement cachées.

— C'est encore exact.

La jeune femme se tourna vers son compagnon.

— J'estime que le moment est venu de les faire se mettre à table.

— Je suggère de commencer par ta cliente.

Elle soupira.

— Je craignais cette réponse. Joan Dove n'appréciera vraisemblablement pas notre initiative. Elle me renverra sur-le-champ.

Tobias lui prit le bras.

— Si ça peut te rassurer, je n'espère plus récolter un sou de Neville.

— Il ne me restera plus qu'à vendre une autre statue, pour payer mon loyer et les gages de Mme Chilton.

Il sourit.

— Une des qualités que j'adore chez toi, Lavinia, c'est que tu n'es jamais à court d'idées.

Joan Dove était assise sur un sofa tendu de velours rayé, raide comme un piquet.

— Je vous demande pardon, mais que sous-entendez-vous exactement ? dit-elle du ton glacial d'une lady qui n'était pas habituée à ce qu'on l'interroge sans ménagement.

Tobias restait muet. D'un regard, il avait signifié à Lavinia qu'il lui faisait confiance pour se tirer de cette déplaisante ornière. Après tout, c'était sa cliente.

La jeune femme abandonna son fauteuil pour venir se placer devant une des fenêtres. Sa chevelure flamboyante offrait un contraste frappant avec le vert sombre des tentures.

— Il me semblait pourtant que ma question était claire, dit-elle calmement. Je vous ai demandé si vous aviez eu, par le passé, une liaison avec lord Neville. Et si c'était lui qui vous avait séduite, puis répudiée, il y a vingt ans.

Joan ne répondit rien. Le silence glacé s'appesantit.

— Bon sang, Joan ! explosa Lavinia. Vous ne réalisez pas la gravité de la situation ? Nous avons de bonnes raisons de croire que Neville a tué au moins deux de ses anciennes maîtresses. Peut-être plus. Et si la dernière est encore vivante, c'est qu'elle a eu beaucoup de chance.

Joan ne disait toujours rien.

Lavinia se mit à faire les cent pas entre la fenêtre et le sofa.

— Nous savons que Sally Johnson a visité la galerie de M. Huggett, peu de temps avant de disparaître. Il y a, dans cette galerie, une pièce contenant des œuvres très... spéciales. Or, nous pensons que l'artiste qui les a créées est le même que celui qui a modelé la menace de mort que vous avez reçue. Alors maintenant, nom d'un chien, dites-nous toute la vérité !

— Ça suffit ! ordonna Joan, pinçant les lèvres. Vous n'avez pas besoin de me parler sur ce ton. N'oubliez pas que je suis votre cliente.

— Répondez à ma question, insista Lavinia, qui s'était immobilisée au milieu du tapis. Avez-vous eu, oui ou non, une liaison avec lord Neville ?

Joan finit par hocher la tête.

— Vous avez vu juste. C'est bien lui qui m'a séduite, il y a vingt ans.

Sur le coup, personne ne broncha. Puis Lavinia soupira bruyamment.

— J'en étais sûre ! s'exclama-t-elle en se laissant choir dans un fauteuil.

— Mais je ne vois pas en quoi cette vieille histoire aurait un rapport avec les meurtres dont vous me parlez, reprit Joan.

Tobias se tourna vers elle.

— Il semblerait que Neville cherche à se débarrasser de toutes ses anciennes maîtresses. Deux au moins ont été retrouvées mortes. Trois autres auraient subi le même sort. Et la dernière en date a disparu.

Joan fronça les sourcils.

— Pourquoi ferait-il cela ?

— Nous l'ignorons. Il considère sans doute qu'elles savent trop de choses sur son compte.

— Que pourraient-elles savoir qui l'inciterait à les assassiner ?

— Je vais être direct, madame Dove, reprit Tobias. Je suis pratiquement sûr que lord Neville était membre d'une organisation criminelle baptisée la Chambre bleue. Celle-ci était contrôlée par un homme qui se faisait appeler Azur, et qui était aidé de deux lieutenants.

Joan l'écoutait sans trahir la moindre émotion.

— Tout ce que vous me dites est très étrange...

— La Chambre bleue a commencé de sombrer dans l'anarchie après la mort d'Azur, voici environ un an. Et l'un de ses deux lieutenants, Carlisle, est mort en Italie il y a trois mois.

Joan fronça les sourcils.

— Vous en êtes sûr ?

Tobias esquissa un sourire, sans la quitter du regard.

— Oui. Je suis absolument sûr de sa mort.

Elle se tourna vers Lavinia.

— Donc, il ne resterait plus qu'un seul dirigeant de la Chambre bleue, et vous pensez qu'il s'agit de lord Neville ?

— Oui, approuva la jeune femme. Nous en aurions eu la preuve dans le journal intime du valet.

— Mais ce document a été opportunément détruit avant qu'on puisse le lire, compléta Tobias.

— Il est possible que Neville ait tué Félix Holton, poursuivit Lavinia en contemplant ses ongles. Et qu'il ait ensuite détruit le journal, avant de s'arranger pour que Tobias en découvre les restes. Mais il est tout aussi possible que quelqu'un d'autre ait fait cela...

— Qui ? demanda Joan.

Lavinia croisa son regard.

— Vous.

Il y eut un lourd silence.

— Je ne comprends pas, murmura finalement Joan. Pourquoi aurais-je fait cela ?

— Pour préserver l'un des secrets contenus dans ce journal intime.

Les prunelles de Joan brillèrent tout à coup d'une lueur amusée.

— Ma liaison avec Neville ? J'avoue que j'aurais préféré qu'elle ne s'ébruite pas, mais je n'aurais pas été jusqu'à tuer !

— Ce n'est pas la révélation de votre liaison avec Neville qui vous inquiétait, répliqua Lavinia. Mais le fait qu'Azur était en réalité votre mari.

Joan écarquilla les yeux.

— Vous êtes folle !

— Vous l'aimiez passionnément, n'est-ce pas ? reprit la jeune femme sans s'émouvoir. Et vous avez dû être très surprise quand vous avez reçu la première lettre de chantage de Félix, vous expliquant que votre regretté Fielding avait été le chef d'une organisation criminelle. Vous vous sentiez prête à tout pour que cela ne se sache jamais. L'honneur de votre mari et votre réputation étaient en jeu.

L'espace de quelques secondes, toute couleur avait déserté les traits de Joan Dove. Puis elle s'empourpra de colère.

— Comment osez-vous insinuer que mon mari était impliqué dans cette... dans cette Chambre bleue ? Qui êtes-vous pour proférer une telle accusation ?

— Vous m'avez expliqué, une fois, qu'après la mort de votre mari, vous avez mis du temps à démêler les diverses imbrications de votre héritage.

— Mon mari était un investisseur avisé !

— Ses affaires si compliquées auraient pu avoir pour but de cacher ses activités criminelles, fit valoir Tobias.

Joan ferma soudain les yeux.

— Vous avez raison. Félix Holton m'avait envoyé une lettre me menaçant de dévoiler le rôle de Fielding à la tête d'un empire du crime.

Mais, rouvrant les paupières, elle se hâta d'ajouter :

— Simplement, cette menace était basée sur un mensonge.

— En êtes-vous bien sûre ? demanda Lavinia.

— Oui ! assura Joan qui avait maintenant les larmes aux yeux. Ce que vous décrivez n'est pas possible. J'ai vécu avec Fielding pendant vingt ans. Je n'aurais pas pu ne pas savoir quelque chose, s'il avait vraiment été un criminel. Il n'aurait pas pu me cacher cela si longtemps !

— Beaucoup de femmes sont laissées par leur mari dans une totale ignorance des aspects pécuniaires de leur union, objecta Lavinia. Et je ne saurais vous dire combien j'ai connu de veuves qui se sont brutalement retrouvées démunies, parce qu'elles ignoraient tout des finances de leur ménage.

— Je refuse de croire que Fielding était cet Azur dont vous parlez, insista Joan. Avez-vous une preuve de ce que vous avancez ?

— Aucune, admit Tobias. Et Azur est mort. Ça n'a donc plus grande importance de le savoir. En revanche, j'aimerais beaucoup confondre Neville.

— Je comprends, murmura Joan.

— Et de préférence avant qu'il ne vous tue à votre tour, ajouta Lavinia.

Joan écarquilla les yeux.

— Vous pensez réellement que c'est lui qui m'aurait envoyé cette menace de mort ?

— C'est une possibilité, confirma Tobias. Neville n'est pas un artiste, mais il aurait très bien pu payer quelqu'un pour confectionner la figurine que vous avez reçue.

— Mais pourquoi m'avertirait-il de ses intentions ?

— Qui sait comment raisonne un assassin ? Peut-être cherche-t-il d'abord à vous tourmenter. Ou à vous punir d'une certaine manière...

Il s'éloigna de la fenêtre et poursuivit :

— À moins qu'il n'essaie tout bêtement de vous attirer dans une situation où vous serez plus vulnérable que chez vous. Vous êtes entourée d'une petite armée, madame Dove. Vos domestiques sont visiblement entraînés à autre chose que porter des plateaux de petits-fours.

Joan soupira.

— Mon mari était très riche, monsieur March. Il employait des hommes capables de nous protéger.

— Il est possible aussi que Neville vous ait adressé cette menace pour jouer avec vos nerfs, reprit Lavinia. Il espère sans doute que vous finirez par commettre un geste qui vous mettra à sa merci.

— Mais il n'a aucune raison de vouloir ma mort ! s'entêta Joan. Même si c'était déjà un criminel il y a vingt ans, j'ignorais tout de ses activités secrètes.

Tobias secoua la tête.

— Si nos suppositions sont exactes, si vous étiez effectivement l'épouse d'Azur, Neville a de bonnes raisons de penser que vous connaissez trop de dangereux secrets.

Joan croisa et recroisa les mains sur sa jupe.

— Je vous répète que mon mari n'était pas Azur.

Cette fois, Lavinia trouva que la dénégation était prononcée avec moins de conviction.

— Nous suspectons le contraire, dit-elle. Et si nous avons raison, vous êtes en danger.

Joan desserra ses mains.

— Vous croyez réellement que Neville a pu tuer ces femmes ?

— J'en suis de plus en plus convaincu, affirma Tobias. Et je commence même à penser qu'il a voulu conserver des souvenirs macabres de ses meurtres, en faisant exécuter les sculptures qui se trouvent dans la galerie de M. Huggett.

Joan frissonna.

— Quel artiste accepterait de créer de telles œuvres ?

— Quelqu'un qui aurait reçu assez d'argent pour ne pas poser de questions, répondit Lavinia. Ou quelqu'un qui aurait travaillé sous la contrainte.

Il y eut un silence. Ce fut Tobias qui le rompit.

— Je prévois de fouiller la maison de Neville dès ce soir. Cette affaire doit se terminer au plus vite. Il me faut des preuves de sa culpabilité, et je ne vois pas d'autre moyen de les obtenir. En attendant, je vous suggère de ne pas prendre de risques et de rester tranquillement chez vous.

Joan hésita, avant de secouer la tête.

— Les Colchester donnent un bal, ce soir. Je ne peux pas manquer pareil événement.

— Vous êtes sûre de ne pouvoir décliner l'invitation ?

— Impossible. Lady Colchester se considérerait offensée. Je vous rappelle que c'est la grand-mère du fiancé de ma fille. Si elle a un reproche à me faire, elle se vengera sur Marianne.

Tobias vit que sa compagne compatissait et poussa un soupir. De toute évidence, personne ne comprenait mieux la délicate alchimie de fiançailles réussies que quelqu'un nourrissant le même rêve...

— Grands dieux ! s'exclama la jeune femme. Pensez-vous que lady Colchester pourrait obliger le fiancé de votre fille à se dédire ?

Joan fit la moue.

— Je n'en suis pas certaine, mais je refuse de prendre le risque de nuire à Marianne en n'allant pas à ce bal.

Lavinia se tourna vers son partenaire.

— Mme Dove sera escortée par ses domestiques. Et une fois chez les Colchester, il y aura trop de monde autour d'elle pour qu'elle risque quelque chose.

— Je n'aime pas cela, s'obstina Tobias, même s'il savait qu'il parlait dans le vide.

Le visage de Lavinia s'éclaira soudain.

— J'ai une idée !

Il ne put retenir une grimace.

— J'aurais dû m'en douter...

20

Peu de temps après, Tobias raccompagna Lavinia chez elle. La maison de la jeune femme était déserte et silencieuse lorsqu'ils arrivèrent, ce qui arrangeait les plans de Tobias.

— Mme Chilton passe l'après-midi chez sa fille, expliqua Lavinia, qui retira son chapeau. Quant à Emeline, elle assiste à une conférence sur l'Égypte, avec Priscilla et Anthony.

— Je suis au courant. Anthony m'en a parlé.

Après avoir jeté son chapeau et ses gants sur un guéridon, il pivota vers la jeune femme :

— Lavinia, j'ai à te parler...

— Allons dans le bureau. Nous commencerons par allumer le feu. L'endroit sera plus agréable pour se quereller, tu ne trouves pas ?

— Bon sang... marmonna Tobias, qui fut bien obligé de la suivre.

Du reste, elle avait raison. Le petit bureau s'avérait plus agréable que le hall pour une confrontation. Il se sentait même de plus en plus à l'aise dans cette pièce tapissée de livres. Chaque fois qu'il y pénétrait, il avait l'étrange sensation de rentrer chez lui.

C'était absurde, bien sûr.

Alors que Lavinia s'installait à son bureau, il s'agenouilla devant la cheminée – en ignorant les tiraillements de sa jambe – pour allumer le feu.

— Tu es contente de ta trouvaille, n'est-ce pas ? grommela-t-il.

— Sois honnête, Tobias. Proposer à Mme Dove de l'accompagner avec Emeline au bal des Colchester était une solution raisonnable à un dilemme délicat. Elle était de toute façon résolue à se rendre à ce bal. De cette manière, je pourrai avoir l'œil sur elle.

Il secoua la tête, amusé.

— Quand même, quelle chance que Mme Dove n'ait eu aucun mal à obtenir des invitations supplémentaires pour deux amies venues de Bath lui rendre visite...

— Tu as entendu comme moi ce qu'elle a dit. Même si elle n'avait pas pu avoir d'invitations, cela n'aurait pas posé de problème qu'elle arrive avec deux personnes. Le bal des Colchester est trop énorme pour qu'on s'arrête à compter les hôtes.

— Est-ce que tu pourrais jubiler un peu moins, s'il te plaît ? C'est très énervant.

Elle le regarda d'un air de parfaite innocence.

— Je me donne toute cette peine pour protéger ma cliente.

Le feu était parti. Tobias se releva, et sa jambe protesta de nouveau.

— Ne me fais pas croire que ta suggestion n'avait d'autre but que de garder un œil sur Joan Dove. Je te connais trop bien, maintenant. Tu as profité de cette occasion pour faire inviter ta nièce à un grand bal.

Cette fois, Lavinia sourit sans réserve.

— C'est un joli coup, tu ne trouves pas ? Imagine un peu : ce soir, Emeline participera à l'une des plus importantes réceptions de la saison ! Attends que lady Wortham soit au courant. Ça lui apprendra à m'assommer les oreilles de toutes les *faveurs* qu'elle accorde à Emeline.

Tobias, lui aussi, était finalement amusé.

— Je saurai maintenant qu'on ne peut pas lutter contre des femmes décidées à marier leur fille ou leur nièce...

— Sois beau joueur, Tobias. Au moins, nous savons que Joan ne craindra rien ce soir. À supposer que Neville soit assez fou pour tenter de l'assassiner au beau milieu du plus grand bal de la saison.

— Effectivement, ça ne serait pas le plus pratique. Mais quand on sait que Joan Dove ne sort quasiment jamais de chez elle et, si elle le fait, c'est toujours escortée de ses domestiques, quelqu'un qui voudrait vraiment la tuer n'aurait pas trop le choix.

— Ne t'inquiète pas. Je ne la quitterai pas d'une semelle, promit Lavinia.

Puis, posant son menton sur ses mains, elle se fit plus grave :

— Parlais-tu sérieusement, lorsque tu as évoqué ton intention d'aller fouiller la maison de Neville ce soir ?

— Oui. Nous avons besoin de réponses. Et je ne sais pas où les chercher ailleurs.

— Mais si jamais il est chez lui ?

— Neville et sa femme sont rarement à leur domicile avant minuit. Étant donné leur position sociale, ils sortent chaque soir. Et Neville rentre longtemps après sa femme.

Lavinia fit la grimace.

— J'en déduis qu'ils ne prennent pas grand plaisir à être ensemble.

— De ce point de vue, ils ne sont guère différents des autres couples de la bonne société. Mais là n'est pas la question. Je parie sur le fait que la plupart des domestiques des Neville seront sortis pendant l'absence de leurs maîtres, pour pénétrer chez eux sans me faire remarquer.

Voyant qu'elle ne répondait rien, Tobias la regarda.

— Eh bien ? Qu'y a-t-il ?

La jeune femme tapota ses doigts sur le bureau.

— Je n'aime pas ton plan, Tobias.

— Pourquoi donc ?

Lavinia se releva.

— Ce n'est pas la même chose que fouiller la maison de Sally Johnson. Nous avons de bonnes raisons de penser que Neville est un assassin. L'idée de te savoir tout seul chez lui ne me plaît pas du tout.

— Ton inquiétude me touche, Lavinia. Et me surprend. J'ignorais que tu attachais tant d'importance à ma sécurité. J'avais cru comprendre, au contraire, que tu me considérais comme une nuisance...

— Ne plaisante pas avec ça, rétorqua la jeune femme, qui n'avait aucune envie de rire. Nous discutons d'un homme qui a probablement assassiné plusieurs femmes.

— Et commandité le meurtre de Bennett Ruckland, renchérit Tobias.

— Ruckland ? Celui qui a été tué en Italie ?

— Oui.

— Je croyais que c'était Carlisle qui l'avait tué.

— Je suspecte Neville d'avoir chargé Carlisle de s'assurer que Ruckland ne rentrerait jamais en Angleterre.

— Tu as tellement envie de découvrir ces preuves que j'ai peur que tu ne prennes trop de risques, Tobias. Tu devrais emmener Anthony avec toi.

— Non. Je préfère qu'Anthony aille au bal des Colchester. Il t'aidera à surveiller Joan Dove.

— Je peux très bien m'en charger toute seule. Anthony serait plus utile à tes côtés.

Il sourit.

— Ta sollicitude me touche, Lavinia. Console-toi en te disant que, si jamais les choses tournent mal, ce sera entièrement ma faute. Comme d'habitude...

— Bon sang, Tobias ! Tu essaies de noyer le poisson !

— La vérité, c'est que cette conversation me semble totalement inutile.

— Arrête de me provoquer, Tobias, sinon je ne réponds plus de rien.

En disant cela, elle avait serré les poings, et il comprit que sa tentative pour la dérider avait lamentablement échoué.

— Lavinia...

— Je ne plaisante pas. Ceci est une affaire de bon sens.

Il prit le visage de la jeune femme entre ses mains.

— Tu sais bien que lorsque nous sommes l'un avec l'autre, le bon sens n'est jamais notre fort.

Lavinia enroula les doigts sur ses poignets.

— Promets-moi d'être prudent... s'il te plaît.

— Tu as ma parole.

— Promets-moi aussi de ne pas entrer dans la maison s'il y a le moindre soupçon de la présence de Neville.

— Je t'assure que Neville sortira ce soir. Il est même vraisemblable que lui et sa femme fassent une apparition au bal des Colchester. Tu as plus de chances de le voir que moi.

— Ça ne me suffit pas. Jure-moi de ne pas chercher à entrer si quelqu'un est à l'intérieur.

— Je ne peux rien tc jurer de tel.

Elle fit la grimace.

— Je me doutais que tu répondrais cela. Promets-moi au moins...

— Lavinia, je t'ai déjà promis assez de choses pour ce soir. J'aimerais plutôt t'embrasser.

Une lueur brilla dans les prunelles de la jeune femme. Colère, ou désir ? Tobias n'aurait su dire. Mais il préférait la deuxième option.

— Je parlais sérieusement, grommela-t-elle.

— As-tu envie de m'embrasser ?

— Ce n'est pas le sujet de la conversation. Nous parlons des risques que tu vas prendre.

Tobias laissa courir un doigt sur sa joue. La douceur de sa peau le fascinait.

— Embrasse-moi, Lavinia...

La jeune femme posa les mains sur ses épaules, mais il n'aurait su dire si elle cherchait à le repousser, ou au contraire à l'attirer à elle.

— Promets-moi d'être raisonnable, insista-t-elle.

— Non, Lavinia.

Il déposa un baiser sur son front, puis sur son nez, avant d'ajouter :

— Tu ne peux pas me demander cela. Je ne suis pas capable de te le promettre.

— Ne dis pas de sottises. Bien sûr que tu en es capable.

Il secoua doucement la tête.

— Non. Quand il s'agit de toi, je ne suis jamais raisonnable. Et c'est ainsi depuis que je t'ai vue pour la première fois, à Rome.

Elle retint son souffle.

— Tobias, c'est de la folie... Nous nous supportons à peine.

— Parle pour toi. En ce qui me concerne, je tiens de plus en plus à toi, malgré ta propension à me faire sortir de mes gonds.

Elle le dévisagea, interdite.

— Tobias...

Il lui caressa la nuque, là où quelques mèches s'étaient échappées de sa coiffure.

— J'ai envie de toi, Lavinia. Je ne me souviens pas d'avoir jamais désiré autant une femme.

— Merveilleux ! se moqua-t-elle. J'ai toujours rêvé de troubler un homme à ce point.

— Anthony pense que je ne sais pas parler aux femmes. Peut-être pourrais-tu me simplifier les choses en arrêtant de bavasser pour m'embrasser ?

— Tobias March, tu es vraiment impossible !

— C'est la preuve que nous sommes faits l'un pour l'autre. Car toi, tu es la créature la plus impossible que j'aie jamais connue... Alors, ce baiser, ça vient ?

Une lueur passa dans les yeux de la jeune femme. Avant que Tobias ait pu se demander si c'était de la colère ou du désir, elle avait noué les bras à son cou pour l'embrasser.

Il lui rendit son baiser et Lavinia, frissonnante, le serra un peu plus contre lui. L'évidence de son désir enflamma les sens de Tobias.

— Quand je te vois, murmura-t-il, j'ai l'impression d'être sous l'emprise d'une drogue. Une drogue délicieuse, dont je ne me lasse pas d'être dépendant.

— Oh, Tobias...

Il la souleva dans ses bras et, tandis qu'elle l'embrassait de nouveau, il la porta jusqu'au bureau pour l'asseoir dessus. Puis il dégrafa son pantalon et libéra son membre. Lavinia le prit aussitôt dans sa main.

Il ferma les yeux et serra les dents afin de contrôler son désir. Lorsqu'il pensa y être parvenu, il rouvrit les paupières et constata que la jeune femme l'attendait de tout son être. Il lui écarta alors doucement les jambes puis, s'agenouillant à demi, commença par lui embrasser l'intérieur de la cuisse droite, avant de risquer ses lèvres un peu plus loin, vers le but qu'il convoitait.

— Tobias ! s'étrangla-t-elle en enfonçant les mains dans les cheveux de son compagnon. Que... que... Non, tu ne peux pas m'embrasser *là* ! Dieu du ciel, Tobias, ne...

Il l'ignora. Il frôla son bouton de chair du bout de la langue, et elle cessa de parler. Sa dernière protestation se perdit dans un râle de pur plaisir.

Quand il l'eut longuement torturée avec sa langue, Tobias se redressa finalement.

— As-tu appris cela en Italie ? murmura-t-elle dans son cou. On dit que les Français et les Italiens ont un don pour ce genre de choses...

Il jugea que la question pouvait se dispenser d'une réponse. Du reste, il ne se sentait guère en état de mener une conversation sensée.

Il écarta un peu plus les cuisses de la jeune femme et planta solidement les mains sur ses fesses. Lavinia bascula la tête en arrière.

— Ton regard m'ensorcelle, lui dit-il. N'essaierais-tu pas de m'hypnotiser ?

Pour toute réponse, elle lui sourit.

Il s'apprêtait à la pénétrer lorsque, soudain, il entendit des voix résonner dans le hall. Il s'arrêta net.

— Oh, mon Dieu ! murmura Lavinia en se raidissant dans ses bras.

— Bon sang ! Ne me dis pas que...

— J'ai bien peur qu'Emeline ne soit rentrée plus tôt que prévu, confirma-t-elle, au bord de la panique. Dépêchons-nous de nous rhabiller. Elle va entrer ici d'un instant à l'autre !

Le charme était brisé.

Tobias se recula et batailla avec son pantalon, alors qu'elle descendait du bureau et tentait de remettre de l'ordre dans sa toilette.

— Calme-toi, Lavinia. Je suis sûr qu'elle ne s'apercevra de rien.

— Il faut aérer ! s'exclama-t-elle en courant vers la fenêtre, qu'elle ouvrit en grand.

Un courant d'air humide pénétra dans la pièce, et les flammes des chandelles vacillèrent.

Tobias s'amusa de sa réaction.

— Il pleut à verse, au cas où tu ne l'aurais pas remarqué.

Elle le fusilla du regard.

— J'avais remarqué.

Il sourit encore avant de reconnaître, depuis le hall, une voix familière.

— J'ai trouvé que la conférence sur les ruines de Pompéi était un peu faible, disait Anthony.

— C'est aussi mon avis, répliqua Emeline. Je pense que M. Halcomb ne s'est jamais rendu là-bas, et qu'il s'est contenté de fréquenter la bibliothèque du British Museum.

Lavinia était horrifiée.

— Grands dieux, quelle mouche les a piqués ? Si jamais les voisins les ont vus rentrer ensemble dans une maison vide, la réputation d'Emeline est ruinée à jamais.

— Lavinia...

— Je vais tirer ça tout de suite au clair, décréta la jeune femme, en ouvrant la porte du bureau à la volée pour lancer : Que se passe-t-il, ici ?

Emeline et Anthony s'immobilisèrent aussitôt.

— Bonjour, monsieur March, dit Emeline.

— Bonjour, mademoiselle Emeline.

Anthony semblait perplexe.

— Quelque chose ne va pas, madame Lake ?

— N'avez-vous pas le sens commun ? explosa Lavinia. Emeline, laisser M. Sinclair te raccompagner jusqu'à la porte est une chose, mais qu'est-ce qui t'a pris de l'inviter à rentrer alors qu'il n'y avait personne à l'intérieur ?

La jeune fille parut médusée.

— Mais, Lavinia...

— N'as-tu pas réfléchi que les voisins pouvaient vous voir ?

Anthony échangea un regard amusé avec Emeline.

— Si je comprends bien, madame, vous vous inquiétez du fait que j'aurais pu être aperçu rentrant avec Mlle Emeline chez elle, en l'absence de tout chaperon. C'est ça ?

— C'est tout à fait ça, approuva la jeune femme, les mains plaquées sur ses hanches. N'avez-vous pas un seul instant songé à la réputation de ma nièce ?

— Permets-moi de pointer une petite faille dans ton raisonnement, intervint celle-ci.

Lavinia haussa les sourcils.

— Quelle faille, s'il te plaît ?

— La maison n'est pas vide, puisque M. March et toi êtes là.

Il y eut un silence. Tobias se retenait d'éclater de rire, se demandant quand Lavinia comprendrait qu'elle avait réagi trop violemment à la conduite innocente des jeunes gens.

Elle demeura d'abord bouche bée, puis rougit légèrement, avant de se raccrocher au seul argument qu'il lui restait.

— Fort bien, mais tu ne pouvais pas savoir que nous étions ici, Emeline.

— Mais si, nous le savions, répondit Anthony. Le valet de lady Wortham a escorté Emeline jusqu'au perron. Quand elle a ouvert avec sa clé, elle a tout de suite vu le chapeau et les gants de Tobias sur le guéridon de l'entrée, ainsi que votre manteau pendu à la patère. Elle a donc prévenu lady Wortham, qui attendait dans son attelage, que vous étiez là tous les deux, et lady Wortham m'a donné la permission d'entrer, tandis qu'elle-même repartait avec Priscilla.

— Je vois, murmura Lavinia d'une voix blanche.

— Manifestement, tu ne nous as pas entendus arriver dans l'attelage de lady Wortham, commenta Emeline. Pas plus que tu ne m'as entendue lui crier que tu étais là...

— Euh... non, confessa la jeune femme, qui dut s'éclaircir la voix avant de préciser : Nous n'avons effectivement rien entendu du tout. Nous étions... occupés.

— Vous deviez être concentrés sur un sujet d'importance, observa Anthony avec un sourire faussement ingénu. Nous avons quand même fait pas mal de bruit, n'est-ce pas, Emeline ?

— Oui, renchérit celle-ci. Même les voisins ont dû nous entendre.

Lavinia, cramoisie, ouvrit la bouche mais aucun son n'en sortit.

Une petite lueur malicieuse brillait dans les yeux d'Emeline.

— Peut-on savoir sur quoi portait votre conversation, tellement fascinante que vous n'avez rien entendu de notre tapage ?

Lavinia prit une profonde inspiration.

— Nous parlions de poésie.

21

Lavinia et Joan s'étaient réfugiées dans l'embrasure d'une fenêtre pour jouir d'un calme relatif, au milieu de la foule des danseurs. La jeune femme se sentait partagée entre son inquiétude pour Tobias et un sentiment de triomphe. Mais comme elle ne pouvait rien faire, dans l'immédiat, pour alléger ses craintes, elle décida de savourer pleinement son joli coup.

Une réception chez les Colchester était ce qu'elle aurait pu rêver de mieux pour lancer Emeline dans le monde. La salle de bal avait été décorée dans un style antique, avec un mélange de motifs grecs et étrusques dont les dorures brillaient à la lumière des centaines de bougies ornant les lustres à pendeloques. Vêtue de la robe de soie turquoise conseillée par Mme Francesca pour l'occasion, sa nièce paraissait aussi élégante et raffinée que le décor.

— Félicitations, Lavinia, murmura Joan. Le jeune homme qui danse en ce moment avec Emeline est bien placé pour hériter d'un titre.

— Et d'une propriété ?

— De plusieurs, même.

Lavinia sourit.

— Je le trouve charmant.

— Dieu merci, Reginald ne tient pas de ses frères.

— Je ne comprends pas...

Joan eut un hochement de tête entendu.

— Reginald est le troisième fils de lord Bolling. Le premier fut retrouvé mort dans une ruelle derrière un bordel. On n'a jamais identifié son assassin.

— Pourquoi aurait-il été tué ?

Joan haussa légèrement les épaules, avec beaucoup d'élégance.

— Ce n'était un secret pour personne qu'il aimait les très jeunes filles. Certains pensent qu'il a été tué par un parent de l'une de ces jeunes innocentes qu'il débauchait.

— Si c'est le cas, je n'éprouve aucune pitié pour le premier fils Bolling. Qu'est-il arrivé au deuxième ?

— Il fréquentait les tripots, où il buvait beaucoup. Un matin, on l'a retrouvé noyé dans vingt centimètres d'eau.

Lavinia frissonna.

— Drôle de famille.

— Personne n'aurait imaginé que Reginald se retrouverait héritier du titre. Pas même lady Bolling. Ayant considéré qu'elle avait fait son devoir en donnant un héritier à son mari – et, si j'ose dire, un héritier de rechange –, elle a repris sa liberté après la naissance de son deuxième fils.

Lavinia fronça les sourcils.

— Vous voulez dire qu'elle a pris un amant ?

— Oui.

— Et vous pensez que cet amant serait le père de Reginald ?

— Je n'en suis pas certaine, mais j'ai de fortes présomptions. En tout cas, ce cher Reggie ne ressemble pas du tout à ses deux frères.

— Ainsi, le titre et la fortune échoiraient à la progéniture d'un autre homme que lord Bolling... commenta Lavinia, avant de se souvenir que de telles histoires étaient moins rares qu'on ne le pensait.

Dans la bonne société où les mariages se décidaient pour de multiples causes, mais jamais par amour, les naissances illégitimes se mélangeaient allégrement aux légitimes.

— Je pense sincèrement que ça valait mieux, reprit Joan. Le sang des Bolling semble les conduire à leur perte. Lord Bolling a lui-même un penchant prononcé pour le pavot, qui finira par lui coûter cher.

La jeune femme regarda son interlocutrice avec étonnement. Ce n'était pas la première fois, depuis le début de la soirée, que Joan lui racontait des ragots. Peut-être était-ce l'obligation de ne pas trop bouger qui l'incitait à s'épancher ainsi. En tout cas, Lavinia en avait plus appris en une heure sur les scandales de la bonne société qu'en trois mois de présence à Londres.

— Pour une lady qui ne fréquente pas beaucoup le monde, vous m'avez l'air très informée de ce qui se passe, observa-t-elle prudemment.

Joan crispa les doigts sur son éventail.

— Mon mari accordait beaucoup d'importance à connaître tout ce qui aurait pu, d'une manière ou d'une autre, affecter ses affaires. Il avait, par exemple, enquêté sur la moralité de l'héritier Colchester, avant d'accepter de lui donner la main de notre fille.

— C'est bien naturel. Je ferais la même chose si un jeune homme témoignait de l'intérêt pour ma nièce.

— Lavinia...

— Oui ?

— Pensez-vous réellement que mon mari aurait pu me cacher ses activités criminelles pendant si longtemps ?

La soudaine mélancolie de sa compagne émut Lavinia.

— Je pense qu'il vous cachait ses secrets parce qu'il vous aimait énormément, Joan. Sans doute jugeait-il cela plus sûr pour vous.

— En d'autres mots, il cherchait à me protéger ?

— Oui.

Joan sourit tristement.

— Ça ne m'étonne pas de Fielding. Il ne pensait qu'au bien-être de sa femme et de sa fille.

Anthony apparut sur ces entrefaites, une coupe de champagne dans chaque main.

— Avec qui diable danse Emeline, à présent ?

Lavinia prit une des coupes.

— Avec l'héritier Bolling. Vous le connaissez ?

Il jeta par-dessus son épaule un regard aux danseurs.

— Non. Je suppose qu'il a été présenté dans les règles ?

— Bien sûr, répliqua Lavinia qui, prenant pitié du jeune homme, ajouta : Ne vous inquiétez pas, Anthony. Emeline n'a promis sa prochaine danse à personne en particulier. Je suis convaincue qu'elle sera ravie de vous avoir pour cavalier.

Le visage d'Anthony s'éclaira.

— Vous croyez ?

— Puisque je vous le dis !

— Merci, madame Lake, c'est très gentil à vous, répondit-il avant de s'éloigner quelque peu.

Joan se pencha vers Lavinia et baissa la voix.

— Je croyais qu'Emeline avait promis la prochaine danse à M. Proudfoot ?

— Eh bien, je dirai que je me suis trompée en inscrivant les noms sur le carnet de bal de ma nièce.

Joan observa un moment Anthony, qui contemplait silencieusement les danseurs.

— Pardonnez-moi de vouloir vous donner un conseil, Lavinia, mais si vous ne jugez pas M. Sinclair digne d'épouser votre nièce, alors vous êtes cruelle à son égard en l'encourageant à danser avec elle.

La jeune femme poussa un soupir.

— Je sais. Il n'y a ni titre ni argent à espérer de ce côté-là. Mais je vous confesse que, malgré cela, j'apprécie beaucoup ce garçon. Et je suis consciente de leur bonheur quand ils sont ensemble. Je vais laisser une ou deux saisons à Emeline, pour qu'elle puisse sortir et rencontrer le plus de partis possible. Mais, en dernier ressort, c'est elle qui choisira.

— Et si elle choisit M. Sinclair ?

— Ils sont aussi intelligents l'un que l'autre. Mon intuition me dit qu'à eux deux, ils sauront trouver les moyens de ne pas mourir de faim.

La grande maison était plongée dans l'obscurité. Embusqué dans le hall, Tobias resta un moment à écouter. Il entendit un gloussement, suivi d'un rire d'homme. De toute évidence, deux domestiques s'étaient trouvé un passe-temps plus intéressant que de sortir en ville...

Leur présence au rez-de-chaussée ne constituait pas un problème. Un homme de la position de Neville ne fréquentait jamais les quartiers des serviteurs. Il y avait donc peu de chances qu'il y ait caché ses secrets.

Du reste, songeait Tobias en quittant sa cachette, Neville n'avait pas grand-chose à cacher ici. N'était-il pas le maître chez lui ?

— Grands dieux... murmura Lavinia. Je viens d'apercevoir Neville et sa femme.

Joan parut amusée de sa réaction.

— Ça n'est pas très étonnant. Je vous avais dit que tout ce qui comptait à Londres se montrerait ici ce soir, pour ne pas risquer d'offenser lady Colchester.

— J'ai du mal à croire que la vieille dame qui nous a accueillies ait le pouvoir de terrifier toute la bonne société.

— Lady Colchester correspond tout à fait à l'image de la main de fer dans un gant de velours. Mais elle semble réellement aimer ma fille. Je fais des vœux pour que cela continue !

Lavinia songea que, de son côté, lady Colchester n'avait sans doute aucune envie de perdre le fabuleux héritage que Marianne apporterait dans les coffres de sa famille. Mais elle préféra ne pas mentionner une telle évidence devant sa compagne. Plus on s'élevait dans la société, plus les histoires de mariage prenaient des airs d'affaire d'État.

Apercevant de nouveau Neville dans la foule, elle se persuada que c'était une bonne chose qu'il fût là. Tobias pourrait opérer en toute sécurité.

En revanche, elle se demandait ce qui, chez cet homme, avait pu attirer Joan vingt ans plus tôt.

Comme si celle-ci avait lu dans ses pensées, elle commenta :

— Je sais qu'il a aujourd'hui le visage marqué par des années de débauche, mais je peux vous assurer que lorsque je l'ai rencontré, c'était un très, très bel homme.

— Je comprends.

— Avec le recul, je m'aperçois que j'aurais dû deviner l'égoïsme et la cruauté qui perçaient déjà chez lui. Je m'enorgueillis d'être une femme plutôt intuitive. Et pourtant, je n'ai saisi son vrai caractère que lorsqu'il était déjà trop tard... Toutefois, j'ai du mal à l'imaginer tuant des femmes.

— Pourquoi ?

Joan esquissa un sourire.

— Ce n'était pas le genre à aimer se salir les mains, de quelque façon que ce soit.

— Il est souvent difficile de lire dans le cœur d'autrui, quand on n'a pas d'expérience, répondit Lavinia. Me permettez-vous de vous poser une question personnelle ?

— Laquelle ?

Lavinia toussota légèrement.

— J'imagine que, même en sortant peu, vous n'avez pas pu ne pas croiser Neville dans des bals ou des dîners, tout au long de ces vingt années. Comment se passaient ces retrouvailles ?

Joan eut un sourire amusé.

— Vous allez bientôt obtenir la réponse à votre question. Lord et lady Neville viennent vers nous. Voulez-vous que je vous présente ?

Rien.

Tobias referma le livre de comptes de la maisonnée et le rangea dans le tiroir, non sans laisser échapper un soupir de frustration.

Puis il reprit son chandelier et le brandit à bout de bras, afin d'éclairer la pièce. Il avait le sentiment d'avoir fouillé chaque recoin du bureau, sans avoir trouvé le moindre indice qui aurait pu le conduire sur la piste d'une conspiration ou d'assassinats.

Cependant, Neville ne pouvait pas ne pas avoir de secrets. Ils étaient donc cachés ailleurs dans la maison.

C'était une sensation étrange que de se retrouver présentée à un assassin. Lavinia, du reste, se borna à imiter Joan : un froid sourire, accompagné de quelques mots de circonstance, lâchés avec un ennui distingué. Cependant, elle remarqua que Neville avait les yeux rivés sur Joan, qui regardait par terre.

Constance, en revanche, semblait tout à fait ignorante du lien qu'avaient partagé son mari et Joan. Elle se lança dans une conversation animée.

— Vous avez eu raison de fiancer Marianne à l'héritier Colchester, dit-elle. C'est un mariage en or.

— Mon mari et moi étions enchantés de cette union, répondit Joan. Mon plus grand regret est de savoir que Fielding ne pourra pas danser à leur mariage.

— Je comprends, acquiesça Constance avec compassion. Mais au moins aura-t-il eu, avant de mourir, la satisfaction de voir l'avenir de sa fille assuré...

Sans rien perdre du dialogue entre les deux femmes, Lavinia observait Neville à la dérobée. Il avait tourné la tête et semblait regarder quelqu'un avec attention. Son expression était si bizarre que la jeune femme, le plus discrètement possible, fit un pas de côté pour suivre son regard.

Elle eut un haut-le-cœur en constatant qu'il regardait Emeline, qui se tenait un peu plus loin avec Anthony et un groupe de jeunes gens. Comme s'il avait deviné le danger, Anthony se retourna brusquement. Ses yeux s'étrécirent quand il vit Neville.

— Quelle admirable robe, madame Lake ! s'exclama soudain Constance. Je parierais qu'elle sort de l'atelier de Mme Francesca. Sa griffe est unique, n'est-ce pas ?

Lavinia réussit à sourire.

— En effet... Je suppose que vous êtes l'une de ses clientes ?

— Bien sûr, confirma Constance, avant de lui décocher un regard discrètement inquisiteur. Vous dites que vous venez de Bath ?

— Oui.

— Charmante petite ville... Je m'y suis rendue très souvent, pour prendre les eaux.

Lavinia voyait cette conversation très mal partie. Où diable était passé Tobias ? À l'heure qu'il était, il aurait dû en avoir terminé chez Neville et l'avoir rejointe au bal...

Tobias s'était résolu à pénétrer dans la chambre de Neville. Il posa son chandelier sur la table de chevet et commença à fouiller méthodiquement la pièce.

Dix minutes plus tard, il trouva une lettre dans l'un des tiroirs de la penderie. Il la prit et revint vers la table de chevet, pour la lire à la lumière du chandelier.

La lettre était adressée à Neville et signée de Carlisle. En fait, c'était un rapport détaillant la liste de toutes les dépenses engagées pour une certaine « action » à Rome.

Tobias ne tarda pas à comprendre qu'il avait sous les yeux la facture de l'assassinat de Bennett Ruckland.

Neville prit sa femme par le bras.

— Si ces dames veulent bien nous excuser... Je crois avoir aperçu Bennington près de l'escalier, et j'aurais voulu lui dire un mot.

— Mais bien sûr, faites, murmura Joan.

Neville entraîna sa femme avec lui parmi la foule des invités.

Lavinia les suivit du regard, et ne tarda pas à constater que Neville ne prenait pas du tout la direction de l'escalier. Il abandonna Constance près d'un groupe de femmes qui conversaient non loin de l'entrée, puis repartit seul vers l'autre bout de la pièce.

— Eh bien, lui dit Joan, maintenant vous avez votre réponse. Vous savez comment on se comporte en société avec son ancien amant, qui est peut-être aussi un assassin.

— Vous avez fait comme si rien ne s'était passé entre vous.

Joan sourit tristement.

— Exactement.

Tobias enfouit la lettre dans sa poche, éteignit le chandelier, puis repartit vers la porte. Il attendit un moment derrière le battant puis, n'entendant aucun bruit dans le couloir, l'ouvrit doucement pour quitter la chambre.

Plutôt que de prendre le grand escalier, il préféra emprunter celui réservé aux domestiques, qui débouchait sur l'autre extrémité du couloir. Il descendit les marches à pas de loup, s'arrêta de nouveau en bas. Le rez-de-chaussée baignait dans un profond silence. Les deux domestiques qu'il avait entendus à son arrivée s'étaient probablement endormis, ou s'étaient trouvé une occupation qui ne les incitait plus à rire ni à glousser. Tobias opta pour la seconde solution.

Il se dirigea vers la porte de derrière. Elle donnait sur une serre, séparant la maison du jardin qu'il devait traverser pour regagner la ruelle par laquelle il était venu. Il ouvrait la porte, quand une silhouette bougea soudain dans l'ombre du hall. Le peu de clair de lune qui pénétrait par la porte ouverte lui permit de repérer l'éclat d'un canon de pistolet dans la main de l'homme.

— Arrête-toi, voleur ! cria celui-ci en tirant.

Tobias se jeta à terre et passa la porte dans une roulade, pour atterrir dans la serre, au pied d'un gros pot en terre. Sa jambe gauche le brûlait, mais il était sûr de ne pas avoir reçu la balle. C'était juste la douleur habituelle, aussi l'ignora-t-il.

L'homme se rua vers la porte grande ouverte. Tobias eut juste le temps de se relever pour l'esquiver. Sa jambe le faisait atrocement souffrir, mais ce n'était pas le moment de flancher.

Emporté par son élan, l'homme atterrit contre une table chargée de diverses variétés d'orchidées. Son pistolet lui échappa et disparut dans la pénombre. Tobias voulut en profiter pour fuir, mais l'autre se lançait déjà à sa poursuite, les bras tendus devant lui.

— Je t'aurai ! rugit-il.

L'obscurité était presque totale. Tobias réussit cependant à distinguer un gros pot, rempli d'une fougère. Il s'en saisit et l'abattit violemment sur la tête de son agresseur, au moment où celui-ci s'apprêtait à le saisir. L'homme s'écroula par terre.

La serre se trouva alors plongée dans un grand silence. Tobias demeura immobile, à l'affût. Il n'entendit ni cris ni bruits de pas. Au bout d'un moment, il se décida à quitter la serre pour traverser le jardin. Deux minutes plus tard, il émergeait dans la ruelle et s'empressait de rejoindre la grande rue.

Malheureusement, aucun fiacre n'était en vue. Il serait obligé de marcher jusque chez les Colchester...

Au moins, il ne pleuvait pas. C'était déjà ça.

22

— Zut de zut ! Où est-il passé ? s'impatienta Lavinia, qui s'était dressée sur la pointe des pieds. Je ne vois plus Neville... Et toi, Emeline ?

Sa nièce, plus grande qu'elle, n'eut pas besoin de décoller ses talons du plancher pour arriver au même constat.

— Il est peut-être passé dans la salle du buffet ?

Lavinia secoua la tête.

— La dernière fois que je l'ai aperçu, il y a moins de cinq minutes, il discutait avec un valet. J'ai peur qu'il n'ait quitté le bal.

— Je ne vois pas ce que cela aurait de surprenant, intervint Joan. Ce genre de réception finit toujours par ennuyer les gentlemen. À l'heure qu'il est, Neville doit être en route pour une salle de jeu. Ou une maison de plaisir, afin de se chercher une nouvelle maîtresse.

Lavinia se remémora la capuche ensanglantée du manteau de Sally.

— Quelle idée angoissante...

— Calmez-vous, lui dit Joan. Vous êtes très nerveuse, depuis une demi-heure.

Parce que je m'inquiète au sujet de Tobias, songea Lavinia.

Mais pas question, bien sûr, de l'avouer à haute voix. Cependant, il n'y avait pas de raison particulière de s'affoler de la disparition de Neville. Joan avait probablement raison. Il était parti s'amuser ailleurs.

Toutefois, elle était furieuse de l'avoir perdu de vue...

Anthony se matérialisa soudain devant elles. Il tenait cette fois un verre de limonade, qu'il tendit à Emeline.

— Avez-vous vu Neville au buffet ? lui demanda Lavinia.

— Non, répondit-il en se retournant pour observer la foule des invités. J'ai croisé lady Neville en chemin, mais pas son mari. Pourquoi ?

— Il a disparu.

Le visage d'Anthony s'assombrit.

— Vous en êtes sûre ?

— Oui, et je n'aime pas ça, confessa Lavinia. Il est presque une heure et demie du matin. Tobias aurait dû en avoir terminé depuis longtemps et nous avoir rejoints ici.

— C'est aussi mon avis, acquiesça Anthony.

— Dire que je lui avais recommandé de vous emmener avec lui !

Il hocha la tête.

— Vous m'en avez déjà parlé une bonne dizaine de fois depuis le début de la soirée.

— Il ne m'écoute jamais.

Anthony sourit.

— Si cela peut vous réconforter, Tobias n'écoute personne. Il a pour habitude de faire ce qui lui plaît.

— Ça n'est pas une excuse. Il a un peu trop tendance à oublier que nous sommes associés, dans cette affaire. Il devrait tenir compte de mes conseils. Mais j'entends bien lui dire deux mots, dès qu'il se décidera à se montrer.

— Sa fouille lui aura pris plus de temps que prévu... Je pourrais prendre un fiacre pour aller voir s'il se trouve toujours chez Neville. Et sinon, je ferais un saut à son club. Qui sait ? Il a pu faire un crochet là-bas, pour discuter avec un ami.

Lavinia comprit qu'elle n'était pas la seule à s'inquiéter. Anthony s'obligeait à paraître détaché, mais au fond de lui il ne devait pas en mener large.

— C'est une excellente idée, dit-elle. Avec le monde qui est ici, les fiacres doivent attendre en nombre dans la rue.

Anthony paraissait soulagé d'avoir laissé la jeune femme décider pour lui.

— J'y vais tout de suite, décréta-t-il en tournant les talons.

Emeline le retint par la manche.

— Vous me promettez d'être prudent ?

— Bien sûr.

Il prit la main de la jeune fille et la baisa respectueusement.

— Ne vous inquiétez pas, Emeline. Je ferai très attention.

Puis, se tournant vers Lavinia, il ajouta :

— Je suis sûr que tout ira bien, madame Lake.

— Si j'apprends que M. March a préféré passer à son club plutôt que de venir ici, tout n'ira pas très bien, rétorqua-t-elle.

Le jeune homme s'éloigna dans un éclat de rire.

— Vous croyez vraiment que les recherches de M. March auraient pu mal tourner ? demanda Joan.

— Je ne sais pas quoi penser, avoua Lavinia. Mais son retard, conjugué au départ de Neville, m'inquiète.

— Vous avez tort de relier les deux. Neville ne pouvait savoir que M. March se trouvait chez lui ce soir.

— C'est la manière dont il a disparu juste après avoir parlé à ce valet qui m'intrigue. Comme s'il avait reçu un message, l'enjoignant de quitter le bal au plus vite.

— Cette attente devient intolérable ! intervint Emeline. Que pouvons-nous faire ?

— Surtout rien, répliqua Joan avec autorité. Comportez-vous au contraire comme si tout allait bien. Vous n'avez pas promis votre prochaine danse à M. Geddis ? Il vient justement vers nous...

Emeline soupira à fendre l'âme.

— Comme si j'avais le cœur à danser ! Je ne vois pas comment je pourrais faire la conversation à M. Geddis, quand je me ronge les sangs pour Anthony.

— Je crois savoir que M. Geddis dispose de quinze mille livres de rente annuelle, commenta sobrement Joan.

Lavinia faillit avaler son champagne de travers. Elle sourit à sa nièce :

— Tu devrais faire un petit effort pour danser avec ce monsieur, ma chérie. C'est même très vivement recommandé...

— Pourquoi ?

— Pour donner l'illusion que tout va bien, comme l'a suggéré Joan... Va danser avec lui, ainsi que le ferait n'importe quelle jeune fille.

— Si tu insistes...

Emeline s'obligea à sourire au beau jeune homme qui s'était immobilisé devant elle. Après lui avoir baisé la main, il l'entraîna sur la piste.

Lavinia se rapprocha de Joan.

— Quinze mille livres de rente, dites-vous ?

— D'après la rumeur, oui.

Lavinia regardait les deux jeunes gens danser.

— Il a l'air charmant. Pas de drames, dans cette famille-ci ?

— Pas que je sache.

— Parfait.

— Mais je crains qu'il n'ait aucune chance contre Anthony... fit valoir Joan.

— J'ai bien peur que vous n'ayez raison.

La valse s'arrêta quelques minutes plus tard, immobilisant Emeline et son cavalier à l'autre bout de la salle. Lavinia consulta sa montre en attendant le retour du couple.

— Calmez-vous, lui répéta Joan pour la énième fois. Je suis sûre que M. March ne court aucun danger. Il sait se protéger.

La jeune femme songeait à la jambe de Tobias.

— Mais il prend parfois trop de risques.

Joan paraissait songeuse tout à coup.

— Vous tenez beaucoup à lui, n'est-ce pas ?

— Je n'aimais pas son plan d'aller fouiller tout seul la maison de Neville. En fait, je...

Elle s'interrompit net en reconnaissant celui qui venait de se placer sur le chemin d'Emeline et de M. Geddis.

— Juste Ciel...

— Qu'y a-t-il ? s'inquiéta Joan. Que se passe-t-il ?

— Pomfrey ! Regardez-le. Je parie qu'il va réclamer une danse à Emeline.

Joan suivit le regard de Lavinia.

— Vous avez raison, dit-elle. J'espère qu'il n'a pas bu. Pomfrey est capable du pire, quand il est ivre.

— J'en sais quelque chose. Mais je ne peux pas le laisser commettre un autre scandale. Pas chez les Colchester.

Et, refermant son éventail d'un claquement sec, elle quitta sa compagne.

— Attendez-moi ici. Je reviens.

— Soyez prudente, Lavinia, l'avertit Joan. Lady Colchester ne tolérera pas le moindre éclat...

Lavinia ne répondit pas. Elle se fraya un passage à travers la foule des invités, perdant de vue son objectif chaque fois qu'un gentleman corpulent lui barrait le chemin. Lorsqu'elle atteignit enfin l'autre bout de la salle, elle vit avec soulagement qu'Emeline avait la situation en main. Pomfrey s'éloignait déjà, et il ne s'aperçut même pas de l'arrivée de la jeune femme.

Emeline rayonnait.

— Tout va bien. Pomfrey souhaitait simplement s'excuser pour l'autre soir.

— Il n'est jamais trop tard pour bien faire, commenta Lavinia en suivant du regard Pomfrey qui disparaissait dans la foule.

Emeline sourit à son cavalier intrigué.

— Merci, monsieur.

— Ce fut un plaisir de danser avec vous, mademoiselle, répondit Geddis avant de prendre congé.

— Je le trouve vraiment charmant, commenta Lavinia, pensive.

— Ne dis pas ça d'un air navré.

— Viens. Joan nous attend.

Mais quand les deux femmes eurent retraversé la foule des invités, Lavinia constata avec horreur que Joan ne se trouvait plus à l'endroit où elle l'avait quittée.

— Mon Dieu ! Elle a disparu ! lâcha-t-elle, tout à coup paniquée.

— Je suis sûre qu'elle n'est pas loin, assura Emeline. Elle ne serait pas partie sans te prévenir...

Lavinia se saisit d'une chaise et grimpa dessus sans façon.

— Je te dis qu'elle est partie ! Je ne la vois plus nulle part.

Un valet, qui passait par là, la regarda avec étonnement.

— Peut-être a-t-elle voulu passer dans un salon ? suggéra Emeline.

Lavinia descendit de la chaise et attrapa le valet par la manche.

— N'avez-vous pas vu une dame en robe gris argent ? Elle était ici il y a quelques minutes.

— Oui, madame. Je lui ai remis un message et elle est partie.

Les deux femmes échangèrent un regard.

— Quel message ? demanda Lavinia.

Le domestique semblait dérouté par sa véhémence.

— J'ignore ce qu'il disait, madame. C'était écrit sur un morceau de papier que je n'ai pas lu. On m'avait simplement demandé de le lui remettre.

— Qui vous a donné ce message ?

— Un des portiers engagés pour la réception, madame. Et lui-même ne m'a pas dit qui lui avait remis le message.

Lavinia pivota vers sa nièce.

— Je vais chercher de ce côté de la pièce. Prends l'autre. Nous nous retrouverons à la sortie.

— D'accord, répondit Emeline, qui tournait déjà les talons.

Lavinia la retint par le bras.

— Ne quitte la salle de bal sous aucun prétexte, Emeline. C'est bien compris ?

La jeune fille hocha la tête, avant de disparaître parmi la foule.

Lavinia commença elle-même à chercher de son côté. Puis elle s'avisa qu'elle verrait mieux depuis la galerie surplombant la salle de bal, et se fraya un chemin vers l'escalier qui y menait.

La galerie permettait en effet d'embrasser toute la salle. Elle s'agrippa à la balustrade et se pencha pour mieux regarder. Mais, au bout de quelques minutes, elle dut se rendre à l'évidence : Joan avait bel et bien disparu. Qu'avait donc pu contenir ce mystérieux message, qui l'avait incitée à quitter la réception ?

La jeune femme se tourna alors vers les fenêtres donnant sur le parc et en ouvrit une. La lumière provenant de la maison éclairait les buissons les plus proches, mais tout le reste des jardins était plongé dans l'obscurité. On ne distinguait, un peu plus loin, qu'une sorte de monument en pierre. Probablement un hommage de lady Colchester à son défunt mari.

Lavinia allait abandonner ses recherches, quand soudain elle crut remarquer un mouvement, près d'une haie. Elle reconnut l'éclat d'une jupe en satin. Même si elle ne pouvait voir qui la portait, le fait que la femme fût seule suffit à l'intriguer.

Elle pensa un moment appeler, mais il était peu probable que Joan – si c'était bien elle – puisse l'entendre à cette distance, surtout avec le brouhaha de la musique et des conversations.

Elle se précipita alors vers l'escalier, pour redescendre de la galerie. Au bas des marches, elle avisa un domestique qui portait un plateau chargé de coupes de champagne.

— Par où puis-je sortir dans le parc ?

— Juste à droite, madame. Vous avez une porte-fenêtre donnant sur la terrasse.

— Merci.

La porte-fenêtre était fermée. Elle l'ouvrit et se rua sur la terrasse, qu'elle trouva déserte. La nuit était fraîche, et les invités n'avaient sans doute pas envie de mettre le nez dehors.

Lavinia ne savait où aller. Mais elle songea que, si la silhouette qu'elle avait aperçue avait continué dans la même direction, elle avait dû atteindre le monument en pierre. C'était un repère assez visible pour constituer un point de rendez-vous idéal dans ce vaste parc.

La jeune femme décida donc de prendre elle aussi cette direction. Elle releva ses jupes, dévala les marches de la terrasse et se mit à courir à travers les pelouses jusqu'au monument. Déjà, le bruit de la musique commençait à diminuer dans son dos.

Elle contourna un buisson plus grand qu'elle, avant de se retrouver face au monument. C'était une construction circulaire, entourée d'une colonnade. L'intérieur ressemblait à un antre caverneux, plongé dans une obscurité inquiétante.

Soudain, Lavinia aperçut une forme bouger près de l'entrée, comme une chauve-souris géante, puis disparaître presque aussitôt. Ce ne pouvait pas être Joan. Plutôt un homme. Et en tout cas, vêtu d'un grand manteau.

Elle se cacha derrière le buisson pour guetter. Le froid la piquait, mais heureusement son attente fut de courte durée. Joan émergeait d'une allée. Elle s'arrêta un instant près d'une des colonnes du monument, puis repartit vers l'entrée.

— Joan, non ! cria Lavinia, qui courait déjà vers elle. Ne rentrez pas à l'intérieur !

Joan sursauta, et se retourna.

— Lavinia ? Que...

Il y eut un mouvement à l'entrée du monument.

Lavinia, qui avait rejoint Joan, la tira à l'écart par le bras.

— Regardez !

Une silhouette, portant un chapeau et un grand manteau, surgit du monument pour se fondre dans l'obscurité du parc. Un rayon de lune éclaira furtivement, dans sa main, ce qui ressemblait à une barre de fer.

— N'essayons même pas de le poursuivre, murmura Joan. Quelque chose me dit que M. March n'approuverait pas cette initiative...

23

— Un seul motif pouvait m'inciter à quitter la salle de bal sans vous en avertir, Lavinia, expliqua Joan. J'ai reçu un message m'informant que la vie de ma fille était en danger, et je devais retrouver l'auteur de ce message dans le monument du jardin pour avoir plus de détails. J'ai paniqué et je suis sortie sur-le-champ.

— À aucun moment vous n'avez pensé que ce message était un prétexte pour vous attirer dans un traquenard ? demanda Tobias.

Lavinia, assise en face de lui, le fusilla du regard, mais il n'en tint pas compte. Il savait que son ton était un peu rude, mais il se moquait d'offenser la sensibilité de Mme Dove.

En fait, Tobias était d'une humeur exécrable. Quand il était arrivé, un quart d'heure plus tôt, au bal des Colchester, avec Anthony qui l'avait récupéré en fiacre, il avait failli exploser en découvrant que Joan et Lavinia avaient disparu. C'était Emeline qui l'avait empêché de provoquer un scandale mémorable : la jeune fille avait repéré Joan et sa tante traversant le jardin pour revenir vers la maison.

Dès que tout le monde avait été réuni, il avait ordonné un départ immédiat, réquisitionnant pour la circonstance l'attelage de Joan, laquelle n'avait opposé aucune résistance. Ils s'étaient alors tous entassés dans le véhicule : Joan, Emeline, Anthony, Lavinia et lui-même.

Une fois l'attelage en route, Lavinia avait résumé les événements survenus pendant le bal, et dans le parc. Tobias en avait aussitôt oublié sa satisfaction d'avoir découvert la lettre chez Neville. Il était furieux d'apprendre que Joan s'était mise en danger, et qu'en plus elle avait fait courir les plus grands risques à Lavinia.

— Je ne suis pas complètement idiote, monsieur March, répliqua Joan en regardant par la vitre de la portière. J'ai bien senti que ce message pouvait être un piège. Mais il parlait de menace planant sur la vie de ma fille. Je n'avais d'autre choix que d'obéir.

— C'est parfaitement compréhensible, approuva Lavinia. N'importe quelle mère aurait agi de la sorte. Et pas seulement une mère, d'ailleurs... ajouta-t-elle en considérant Tobias. Qu'aurais-tu fait, toi, si tu avais reçu un message te disant qu'Anthony était en danger ?

Il ravala un juron. La réponse à cette question ne faisait aucun doute pour tout le monde. Sans parler d'Anthony, s'il avait reçu un message lui indiquant que Lavinia risquait la mort, il se serait précipité sans réfléchir. Mieux valait ne pas continuer la conversation dans cette voie. De toute façon, la jeune femme avait clairement pris le parti de sa cliente.

— Il est évident, reprit Lavinia qui préférait elle aussi dévier la conversation, que Neville a tiré toutes les ficelles. Je ne serais pas étonnée que ce soit lui qui ait incité Pomfrey à s'excuser, uniquement pour créer une diversion.

Emeline fronça les sourcils.

— Penses-tu qu'il se serait arrangé pour se faire apporter un message ?

— Je ne vois pas d'autre solution. Ce premier message lui donnait une bonne excuse de quitter le bal. Si quelqu'un s'était inquiété de son absence, plusieurs témoins auraient pu jurer l'avoir vu partir après avoir reçu un message.

— Mais il est sorti par la grande porte, fit remarquer Anthony.

— Parce qu'il lui fallait récupérer son chapeau et son manteau, répondit Lavinia. Et aller chercher dans sa voiture le tisonnier qui lui servirait d'arme...

Emeline hocha la tête.

— Oui, tout se tient. Il n'a dû avoir aucune difficulté à revenir ensuite sur ses pas, en passant par les jardins, sans que personne ne le remarque. Il faisait froid, les invités étaient tous à l'intérieur.

— Et quand on aurait retrouvé mon corps, rien n'aurait pu relier Neville à ce crime, murmura Joan.

Lavinia ne put s'empêcher de frissonner, ce qui n'échappa pas à Tobias.

— De toute façon, intervint Anthony, il ne vous aurait peut-être pas laissée ici. Il vous aurait tirée jusqu'à sa voiture, pour vous jeter dans le fleuve où vous auriez rejoint ses autres maîtresses.

Joan le regarda bizarrement.

— Quelle imagination fertile, jeune homme !

Anthony baissa les yeux, embarrassé.

— Excusez-moi...

Elle esquissa un sourire ironique.

— Puisque nous en sommes aux hypothèses, on peut aussi imaginer qu'il aurait confié à son artiste la réalisation de mon masque mortuaire. Et j'aurais fini dans la galerie de M. Huggett...

Pendant quelques secondes, plus personne ne pipa mot. Puis Joan se tourna finalement vers Tobias, le regard sombre.

— Je suis bien obligée de constater que Lavinia et vous aviez raison, dans votre analyse. Neville est effectivement un assassin, et sans doute l'un des membres de cette Chambre bleue dont vous m'avez parlé. En revanche, j'ai encore du mal à croire que mon mari ait pu être le chef de cette organisation criminelle... Quoi qu'il en soit, Neville doit considérer que j'en sais trop et qu'il lui faut me réduire au silence.

Une demi-heure plus tard, l'attelage déposait Lavinia chez elle, avec Tobias, Emeline et Anthony. Le cocher repartit aussitôt, pour reconduire Joan à son domicile.

Lavinia invita tout le monde dans son bureau. Elle s'assit la première, derrière sa table de travail, tandis qu'Emeline prenait un fauteuil et qu'Anthony se chargeait de rallumer le feu. Tobias, lui, alla droit au cabinet à liqueurs.

À la façon dont il marchait, la jeune femme en déduisit que sa jambe le faisait particulièrement souffrir. Mais ce n'était guère étonnant.

— Pensez-vous que Joan dise la vérité quand elle prétend avoir tout ignoré des agissements criminels de son mari ? demanda Anthony, sans s'adresser à quelqu'un en particulier.

Tobias déposa pour Lavinia un verre de cognac sur le bureau, et but une gorgée du sien.

— Qui peut le savoir, pour l'instant ? Il est vrai que les gentlemen discutent rarement de leurs affaires avec leurs épouses. Comme le disait Lavinia, les veuves sont souvent les dernières à apprendre l'état des finances du ménage. Il est tout à fait possible que Fielding Dove ait tenu sa femme dans l'ignorance.

— Elle savait, lâcha Lavinia.

Tout le monde se tourna vers elle, médusé.

Elle haussa les épaules.

— C'est une femme intelligente. Elle aimait profondément son mari et ils étaient manifestement très proches l'un de l'autre. Elle ne pouvait pas ignorer, ou du moins suspecter, que son mari et Azur ne faisaient qu'un.

Emeline hocha la tête.

— Je suis d'accord.

— Quoi qu'il en soit, elle ne l'admettra jamais, intervint Tobias.

— C'est compréhensible, répliqua Lavinia. À sa place, je ferais tout pour cacher la vérité.

— Par peur des ragots ? demanda-t-il, amusé.

— Non. Joan Dove est parfaitement capable d'affronter les mauvaises langues.

— C'est aussi mon avis, approuva Tobias.

— En revanche, il existe d'autres raisons qui peuvent conduire une femme à tout faire pour protéger la réputation de son mari...

Tobias haussa un sourcil.

— Lesquelles ?

Lavinia contempla un moment son verre avant de répondre.

— L'amour, par exemple. La dévotion.

Il hocha la tête.

— Oui, bien sûr...

Il y eut un autre silence. Cette fois, ce fut Emeline qui le rompit.

— Vous ne nous avez pas encore dit ce que vous aviez découvert chez Neville, monsieur March.

Tobias vint poser son coude sur le manteau de la cheminée.

— J'ai trouvé une lettre qui implique Neville dans la mort de Bennett Ruckland. Il a payé Carlisle pour que celui-ci le tue à Rome.

Anthony siffla entre ses dents.

— Alors, cette affaire est enfin terminée !

Tobias avala une rasade de cognac.

— Presque.

Lavinia fronça les sourcils.

— Que veux-tu dire ?

Il pivota vers elle.

— Je crois que le moment est venu de t'expliquer les dessous de cette histoire...

La jeune femme hocha la tête.

— En effet.

— Bennett Ruckland était un passionné d'antiquités grecques et romaines. Pendant la guerre contre les Français, il a passé beaucoup de temps en Espagne et en Italie. À l'occasion, ses pérégrinations lui permettaient de collecter des renseignements utiles à la Couronne.

— Quelle sorte de renseignements ?

Tobias fit tournoyer le cognac dans son verre.

— Par exemple, il lui arrivait d'entendre des bruits concernant les routes suivies par les troupes napoléoniennes, ou la localisation de leur intendance. Ce genre de choses.

— En d'autres termes, il faisait office d'espion, résuma Emeline.

— Oui, acquiesça Tobias. Son contact en Angleterre, l'homme à qui il rapportait toutes ces informations, était lord Neville.

Lavinia sursauta.

— Bonté divine !

— Neville était supposé les transmettre ensuite aux autorités compétentes. Ce qui était souvent le cas, du reste.

— Mais pas toujours...

— En effet. Cependant, Ruckland n'a découvert la vérité qu'après la fin de la guerre. Il y a environ un an, il est retourné en Italie, poursuivre ses fouilles. Pendant qu'il était là-bas, l'un de ses anciens contacts l'a informé du sort d'une cargaison navale, expédiée depuis l'Espagne par les Français, et dont la destination finale était Paris. Ruckland avait pu obtenir le plan de route du vaisseau.

— En quoi consistait cette cargaison ? s'enquit Emeline. Des fournitures pour l'armée ?

— Non. Bien plus précieux que cela : des vestiges romains. Napoléon était très friand d'antiquités. Il avait d'ailleurs emmené avec lui un grand nombre de savants dans sa conquête de l'Égypte.

— Tout le monde sait cela, intervint Anthony. La pierre de Rosette se trouvait dans leur butin.

— Continue ton histoire, Tobias, l'encouragea Lavinia. Quelle sorte d'antiquités contenait ce vaisseau ?

— Uniquement des objets de très grande valeur. En particulier une collection de bijoux romains, que Napoléon avait récupérés dans un couvent espagnol.

— Que s'est-il passé ?

— Le vaisseau a disparu durant sa traversée, expliqua Tobias. Ruckland en avait conclu que Neville s'était arrangé pour faire intercepter le bateau et le dérouter vers l'Angleterre. D'une certaine manière, c'est bien ce qui s'est passé.

Lavinia fronça les sourcils.

— Que veux-tu dire ?

— Que le bateau est arrivé en Angleterre, mais sans sa cargaison. Après avoir parlé à son ancien informateur, l'année dernière, Ruckland a commencé à suspecter Neville d'avoir dérobé le trésor pour son propre compte. Il s'est mis à enquêter discrètement. Une découverte en a amené une autre, et ainsi de suite...

Lavinia hocha la tête.

— Ruckland a fini par découvrir l'existence de la Chambre bleue.

— Oui. N'oubliez pas qu'il avait une grande expérience de l'espionnage. Il savait comment enquêter sans se faire remarquer. Et il disposait toujours d'un solide réseau d'informateurs.

— Qu'a-t-il appris sur Neville ? questionna Emeline.

— Beaucoup de choses. Par exemple, que Neville ne s'était pas contenté de voler des trésors, mais qu'il avait aussi vendu en plusieurs occasions des renseignements militaires de la plus haute importance aux Français.

— Neville était un traître à sa patrie ? s'étrangla Lavinia.

— Oui. Un traître, doublé d'un voleur en cheville avec la pègre. Lui aussi avait des informateurs. On lui a dit que Ruckland enquêtait sur son compte. Il a alors chargé Carlisle de le supprimer. Cette affaire lui a coûté dix mille livres.

Lavinia en resta bouche bée.

— Dix mille livres ? Pour tuer un homme ? Mais c'est une fortune ! Alors qu'il existe des tueurs à gages dans n'importe quelle grande ville, qui feraient ça pour une poignée de pièces...

— Certes. Mais les dix mille livres n'étaient pas destinées à payer seulement l'assassinat de Ruckland. Carlisle savait que Neville était prêt à débourser n'importe quelle somme pour obtenir son silence.

La jeune femme hocha la tête.

— Je vois. Un criminel qui en fait chanter un autre... Une situation plutôt ironique, non ?

— Sans doute, admit Tobias. En tout cas, Neville a probablement été très soulagé d'apprendre que Ruckland ne le gênerait plus. Une fois cet obstacle levé, il pouvait se consacrer à son ambition de prendre le contrôle de la Chambre bleue.

Anthony se tourna vers Lavinia.

— Mais ce que Neville ignorait, c'est que Ruckland avait déjà révélé ses soupçons à certains gentlemen très haut placés. Aussi, quand on a appris sa mort à Rome, personne n'a cru qu'il avait été assassiné par des rôdeurs qui souhaitaient lui voler sa bourse, ainsi qu'on l'a raconté.

— Ah ! fit Lavinia en tapant du plat de la main sur son bureau. Je le savais ! Je savais que tu m'avais caché une partie de la vérité. Neville n'était pas ton client, n'est-ce pas ?

Tobias haussa les épaules.

— Tout dépend de l'angle sous lequel on considère la situation.

Elle pointa vers lui un index accusateur.

— Ne finaude plus, Tobias. Qui t'a engagé pour enquêter sur la mort de Ruckland ?

— Un homme répondant au nom de Crackenburne.

La jeune femme s'adressa à Emeline.

— Je t'avais bien dit que Tobias jouait un double jeu, n'est-ce pas ?

Sa nièce sourit.

— Effectivement, tante Lavinia. Je me souviens de t'avoir entendue dire cela.

Lavinia reporta son attention sur Tobias.

— Comment alors es-tu entré en relation avec Neville ?

— Quand le bruit s'est répandu que le journal intime du valet de Carlisle circulait depuis la mort de celui-ci, j'ai vu une opportunité de coincer Neville. Je l'ai approché en lui expliquant que j'étais un mercenaire à la recherche d'argent, que je pouvais l'aider à retrouver le document et faire taire les ragots.

— Neville voulait à tout prix récupérer ce journal, ajouta Anthony. Il ignorait ce qu'il contenait exactement, mais redoutait que toute la vérité à son sujet n'y soit révélée.

— Je pense que, peu après, il a reçu lui aussi une lettre de chantage de la part de Félix, reprit Tobias. Il est parvenu à le localiser, comme toi et moi, mais il est arrivé le premier, a tué Félix et s'est emparé du journal.

— Évidemment, il pouvait difficilement te l'avouer, compléta Lavinia. Donc, il t'a laissé continuer ton enquête, et lorsqu'il a jugé que le moment était venu, il s'est arrangé pour que tu retrouves le journal. Mais réduit en cendres.

— Oui.

La jeune femme croisa le regard de Tobias.

— Quand lord Neville rentrera chez lui, cette nuit, il saura qu'il y a eu un intrus. Le gardien avec lequel tu t'es battu lui dira forcément.

— Ça ne fait pas l'ombre d'un doute.

— Et Neville te suspectera aussitôt. Il en conclura que toi aussi, tu sais désormais trop de choses... Il faut mettre un terme à cette affaire, Tobias. Et tout de suite. Cette nuit même.

Tobias termina son cognac et reposa le verre sur le manteau de la cheminée.

— Figure-toi que j'étais arrivé exactement à la même conclusion.

24

Une lampe à gaz éclairait le perron du bordel, mais son halo lumineux n'allait guère plus loin que les marches. Tapi dans l'ombre du porche voisin, Tobias surveillait la porte et la vit s'ouvrir.

Neville apparut. Il s'arrêta, le temps de remonter le col de son manteau, avant de descendre les marches en regardant devant lui. Il semblait pressé de rejoindre l'attelage qui l'attendait sur la chaussée. Le cocher, drapé dans une grande cape de laine grise, patientait, immobile et silencieux.

Tobias sortit de l'ombre.

— Je vois que vous avez reçu mon message, lança-t-il.

Neville se retourna dans un sursaut.

— Bon sang, March ! Vous m'avez fait peur... Oui, j'ai reçu votre message, mais je pensais aller vous retrouver à mon club. Que se passe-t-il ? Vous avez identifié l'assassin de Félix Holton ?

— Je suis fatigué de ce petit jeu, Neville, répliqua Tobias.

L'autre s'esclaffa bruyamment.

— De quoi parlez-vous donc, mon ami ?

— Tout va se terminer cette nuit. Il n'y aura plus d'autres meurtres.

— Que veut dire cette farce ? M'accuseriez-vous de meurtre ?

— De plusieurs meurtres, précisa Tobias. Dont celui de Bennett Ruckland.

Neville recula d'un pas et sortit la main de sa poche, révélant le pistolet qu'il tenait.

— Ruckland ? Vous êtes fou, mon pauvre ami. Je n'ai rien à voir avec sa mort. J'étais ici, à Londres, quand on l'a tué. Et je peux le prouver.

— Je sais que vous avez commandité ce meurtre, répliqua Tobias.

Il contempla un bref instant le pistolet que Neville pointait sur lui, avant de croiser à nouveau son regard.

— Quand vous rentrerez chez vous, tout à l'heure, reprit-il, vous apprendrez que quelqu'un a visité votre maison en votre absence.

Neville fronça les sourcils, interloqué. Avant de comprendre et d'exploser de rage.

— Vous !

— Oui, moi. Et j'ai trouvé une lettre gravement compromettante.

Neville paraissait dérouté.

— Une lettre ?

— Adressée à vous et signée par Carlisle. Elle établit, sans nul doute, votre responsabilité dans la mort de Ruckland.

— Non, c'est impossible, rétorqua Neville. Totalement impossible...

Et, se tournant vers son cocher, il éleva la voix pour le héler :

— Sortez votre arme et pointez-la sur cet homme. Il me menace.

— Bien, monsieur.

Le cocher entrouvrit son manteau, et le canon d'un autre pistolet brilla au clair de lune.

Neville avait repris de sa superbe. Il savait pouvoir compter sur son cocher.

— Montrez-moi donc cette fameuse lettre que vous prétendez avoir trouvée chez moi, lança-t-il à Tobias.

Celui-ci ignora la requête.

— Juste par curiosité, j'aimerais savoir combien d'argent vous avez amassé grâce à vos trafics ? Et combien de soldats sont morts, à cause des secrets militaires que vous avez vendus à Napoléon ?

— Vous ne pouvez rien prouver. Rien. Vous essayez de m'effrayer, mais vous n'y arriverez pas. Il n'existe aucune trace écrite de mes tractations avec les Français. Elles ont toutes été détruites, comme cette lettre que vous dites avoir trouvée.

Tobias esquissa un sourire.

— Et pourtant, cette lettre existe bel et bien. Je l'ai remise à un gentleman qui l'a jugée fort intéressante...

Neville parut à nouveau décontenancé.

— Non !

— Dites-moi, Neville, pensez-vous vraiment pouvoir assumer le rôle de maître de la Chambre bleue ?

Cette fois, Neville se laissa emporter par la rage.

— Bon sang, March ! Je *suis* le nouveau maître de la Chambre bleue !

— Vous avez tué Fielding Dove, n'est-ce pas ? Cette brutale fièvre qui l'a emporté à la campagne, c'était du poison, je présume ?

— Je devais me débarrasser de lui. Dove avait découvert mes agissements avec les Français, et ça l'avait rendu furieux.

— Dove était peut-être un criminel, mais au moins il était loyal envers sa patrie. Il n'aurait pas supporté votre trahison.

Neville haussa les épaules.

— Pourtant, pendant la guerre, il n'était pas très regardant sur la façon dont Carlisle ou moi alimentions les caisses de l'organisation. On a gagné beaucoup d'argent en fournissant l'armée en munitions et provisions diverses.

— Les affaires sont les affaires. Mais Azur n'aurait pas toléré de faire du profit en vendant les secrets de la nation. J'imagine qu'il ne voulait plus de vous au sein de la Chambre bleue ?

Neville crispa ses doigts sur le pistolet.

— C'est exact. Heureusement, j'ai pu apprendre à temps qu'il m'avait condamné à mort, et je suis passé à l'action le premier. Je n'avais pas le choix. C'était un réflexe de survie.

— Bien sûr.

— J'avais l'avantage de la surprise. Fielding ignorait que j'étais averti de son verdict contre moi. Cela dit, je ne m'en serais sans doute pas sorti aussi facilement quelques années plus tôt. Mais Azur commençait à vieillir. Il n'avait plus la même autorité.

— Êtes-vous réellement capable de diriger une organisation comme la Chambre bleue ?

Neville redressa l'échine.

— Azur, maintenant, c'est moi. Sous ma conduite, la Chambre bleue deviendra encore plus forte que lorsque Fielding en avait le commandement. D'ici un an ou deux, je serai l'homme le plus puissant d'Europe.

— Napoléon caressait la même ambition. Voyez où ça l'a mené...

— Je ne ferai pas l'erreur de m'engager dans la politique. Je me cantonnerai aux affaires.

— Combien de femmes avez-vous tuées ?

Neville se raidit.

— Que savez-vous là-dessus ?

— Que vous avez assassiné plusieurs jeunes femmes innocentes.

— Bah ! Elles n'étaient plus innocentes depuis longtemps. Ce n'étaient que des catins. Reniées par leurs familles. Personne ne s'est soucié de leur mort.

— Cependant, vous ne pouviez vous résoudre à leur disparition complète. Vous vouliez un trophée de votre crime. Comment s'appelle l'artiste que vous avez payé pour réaliser les figures de cire exposées chez M. Huggett ?

Neville ricana.

— Ah, vous êtes au courant de ça, aussi ? Je dois dire que vous m'impressionnez, March. Je ne vous imaginais pas si talentueux.

— Vous n'aviez nul besoin de tuer ces femmes, Neville. Elles ne représentaient pas une menace pour un homme dans votre position. Personne ne les aurait écoutées. Personne n'aurait osé accorder foi à leur parole contre celle d'un gentleman.

— Ces petites catins sont plus intelligentes qu'on ne le pense. Et elles en savaient trop. Un homme se montre parfois bavard, quand il a un peu bu et qu'il tient une jolie fille dans ses bras.

— Mais vous n'avez pas pu les réduire toutes au silence. Sally, par exemple...

Neville s'assombrit.

— Cette garce a réussi à s'échapper, en effet. Mais on finira bien par la retrouver. Elle ne pourra pas se cacher éternellement dans les bas-fonds.

— Elle n'est pas la seule à s'en être sortie. Joan Dove a pu survivre.

Neville fronça les sourcils.

— Alors, même pour elle, vous savez ? Rien ne vous a échappé, March. Vous êtes allé chercher profondément. Si profondément que vous avez creusé votre propre tombe...

— Vous aviez raison de craindre Joan. Elle est intelligente, riche, et bien gardée. Ce soir, elle n'était pas sur ses gardes. Vous avez failli réussir. Mais elle ne commettra pas la même erreur une seconde fois.

Neville grimaça de dégoût.

— Joan ne vaut pas mieux que les autres. Ce n'était plus qu'une catin, quand j'en ai eu fini avec elle. Et pas très douée au lit. Je n'ai jamais compris pourquoi Fielding l'avait épousée. Avec sa fortune et son pouvoir, il aurait pu choisir l'héritière qu'il voulait.

— Sauf qu'il l'aimait...

— Oui, et ce fut sa seule faiblesse. C'est pour cela que je dois me débarrasser d'elle, comprenez-vous ? Ils étaient trop proches l'un de l'autre pour qu'elle n'ait pas fini, en vingt ans de mariage, par tout savoir de la Chambre bleue et de son organisation.

— Inutile de vous inquiéter de ce que peut savoir ou non Joan Dove, dit Tobias. Pour vous, l'histoire s'arrête là, de toute façon. Maintenant, si vous le permettez, mon associé et moi allons prendre congé de vous.

— Votre associé ?

— Ici ! lança Anthony en soulevant le chapeau qui dissimulait ses traits. À la place de votre cocher.

— Damnation ! s'exclama Neville.

Il pointa son pistolet sur cette nouvelle cible, avant de se souvenir que le jeune homme était armé. Pendant ce temps, Tobias sortit une arme de sa poche.

— Il vous reste deux solutions, Neville, dit-il tranquillement. Soit vous rentrez chez vous maintenant, et on vous arrêtera demain matin. Soit vous vous enfuyez cette nuit et vous ne revenez jamais.

Anthony ricana.

— Le choix est passionnant, n'est-ce pas ?

Neville tremblait de rage impuissante, tandis que son regard fixait tour à tour les deux armes pointées sur lui.

— Maudit bâtard, gronda-t-il finalement à l'adresse de Tobias. Vous m'avez joué depuis le début de cette affaire. Vous vouliez me détruire.

— Je n'y aurais pas réussi tout seul, répondit Tobias. On m'a aidé.

— Ne croyez pas avoir gagné. Je suis le maître de la Chambre bleue, ne l'oubliez pas. J'ai plus de pouvoir que vous ne l'imaginez. J'aurai votre peau.

— Cette menace m'inquiéterait beaucoup si je n'étais pas convaincu que demain matin, vous serez soit en prison, soit en fuite vers la France.

Neville lâcha un juron, avant de tourner les talons et de disparaître dans la nuit. Ses bottes résonnèrent quelques minutes sur les pavés, puis ce fut le silence.

— Veux-tu que je le prenne en chasse ? demanda Anthony.

Son beau-frère rengaina le pistolet dans la poche de son manteau.

— Non. C'est le problème de Crackenburne, maintenant. Plus le nôtre.

Le jeune homme regardait l'endroit où Neville s'était fondu dans l'obscurité.

— Tu as oublié de dire qu'il lui restait une troisième solution. Celle de se tirer une balle dans la tête. Un gentleman de sa position n'a souvent pas d'autre choix, pour épargner à sa famille le scandale d'un procès.

— Je suis convaincu que les envoyés de Crackenburne, s'ils découvrent Neville chez lui demain matin, lui exposeront la situation en des termes encore plus directs.

Crackenburne replia son journal dès que Tobias s'assit en face de lui.

— Neville n'était pas chez lui quand Bains et Evanstone ont sonné à sa porte ce matin, déclara-t-il sans préambule, la mine sombre. Ses domestiques ont expliqué qu'il avait quitté Londres très tôt, pour se rendre dans une de ses propriétés à la campagne.

Tobias fut frappé de voir, pour la première fois, un éclat de colère briller dans les yeux de Crackenburne, d'habitude toujours si flegmatique.

— Calmez-vous, monsieur. Mon petit doigt me dit qu'il n'ira pas loin.

— Bon sang, March ! Je vous avais prévenu que je n'aimais pas votre idée de cette confrontation en pleine nuit. Était-il vraiment nécessaire de lui donner un avertissement ?

— N'oubliez pas que les preuves contre lui sont très minces. Il n'y a que cette lettre, or il pourrait prétendre qu'elle a été falsifiée. Je voulais entendre de ses lèvres la confirmation de toute l'histoire.

— Résultat, vous avez obtenu votre confession, mais nous avons perdu notre proie. Je crains que nous n'apprenions bientôt qu'il vit confortablement à Paris ou à Rome. L'exil ne peut constituer un châtiment suffisant pour ses crimes. Un pareil diable mérite l'enfer !

— C'est terminé, assura Tobias. Il ne fera plus de mal, désormais, et c'est quand même l'essentiel.

25

Le minuscule cottage, construit derrière les entrepôts, semblait ne pas avoir été habité depuis plusieurs années. La peinture des volets s'écaillait, et les boiseries des fenêtres étaient mangées par l'humidité. Mais la poignée de la porte d'entrée prouvait que l'endroit était régulièrement fréquenté. En effet, celle-ci n'était pas rouillée.

Lavinia frissonna. Si près du fleuve, l'humidité de l'air se faisait encore plus sentir. Elle désigna la façade de la maison.

— Es-tu sûr que c'est la bonne adresse ? demanda-t-elle.

Tobias examina à nouveau le petit plan crayonné par Huggett.

— C'est forcément là. Il n'y a que des entrepôts alentour, c'est la seule maison du quai.

— Bon.

La jeune femme n'avait pu cacher sa surprise lorsque Tobias, une heure plus tôt, était venu sonner à sa porte pour lui expliquer qu'il venait de recevoir un mot de Huggett. Le message était bref, mais précis.

Monsieur March,

Vous m'avez dit l'autre jour être disposé à payer pour obtenir des renseignements sur un certain artiste. Allez visiter la maison dont je vous indique ci-dessous l'adresse au moyen d'un dessin. Je pense que vous obtiendrez de son occupant les réponses qui vous intéressent. J'ose espérer que vous n'aurez pas oublié votre promesse, et que vous apporterez ma récompense à la galerie.

Bien à vous,

P. Huggett.

Tobias replia le plan et s'avança vers la porte.

— Ce n'est pas verrouillé, constata-t-il.

Sortant un pistolet de sa poche, il ajouta :

— Écarte-toi, Lavinia.

— Je doute fort que M. Huggett nous ait tendu un piège, objecta-t-elle. Il tient trop à sa prime.

Toutefois elle s'exécuta, comme Tobias le lui demandait, se plaçant sur la gauche pour ne pas servir de cible, au cas où quelqu'un tirerait à travers le battant.

— C'est aussi mon avis, répondit-il. Mais je ne veux courir aucun risque. Depuis le début, cette histoire ne nous réserve que des surprises.

Y compris toi, songea Lavinia. De toutes les surprises, tu es sans doute la plus extraordinaire...

Tobias s'adossa une seconde au mur, avant de se ruer sur la porte et de l'ouvrir à la volée. Seul le silence et la trop familière odeur de la mort semblaient régner dans le cottage.

La jeune femme resserra son manteau sur elle.

— Oh, mon Dieu... J'espérais tellement qu'il n'y aurait plus de cadavres dans cette affaire.

Tobias jeta un coup d'œil à l'intérieur, avant de se décider à ranger son arme. Puis il franchit le seuil, Lavinia sur les talons.

— Ce n'est pas la peine que tu entres, lui dit-il sans se retourner.

Elle déglutit péniblement.

— C'est Neville ?

— Oui.

Lavinia le regarda s'enfoncer à l'intérieur. Elle-même resta sur le seuil. De toute façon, de là où elle était, elle en voyait déjà bien assez. Tobias s'était agenouillé devant le corps de Neville, étendu en travers du parquet. Une flaque de sang s'était coagulée sous sa tête. Un pistolet traînait par terre, à quelques centimètres de sa main droite. Plusieurs mouches voletaient dans l'air.

La jeune femme détourna prestement les yeux. Elle repéra alors un objet volumineux, posé dans un coin de la pièce et recouvert d'une bâche.

— Tobias...

Il se retourna, l'air sévère.

— Qu'y a-t-il ? Je t'ai dit de ne pas entrer.

— Il y a quelque chose, là-bas. Je pense avoir deviné ce que c'est.

Elle pénétra dans le cottage et marcha tout droit jusqu'à l'objet mystérieux. Son compagnon ne dit rien. Il la regarda soulever la bâche.

Ils découvrirent en même temps la sculpture de cire inachevée. Il s'agissait encore d'une femme et d'un homme engagés dans un acte sexuel, comme pour les œuvres exposées chez Huggett. Le visage de la femme n'était pas terminé.

Tout le matériel de l'artiste était soigneusement rangé sur une table voisine. Et les braises rougeoyantes de la cheminée attestaient que l'on avait fait récemment du feu pour fondre la cire.

— Voilà du travail bien propre, commenta Tobias. L'assassin s'est tué lui-même.

— Du moins, ça y ressemble. Mais pour l'artiste ?

Il étudia la sculpture inachevée plus en détail.

— Nous pouvons déjà conclure qu'il n'y aura plus d'autres commandes pour la galerie privée de M. Huggett.

Elle frissonna.

— Je me demande quel genre de pression Neville exerçait sur cet artiste... Penses-tu qu'il pourrait s'agir de l'une de ses anciennes maîtresses ?

— J'ai peur que nous ne connaissions jamais la réponse à cette question. Mais c'est peut-être aussi bien. Je suis impatient d'en finir avec cette affaire.

— Ainsi, c'est terminé, se félicita Joan. Je suis heureuse d'apprendre la bonne nouvelle.

Elle recevait Lavinia en tête à tête dans un petit salon, dont le parquet était recouvert d'un somptueux tapis bleu et or.

— M. March s'est assuré que le scandale serait réduit au minimum, indiqua Lavinia. On fera croire que Neville avait depuis quelque temps de gros problèmes financiers et que, dans un moment de désespoir, il a préféré mettre fin à ses jours. Ce sera dur pour sa femme et sa famille, mais pareille rumeur vaut encore mieux qu'une double accusation de meurtre et de trahison.

— Ce sera moins dur pour sa femme quand elle apprendra que les finances de son mari n'étaient, au bout du compte, pas si mal en point, commenta Joan avec un certain cynisme. Mon petit doigt me dit que lady Neville sera soulagée de savoir qu'elle n'est pas ruinée.

— C'est évident. Mais le client de M. March a bien précisé que le scandale ne serait pas étouffé seulement pour éviter de nuire à la famille de Neville. En fait, la Couronne n'a aucune envie qu'on sache que des traîtres ont pu agir impunément pendant autant d'années. Mieux vaut donc faire comme si rien ne s'était passé.

Joan s'éclaircit discrètement la voix.

— Et... pour ce qui est des rumeurs qui pourraient laisser croire que mon mari a été le maître d'une organisation criminelle ?

Lavinia esquissa un sourire rassurant.

— D'après M. March, ces rumeurs n'auront pas lieu d'être. Elles sont mortes dans l'œuf, avec le décès de lord Neville.

Le visage de Joan s'éclaira.

— Merci, Lavinia.

— De rien. Cela faisait partie de notre travail.

Joan se saisit de la théière.

— Voyez-vous, je n'aurais jamais pensé que Neville serait le genre d'homme à se suicider. Pas même pour protéger l'honneur de son nom.

— On ne sait jamais ce que peut faire un homme dans des circonstances désespérées.

— C'est vrai, admit Joan, qui versait maintenant le thé avec élégance.

Puis, reposant la théière, elle regarda son interlocutrice droit dans les yeux.

— Lavinia, je vous suis très reconnaissante de tout ce que vous avez fait pour moi.

La jeune femme haussa les épaules d'un air modeste.

— Vous m'avez généreusement rétribuée pour mon enquête, et en prime vous m'avez présentée à votre couturière. Je m'estime largement dédommagée.

— Il n'empêche. Je me considère comme votre débitrice. S'il y a quoi que ce soit que je puisse faire pour vous, n'hésitez surtout pas à me contacter.

— Entendu, Joan. Merci.

Lavinia relisait Byron quand Tobias lui rendit visite, le lendemain.

Il lui proposa une promenade dans Hyde Park. La jeune femme acquiesça, referma son livre de poésie, prit son chapeau et sa pelisse, et ils sortirent ensemble.

Ils n'échangèrent pas un mot avant d'avoir atteint les ruines gothiques, où ils s'étaient déjà rendus une fois. Tobias s'assit à côté de sa compagne sur un banc de pierre et resta un moment à contempler le paysage. Le brouillard qui avait sévi toute la matinée s'était enfin dissipé, laissant le soleil pointer quelques rayons et réchauffer l'atmosphère.

Tobias, en fait, se demandait par où commencer...

Mais ce fut Lavinia qui parla la première.

— Je suis allée voir Joan, hier matin. Elle s'est montrée très soulagée du dénouement et m'a beaucoup remerciée de notre discrétion. Elle m'a aussi généreusement payé mes honoraires.

Il hocha la tête.

— De son côté, Crackenburne a veillé à ce que les miens soient versés dès demain sur mon compte.

— C'est toujours agréable d'être dédommagé de sa peine.

Tobias contemplait les massifs de fleurs éparpillés sur la pelouse.

— Oui.

— Maintenant, c'est vraiment terminé...

Il ne répondit rien.

Lavinia coula un regard de son côté.

— Quelque chose ne va pas ?

Tobias se tourna vers elle.

— Le dossier Neville est refermé, oui. Mais j'ai le sentiment que tout n'est pas réglé entre nous.

Elle haussa les sourcils.

— Que veux-tu dire ? Si tu n'es pas content des honoraires de Crackenburne, c'est ton problème. C'était à toi de t'entendre sur un prix avec lui. N'attends pas que je te reverse une partie de l'argent que m'a donné Joan.

C'en était trop. Tobias perdit son sang-froid et saisit la jeune femme par les épaules.

— Bon sang, Lavinia ! Il ne s'agit pas d'argent !

Elle cligna des yeux.

— Tu en es sûr ?

— Sûr et certain.

— Dans ce cas, à quoi faisais-tu allusion ?

Il chercha les mots justes.

— Je trouve que nous avons fait du bon travail, tous les deux. Notre association s'est révélée plutôt bénéfique...

— N'est-ce pas ? C'est presque étonnant, quand on se rappelle comment cela avait commencé.

— Tu veux parler de notre rencontre devant le cadavre de Félix Holton ?

— Non. Je pensais à cette fameuse nuit, à Rome, où tu as détruit ma boutique.

— À mon avis, il y a surtout eu un malentendu, cette fois-là.

Elle s'esclaffa.

— Un malentendu qui m'a obligée à changer de métier ! Mais je dois reconnaître que ma nouvelle profession s'avère plus intéressante que l'ancienne.

— C'était précisément de cela que je voulais discuter avec toi aujourd'hui. Je suppose que, malgré mes conseils, tu souhaites poursuivre dans cette voie ?

Lavinia hocha résolument la tête.

— Plus que jamais. Le métier de détective privé est stimulant pour l'esprit. Sans compter que ça peut rapporter gros.

— Je me doutais que tu allais me répondre cela. Comme je me doute que tu seras vite amenée à t'apercevoir qu'une nouvelle alliance entre nous pourrait se révéler très utile.

— Tu le crois vraiment ?

— Je suis persuadé que nous pourrions nous être mutuellement d'une grande aide.

— Comme collègues ?

— Oui. Je suggère que nous reconduisions notre association dès que l'opportunité s'en présentera, résuma-t-il.

— Des associés, murmura-t-elle d'une voix songeuse. Peut-être...

Tobias crut qu'il allait devenir fou. Mais il s'obligea à garder son calme.

— Est-ce que tu pourrais au moins réfléchir à ma proposition ?

— Mais je compte y réfléchir très sérieusement, le rassura Lavinia.

Il l'attira dans ses bras.

— Je me contenterai de cette réponse pour l'instant, chuchota-t-il contre ses lèvres.

La jeune femme lui prit le visage entre ses mains gantées.

— C'est vrai ?

— C'est vrai. Mais je dois avouer que je ferai tout ce qui est en mon pouvoir pour te convaincre de répondre positivement.

Sur ces mots, il la débarrassa de son chapeau, qu'il posa sur le banc. Puis il lui ôta ses gants, l'un après l'autre, avant de lui prendre la main droite pour en embrasser tendrement la paume.

Lavinia murmura son nom, si doucement qu'il l'entendit à peine. L'instant d'après, elle enfouit les mains dans sa chevelure et l'embrassa sur la bouche. Tobias la serra alors très fort contre lui. Reprenant le contrôle de la situation, il s'empara de ses lèvres et sentit sa compagne s'abandonner à lui.

En même temps qu'il continuait de l'embrasser, il insinua une main sous les jupes de la jeune femme, qui en frissonna de plaisir. De son côté, Lavinia lui avait dénoué sa cravate et déboutonné sa chemise, pour pouvoir lui caresser le torse.

Leur audace à tous les deux les stupéfiait. D'autres promeneurs auraient pu passer par là et les apercevoir...

— Lavinia... murmura-t-il d'une voix rauque. Tu me rends fou...

Elle se lova contre lui.

— Était-ce à ce genre d'arguments que tu faisais allusion, quand tu parlais de tout mettre en œuvre pour m'encourager à te donner une réponse positive sur notre future association ?

— Hmm... oui, répliqua Tobias en lui caressant les cheveux. Trouves-tu cela convaincant, comme argument ?

Le sourire de Lavinia illumina tellement son visage, qu'il crut se perdre dans le miroitement de ses prunelles.

— Oui, je dirais que c'est assez convaincant... Et je te promets, comme je l'ai déjà dit, de réfléchir *très* sérieusement à ta proposition.

26

Lavinia étudiait d'un œil critique son reflet dans le miroir du salon d'essayage.

— Ne trouvez-vous pas le décolleté un peu trop prononcé ?

Mme Francesca s'esclaffa.

— Pas le moins du monde ! Ce décolleté est juste assez ouvert pour attirer le regard dans la bonne direction. C'est une robe qui pose des questions, mais n'apporte pas les réponses...

Lavinia se contempla de nouveau.

— Si vous êtes sûre de vous...

— Sûre et certaine. Faites-moi confiance, madame. Les robes, c'est ma partie.

Faisant soudain la grimace, la couturière ajouta :

— En revanche, je ne me souvenais pas d'avoir dessiné deux rangs de fleurs brodées, dans le bas. Un seul suffisait. Vous n'êtes pas assez grande pour en supporter deux.

Et, se tournant vers l'une de ses assistantes qui attendait sagement en retrait, elle dit :

— Molly, allez me chercher mon carnet de croquis. Je veux vérifier sur l'original.

— Bien, madame, répondit Molly, qui s'éclipsa aussitôt.

Lavinia, qui se fixait toujours dans le miroir, esquissa un sourire.

— Vous avez raison. Je ne suis ni grande ni bien proportionnée... Vraiment, madame Francesca, cela m'émerveille de voir que vous ne répugnez pas à perdre du temps avec moi.

— Je le fais d'abord pour Mme Dove, avoua honnêtement la couturière. C'est l'une de mes meilleures clientes et je ne cherche qu'à lui plaire.

Puis, avec une grimace amusante, elle précisa :

— Par ailleurs, vous habiller constitue un défi intéressant à relever.

Molly revint sur ces entrefaites, portant un lourd volume dans les mains. Mme Francesca s'en empara et commença à le feuilleter.

Lavinia, qui regardait par-dessus son épaule, reconnut soudain une forme familière.

— Attendez ! N'est-ce pas la robe verte que vous aviez dessinée pour Joan Dove, à l'occasion des fiançailles de sa fille ?

Mme Francesca examina le croquis.

— Celle-ci ? Oui. Elle est ravissante, n'est-ce pas ?

— Il y a trois rangs de fleurs brodées.

La couturière hocha la tête.

— Avec sa stature, Mme Dove pouvait aisément se le permettre. Mais finalement, au dernier moment, nous avons décidé de n'en retenir que deux.

La jeune femme eut soudain une illumination. Elle obligea Mme Francesca à refermer son carnet de croquis.

— Vite ! dit-elle, les yeux brillants d'excitation. Aidez-moi à remettre la robe que je portais à mon arrivée. Il faut que je parte tout de suite. Je dois parler à quelqu'un de toute urgence.

— Mais, madame Lake, nous n'avons pas fini l'essayage...

— Enlevez-moi cette robe ! s'impatienta Lavinia, qui se débattait avec les boutons. Je reviendrai une autre fois terminer l'essayage. Et donnez-moi un papier et de quoi écrire, s'il vous plaît. Je dois envoyer un message à... euh, mon associé.

Il pleuvait de nouveau. Et aucun fiacre ne passait dans les rues. Lavinia mit près de trois quarts d'heure pour rallier Crescent Lane.

La jeune femme monta les marches du perron de Mme Vaughn et actionna le heurtoir. Il fallait qu'elle soit certaine de ses soupçons. Avant que Tobias et elle ne mettent un point final à cette histoire de trahisons et de meurtres, elle voulait parler à la seule personne qui s'était montrée sincère et intègre depuis le début.

Une éternité – du moins, c'est ce qui sembla à Lavinia – s'écoula avant que la gouvernante ne vienne ouvrir.

— Oui ?

— Mme Vaughn est-elle ici ? Je dois lui parler immédiatement. C'est très important, dit-elle, assez fort pour bien se faire entendre.

La gouvernante ouvrit la porte en grand.

— Je vais vous conduire au salon d'exposition, répliqua la domestique de sa voix de sourde. Mme Vaughn ne sera pas longue.

Elle ouvrit la porte du salon, s'effaça pour laisser entrer Lavinia et referma le battant derrière elle.

La jeune femme resta un moment sur le seuil, pour donner à ses yeux le temps de s'acclimater à la pénombre. Elle se sentait à peu près aussi mal à l'aise que lors de sa première visite dans cette étrange pièce. Les statues de cire, dans leurs diverses poses, semblaient toutes la regarder. Elle s'approcha de l'homme au verre, assis dans un fauteuil, puis se tourna vers le piano.

Une figure était installée sur le tabouret, les yeux

rivés sur la partition. Mais cette fois, il s'agissait d'un homme, habillé à l'ancienne mode.

— Madame Vaughn ? appela Lavinia, qui faisait maintenant le tour de la pièce pour dévisager toutes les sculptures. Êtes-vous ici ? Je sais que vous aimez votre petite mascarade, mais je ne suis pas d'humeur à jouer, aujourd'hui. Je souhaiterais vous poser une question de la plus haute importance.

Aucune des figures de cire ne bougea, ni ne répondit.

— C'est très urgent, insista-t-elle. C'est même une question de vie ou de mort.

Elle avisa une sculpture placée face à la cheminée. Une nouvelle œuvre, probablement, car elle ne se souvenait pas de l'avoir vue la première fois. Il s'agissait d'une femme vêtue en gouvernante. Elle était penchée vers les bûches, un tisonnier à la main, comme si elle s'apprêtait à raviver le feu, si bien qu'on ne distinguait pas son visage.

Mais ce ne pouvait être Mme Vaughn, décida Lavinia. Trop grande et trop mince.

— Je vous en prie, madame Vaughn, montrez-vous...

Lavinia contourna le canapé, et s'immobilisa soudain en découvrant la forme étendue sur le tapis. Immédiatement, son instinct lui dit qu'il ne s'agissait pas d'une statue de cire.

— Mon Dieu ! s'exclama-t-elle, saisie par une horrible intuition. Madame Vaughn !

Elle s'agenouilla sur le tapis, ôta l'un de ses gants et plaqua la main sur le cou de Mme Vaughn. Elle eut l'immense soulagement de constater que le pouls était faible, mais battait encore.

Mme Vaughn était simplement évanouie. Lavinia se releva aussitôt, dans l'intention d'appeler du secours. C'est alors que son regard se posa sur la gouvernante penchée vers l'âtre. Elle retint un cri.

Il y avait de la boue sur les chaussures du personnage !

Elle se sentit blêmir. Crier ne servirait à rien, puisque la gouvernante – la vraie – était à moitié sourde. Et tenter de fuir serait hasardeux. La figure pourrait la rattraper d'ici la sortie. Son seul espoir était que Tobias ait reçu son message à temps et se dépêche. En attendant, elle n'avait d'autre choix que de distraire l'assassin.

— Je vois que vous êtes arrivée avant moi, dit-elle. Comment avez-vous réussi ce prodige, lady Neville ?

La figure devant la cheminée se redressa d'un mouvement brusque. Constance, lady Neville, pivota vers Lavinia, le tisonnier dans sa main brandi comme une arme. Elle souriait.

— Je ne suis pas idiote. Je me doutais que vous pourriez encore me gêner, madame Lake. J'avais demandé à quelqu'un de vous espionner, expliqua Constance en allant se poster vers la porte, pour bloquer toute retraite. Il a intercepté le gamin que vous avez envoyé prévenir M. March. En échange d'une bonne récompense, il a pu se faire délivrer le message à sa place et m'a aussitôt alertée... Ne vous faites pas d'illusion, madame Lake. Vous n'avez aucune chance de vous en sortir, cette fois.

Lavinia se recula, de manière que le sofa se trouve entre elle et la femme. Puis elle porta discrètement la main au pendentif accroché à son cou.

— Vous tiriez les ficelles depuis le début, n'est-ce pas ? C'était vous, l'artiste. J'ai vu vos œuvres chez Huggett. Un travail peu ordinaire...

Constance la toisa avec mépris.

— Vous ne connaissez rien à l'art, ma pauvre. Mon travail est éclatant.

Lavinia tira sur la chaînette de son médaillon, dont l'attache céda. Elle le brandit ensuite à bout de bras devant elle. Le disque d'argent du médaillon attrapa les reflets du seul chandelier allumé dans la pièce.

— Aussi éclatant que ce médaillon ? demanda-t-elle d'une voix douce et persuasive. Regardez comme il est joli. Et comme il brille...

Constance éclata de rire.

— Vous n'imaginez quand même pas marchander votre vie contre ce bijou ridicule ? Je suis riche, madame Lake. Et je possède des joyaux somptueux. Votre médaillon ne m'intéresse pas.

— Vous ne trouvez pas qu'il brille ? insista Lavinia, qui avait imprimé au médaillon un mouvement de balancier. C'est ma mère qui me l'a donné. Moi je le trouve brillant... Brillant...

Lady Neville cligna des yeux, comme aveuglée.

— Je vous répète que je me moque de ce genre de pacotilles.

— Et moi, j'estime que vos œuvres n'ont pas la puissance de celles de Mme Vaughn.

— Ne dites pas de sottises ! explosa Constance, le visage rouge de colère, mais sans pouvoir détacher son regard du médaillon qui continuait de se balancer devant ses yeux. Mes sculptures sont bien supérieures à celles de cette mondaine. Contrairement à Mme Vaughn, je ne répugne pas à capter la noirceur des caractères des hommes, pour la reproduire dans mon travail.

— C'est vous qui avez adressé la menace de mort à Joan Dove, n'est-ce pas ? Je l'ai compris tout à l'heure, chez Mme Francesca. La couturière de Mme Dove est aussi la vôtre. Vous avez basé votre sculpture d'après le croquis vu chez elle. Mais pas sur le vêtement terminé. En tant que cliente de Mme Francesca, vous pouviez avoir accès à son carnet. En revanche, vous n'avez pas pu voir la robe finale, car vous n'étiez pas invitée aux fiançailles de Marianne, et Joan n'a porté cette robe que ce soir-là. Si vous aviez été à la réception, vous auriez su que la robe ne comptait que deux rangs de roses brodées, et non trois.

— Ça n'a plus d'importance. Joan mourra. Elle ne valait pas mieux que ses autres maîtresses. Elle connaîtra le même sort.

Elle fit un pas en avant. La jeune femme tressaillit, mais continua d'agiter le médaillon, lui imprimant un balancement régulier.

— Et c'est vous aussi qui avez comploté l'empoisonnement de Fielding Dove... reprit-elle de sa voix suave.

Constance détourna un instant le regard du médaillon, mais comme si elle ne pouvait résister à une impulsion plus forte qu'elle, ses yeux se braquèrent de nouveau sur lui.

— J'avais tout planifié. Dans le moindre détail. J'ai fait ça pour Wesley. J'aurais tout fait, pour lui. Il avait besoin de moi.

— Et cependant, il n'appréciait pas votre intelligence et votre loyauté à leur juste valeur. Il vous avait épousée pour votre argent, et préférait s'amuser avec d'autres femmes...

— Les maîtresses qu'il utilisait pour satisfaire ses désirs de bête ne comptaient pas. Wesley avait besoin de moi, et il le savait. Nous étions indissociables, lui et moi.

Lavinia était si fascinée par la confession de Constance qu'elle relâcha une seconde le mouvement de sa main, et le médaillon ralentit aussitôt.

Concentre-toi ! se morigéna-t-elle. Ta vie en dépend.

— Je comprends, dit-elle en faisant reprendre au médaillon son balancement. Mais des deux, c'était vous la plus intelligente...

— Oui. Bien sûr. C'est moi qui ai réalisé que Fielding enquêtait sur les activités de Wesley pendant la guerre. J'ai compris que le moment était venu d'agir. D'autant que Fielding s'affaiblissait en vieillissant. Une fois mort, plus rien ne se serait mis en travers du chemin de Wesley.

— Combien de ses maîtresses avez-vous tuées ?

Constance contemplait fixement le médaillon.

— Cinq...

— Mais pourquoi les avoir immortalisées en statues de cire, dans la galerie de M. Huggett ?

— Je voulais montrer au monde la vérité sur ces femmes. Je me suis servie de mon talent pour faire comprendre qu'au bout du compte, les catins ne peuvent attendre dans la vie que des larmes et du sang. Il n'y a ni poésie, ni amour, ni plaisir pour elles. Rien que de la douleur.

— Mais la dernière vous a échappé, n'est-ce pas ? Comment est-ce arrivé ? Avez-vous commis une erreur ?

— Je n'ai commis aucune erreur ! se récria Constance. Mais une femme de ménage idiote avait oublié son seau, près de la porte. En butant dedans, j'ai perdu l'équilibre, et le coup n'a fait qu'effleurer le crâne de cette catin. Elle a pu s'enfuir. Mais ce n'est que partie remise. Je la rattraperai, tôt ou tard.

— Qui vous a servi de modèle pour le personnage masculin ?

Constance parut déroutée.

Lavinia ne cessait d'agiter le médaillon devant ses yeux.

— Le visage de l'homme est à chaque fois le même... Qui est-ce, Constance ?

— Papa, lâcha lady Neville, en même temps qu'elle brandissait son tisonnier vers le médaillon, comme si elle cherchait à l'envoyer valser au loin. C'est papa qui faisait souffrir les catins, comprenez-vous ? Moi aussi, il m'a fait souffrir... beaucoup souffrir... beaucoup !

Lavinia dut reculer d'un pas, pour éviter que le tisonnier ne lui arrache le médaillon. Elle comprit qu'il valait mieux changer de sujet.

— Tout allait bien, jusqu'à ce que Félix Holton mette la main sur le journal intime et commence à faire chanter les gens qui y étaient mentionnés. N'est-ce pas ?

— Félix avait appris dans ce journal que Wesley appartenait à la Chambre bleue, expliqua Constance, qui s'était calmée. Il fallait que je nous en débarrasse. Ça n'a pas été compliqué. Cet imbécile semait les indices sur sa route.

— Vous l'avez tué, et vous avez récupéré le document compromettant.

— C'est normal. Je *devais* protéger Wesley.

Et soudain, sans prévenir, elle assena un violent coup de tisonnier en direction de Lavinia. La jeune femme eut juste le temps de s'écarter pour esquiver le coup. Elle alla s'abriter derrière une sculpture, et recommença à agiter son médaillon.

Constance fixait le disque d'argent avec une irritation manifeste. Mais elle avait beau tenter de détourner la tête, son regard revenait toujours sur le petit bijou. Lavinia comprit qu'elle n'arriverait pas à totalement l'hypnotiser. Mais l'autre n'avait déjà plus tous ses réflexes. C'était déjà cela.

— C'est en lisant le journal intime que vous avez découvert que votre mari et Joan Dove avaient été amants autrefois. Tout à coup, cela changeait tout, pour vous. Vous aviez pardonné ses autres liaisons, mais vous ne pouviez pas lui pardonner celle-là.

— Les autres ne comptaient pas, répéta Constance en faisant un pas vers elle, l'air décidé. Ce n'étaient que de misérables catins. Wesley les tirait du bordel pour s'amuser un peu, avant de les renvoyer à la rue. Mais Joan, c'était différent.

— Parce qu'elle était mariée au chef de la Chambre bleue ?

— Oui. Joan n'est pas comme les autres. Elle est riche, et elle savait tout ce que savait Azur. Quand j'ai lu le journal intime, j'ai compris que Wesley ne voudrait plus de moi, lorsqu'il serait devenu le maître de la Chambre bleue.

— Vous croyez qu'il vous aurait préféré Joan ?

Constance affichait une expression désespérée.

— Elle aurait pu lui apporter beaucoup : les contacts d'Azur, ses relations, la manière dont il gouvernait l'organisation, et des tas d'autres choses. Je n'avais rien de tel à offrir... Et puis, autrefois, Wesley l'avait désirée. Il pouvait la désirer encore. Tandis que moi, il ne m'avait jamais désirée...

— Alors vous avez décidé qu'elle devait mourir, elle aussi.

— S'il avait pu l'avoir, il n'aurait plus eu besoin de moi.

Constance assena un nouveau coup de tisonnier, mais cette fois elle avait paru viser uniquement le médaillon. Lavinia eut encore le bon réflexe. Le tisonnier finit sa course dans une statue de cire, qu'il décapita proprement.

— Mais je voulais qu'elle souffre autant qu'elle m'a fait souffrir, murmura la femme, les yeux rivés sur le médaillon. Alors je lui ai envoyé cette représentation de sa propre mort. Je voulais la... terroriser.

Elle leva à nouveau son tisonnier, comme si elle s'apprêtait à frapper, mais Lavinia crut discerner que ses mouvements étaient moins vifs.

La jeune femme recula lentement, sa main libre tendue dans son dos, pour repérer tout obstacle qui aurait pu se trouver sur son chemin.

— Pourquoi avoir tué votre mari ? demanda-t-elle.

— Je n'avais plus le choix. Il avait tout fait rater, expliqua Constance, qui brandissait maintenant le tisonnier à deux mains. C'était un idiot, au fond. Un idiot et un sale menteur...

Sa poitrine se soulevait rapidement, au rythme de

sa respiration agitée. Ses yeux allaient sans cesse du médaillon au visage de Lavinia.

— Tobias March lui avait tendu un piège et Wesley s'est précipité dedans, reprit-elle. J'étais à la maison quand il est revenu après sa confrontation avec March. Il était au bord de la crise de nerfs. Il a ordonné à son valet de lui préparer ses valises. Il voulait partir.

Lavinia reculait toujours. Sa main heurta le bord du piano. Elle s'immobilisa.

— Vous avez compris que tous vos beaux efforts avaient été réduits à néant.

— Je lui ai fait croire que j'allais l'aider à s'enfuir. Je l'ai accompagnée jusqu'aux quais, où il devait retrouver un homme qui l'embarquerait à son bord. Et je lui ai suggéré d'attendre dans le cottage.

— C'est là que vous l'avez tué.

— Je n'avais plus le choix. Il avait tout détruit. J'aurais voulu le frapper méchamment, comme j'avais frappé ses catins, mais je savais qu'il valait mieux donner l'impression qu'il s'était suicidé. C'était la meilleure façon de satisfaire March et tous les autres.

— Comptez-vous prendre les rênes de la Chambre bleue, désormais ?

— Oui. Azur, ce sera moi, répondit Constance, le regard rivé sur le médaillon.

— Bien sûr. Et Azur va briller, briller...

Soudain, Lavinia jeta son médaillon au loin. Constance suivit sa course du regard.

La jeune femme en profita pour s'emparer du chandelier posé sur le piano et le lancer à la tête de son adversaire. Il atteignit Constance à la tempe. Elle poussa un cri, laissa échapper le tisonnier et tomba à genoux. Puis elle se prit la tête entre les mains et émit un hurlement de douleur et de désarroi mêlés.

Lavinia, pendant ce temps, s'était précipitée vers la porte. À cet instant, celle-ci s'ouvrit à la volée sur Tobias. Il avait l'air prêt à en découdre.

— Que se passe-t-il, ici ? gronda-t-il.

Elle se jeta dans ses bras.

Constance, toujours à genoux, sanglotait à présent.

— Ainsi, c'était elle, derrière tout ça ? s'étonna-t-il.

— Oui. Elle s'était imaginé durant des années que Neville et elle étaient des sortes d'associés dans le crime. Elle a fini par le tuer, lui aussi, quand elle a compris qu'il allait la quitter.

27

— Elle savait qu'il ne l'aimait pas, mais elle s'était convaincue que quelque chose de plus puissant que l'amour les unissait, expliqua Lavinia.

— Une relation métaphysique ? ironisa Joan avec une moue dédaigneuse. Avec un homme comme Neville ? La pauvre était vraiment folle.

— Je ne crois pas qu'elle voyait les choses ainsi, rectifia Lavinia. Elle pensait plutôt à une alliance objective. Elle s'imaginait être indispensable à son mari, et qu'il était conscient d'avoir besoin d'elle. Elle se voyait comme la tête pensante de leur couple infernal. C'était elle qui planifiait tout et veillait aux moindres détails.

Joan contempla le contenu de sa tasse de thé.

— C'est donc elle qui a empoisonné Fielding...

— Oui. Vous avez raison, elle était folle, murmura la jeune femme.

Tobias hocha la tête.

— C'est d'ailleurs ce qui a permis à sa famille de l'enfermer dans un asile d'aliénés. Elle y passera le restant de ses jours. Là-bas, personne ne prêtera attention à ses divagations.

Joan releva les yeux de sa tasse.

— Mais pourquoi a-t-elle tué les maîtresses de Wesley ? Et pourquoi a-t-elle voulu me tuer ?

— Pendant des années, elle n'a eu d'autre choix que d'accepter les liaisons de Neville, répliqua Lavinia. Elle se consolait en se disant que ses maîtresses ne comptaient pas pour lui.

Joan fit la grimace.

— Sur ce point, elle n'avait pas tort...

— En effet, acquiesça Lavinia. Constance s'était persuadée que sa relation avec Neville transcendait le désir que pouvaient lui inspirer d'autres femmes. Le désir est volage, après tout.

Tobias marmonna quelque chose d'incompréhensible. Lavinia l'interrogea du regard, mais il s'abîma dans la contemplation du feu qui crépitait dans la cheminée. La jeune femme reporta son attention sur Joan.

— Cela dit, je pense que Constance, au fond d'elle-même, haïssait ces femmes. Un jour, elle a décidé de les supprimer. En expliquant à Neville qu'elles constituaient une menace pour sa sécurité.

— Neville était au courant des meurtres qu'elle commettait, précisa Tobias. Et il était d'accord sur le principe. En repensant à ma confrontation avec lui, la nuit du bal des Colchester, je me suis rappelé qu'il n'a pas exactement avoué avoir tué ses maîtresses. Il a simplement admis connaître les victimes.

— Il laissait les basses besognes à son épouse, renchérit Lavinia. Et Constance ne les dédaignait pas, bien au contraire. Mais quand elle a découvert, dans le journal intime, que vous aviez eu une liaison avec son mari, Joan, elle n'a pu contrôler sa colère.

Joan secoua la tête d'un air incrédule.

— Elle est vraiment folle.

— Les fous ont leur propre raison, lui rappela Lavinia. Mais pour en revenir à votre question, elle a voulu vous tuer parce qu'elle jugeait que vous étiez un obstacle à sa relation avec Neville. Elle craignait de vous voir renouer votre liaison, une fois que Neville serait devenu le chef de la Chambre bleue.

Joan frissonna.
— Comme si j'avais voulu recommencer quoi que ce soit avec un pareil homme...
— Constance l'aimait, dit Lavinia. À sa manière. Et elle n'aurait jamais imaginé que vous puissiez penser différemment.
Tobias étira ses jambes devant le feu.
— Dans son esprit, vous étiez la plus dangereuse de toutes, car vous étiez vous aussi intelligente et, en plus, capable d'inspirer du désir à Neville. Ce qu'elle n'avait pu obtenir.
Joan soupira.
— Tout cela est bien triste...
Lavinia hocha la tête.
— Oui. Quand elle a pris connaissance du message que j'ai adressé à Tobias cet après-midi, elle a compris que je continuais l'enquête. Elle s'est rendue aussitôt chez Mme Vaughn où elle est arrivée avant moi, parce qu'elle disposait d'un attelage et que j'ai dû marcher. Et elle a commencé par assommer Mme Vaughn.
— Encore heureux qu'elle ne l'ait pas tuée, dit Joan.
— Mme Vaughn pense avoir été sauvée par l'épaisseur de sa chevelure. Le coup ne l'a assommée qu'à moitié, en fait, mais elle a eu la présence d'esprit de jouer à la morte. Je suis arrivée sur ces entrefaites, lui épargnant de prendre un deuxième coup qui aurait pu être fatal.
Joan se tourna vers Tobias.
— Comment avez-vous été prévenu, puisque le message de Lavinia avait été intercepté ?
Il sourit.
— En fait, il m'a bien été délivré. Le gamin a d'abord vendu l'information à l'employé de lady Neville, mais comme c'était un garçon astucieux, il est venu me trouver ensuite, pour obtenir une deuxième récompense.

Joan se dressa et remit ses gants.

— C'est donc vraiment fini, cette fois, dit-elle. Je suis heureuse que vous n'ayez pas été blessée, Lavinia. Et je vous suis très reconnaissante de ce que M. March et vous avez fait pour moi.

Lavinia se leva à son tour.

— De rien, Joan. De rien.

Celle-ci lui sourit.

— Ce que je vous ai dit l'autre fois tient toujours. Je me considère comme votre débitrice. S'il y a quoi que ce soit que je puisse faire pour l'un de vous deux, n'hésitez pas à me le demander.

— Merci, répondit Lavinia. Je ne pense pas avoir besoin de votre aide.

— Moi non plus, intervint Tobias, qui s'était lui aussi levé pour aller ouvrir la porte à Joan. Mais sachez que nous apprécions votre offre.

Les prunelles de Joan brillaient d'un amusement mystérieux. Elle franchit le seuil, puis s'arrêta dans le couloir.

— Je serais très déçue que vous ne comptiez pas sur moi lors d'une de vos prochaines enquêtes. Je sais d'avance que je trouverai cela passionnant.

Lavinia la dévisagea, interloquée. Tobias ne répondit rien.

Joan inclina la tête dans un adieu élégant, avant de partir vers l'entrée, où Mme Chilton attendait pour lui ouvrir.

Tobias referma la porte du bureau et se dirigea tout droit vers l'armoire à liqueurs. Il servit deux verres de cognac, en tendit un à Lavinia, puis se laissa tomber dans le fauteuil qu'il occupait précédemment.

Ils savourèrent un long moment leur cognac en silence, le regard rivé sur le feu.

— La nuit où j'ai trouvé la lettre de Carlisle chez Neville, j'ai d'abord cru que j'avais eu beaucoup de chance, lâcha finalement Tobias. Mais, après coup, j'ai réalisé qu'elle était cachée précisément à un endroit où je n'aurais pas pu la manquer.

La jeune femme hocha la tête.

— Autrement dit, la lettre avait été sciemment placée là, pour détruire Neville.

— Il est bien sûr possible que lady Neville s'en soit chargée...

— Impossible. À ce moment-là, lady Neville ne visait encore que la mort de Joan. Elle n'a songé à supprimer son mari que lorsqu'elle a compris qu'il avait ruiné tous ses plans.

— Mais quelqu'un d'autre que nous savait que j'allais fouiller la maison de Neville, ce fameux soir... Quelqu'un qui avait assez de pouvoir et d'argent pour payer un mercenaire, afin de cacher une fausse lettre contre Neville dans sa propre chambre...

Lavinia frissonna.

— Joan.

Il y eut un autre silence.

— T'avais-je parlé de cette rumeur, évoquée par l'un de mes informateurs, qui faisait état d'une guerre pour le contrôle de la Chambre bleue ?

Elle hocha la tête.

— Je m'en souviens, en effet. Je n'y avais pas accordé foi sur le moment.

— Moi non plus, avoua Tobias. Mais à présent, ça me paraît tout à coup plus crédible. Et je connais quelqu'un qui pourrait tirer profit de la fin de cette guerre.

Lavinia hocha encore la tête.

— Oui. De tous ceux qui ont approché la tête de la Chambre bleue, Joan Dove est la seule survivante...

— Exact.

Nouveau silence.

— Elle se considère comme notre débitrice, rappela Tobias.

— Et on peut compter sur elle lors de nos prochaines enquêtes...

Les bûches crépitaient joyeusement dans l'âtre.

— Je crois que je vais reprendre un verre de cognac, grommela-t-il.

— Moi aussi.

28

Le lendemain après-midi, Tobias entra dans le bureau de Lavinia en portant une grande malle.

La jeune femme afficha un air interrogateur.

— Que transportes-tu là-dedans ?

— Un petit souvenir de notre rencontre en Italie, expliqua-t-il.

Il posa la malle sur le tapis et commença à l'ouvrir.

— Je voulais te le donner depuis longtemps, mais ces dernières semaines ont été si fertiles en événements que ça m'est sorti de l'esprit.

Lavinia se leva et contourna le bureau, sa curiosité éveillée.

— Qu'est-ce que c'est ? Des statues que j'ai dû laisser derrière moi ?

Tobias souleva le couvercle.

— Non, pas des statues...

Elle se précipita pour regarder l'intérieur de la malle. Un sourire de pur ravissement éclaira son visage, quand elle reconnut les précieux volumes reliés de cuir. Elle s'agenouilla pour les manipuler.

— Mes livres de poésie ! s'exclama-t-elle.

— Le lendemain de ton départ, j'ai envoyé quelqu'un chez toi. Je ne pouvais pas y aller moi-même, à cause de ma blessure. Il s'est chargé de les emballer à ma place.

Lavinia se redressa, un livre de Byron serré sur sa poitrine.

— Je ne sais pas comment te remercier, Tobias...

— C'était le moins que je pouvais faire. Comme tu ne t'es pas privée de me le faire remarquer à plusieurs reprises, ce qui s'est passé cette nuit-là était entièrement ma faute.

La jeune femme s'esclaffa.

— C'est vrai. Il n'empêche que je te suis très reconnaissante.

Tobias lui prit le visage entre ses mains.

— Je ne veux pas de ta gratitude, Lavinia. Je tiens surtout à continuer de travailler avec toi... As-tu réfléchi à ma proposition ?

Elle acquiesça.

— Oui. J'y ai même beaucoup réfléchi...

— Alors ? Quelle est ta décision ? s'impatienta Tobias, soudain nerveux.

Lavinia tenait son livre de poésie à deux mains.

— J'ai peur qu'une association entre nous ne donne lieu à de fréquentes querelles. Sans parler d'une certaine frustration.

Il hocha la tête, mais son regard s'était assombri.

— Sans doute. Cependant, j'ai tendance à considérer nos disputes comme très stimulantes...

La jeune femme sourit, puis posa le livre sur le bureau et, sans quitter une seconde Tobias du regard, noua les bras à son cou.

— C'est aussi mon avis, murmura-t-elle. Mais que fais-tu de la frustration ?

— Ah oui, la frustration... Pour cela, j'ai un remède, répliqua-t-il en passant son pouce sur ses lèvres exquises. La guérison n'est que temporaire, c'est vrai, mais le traitement peut être répété autant de fois qu'on le souhaite, sans aucun préjudice...

Lavinia éclata de rire.

Tobias s'empara de sa bouche pour la faire taire.

6293

Composition PCA à Rezé
Achevé d'imprimer en Europe (France)
par Maury Eurolivres (Loiret)
le 3 juin 2002.
Dépôt légal juin 2002. ISBN 2-290-31933-3

Éditions J'ai lu
84, rue de Grenelle, 75007 Paris
Diffusion France et étranger : Flammarion